四月
桜の木をスケッチしている
時のこと――
！
ドン
ペコペコ
すみませんっ
あの、すみません…
…プッ
これが、
わたしとシィ君の
出会いだった――

この子誰なん？
同じクラスの松本千春ちゃん。ちぃちゃんやで。かわいいやろ？
ドキ
うん。かわいいな
うちのサチコ（犬）にそっくり
ガーン

こんなに好きになるなんて、思わなかった――

シィ君…?
覚えていますか?
初めて知った恋の色
教えてくれたのは
君でした

野いちご文庫

スケッチブック

桜川ハル

STARTS
スターツ出版株式会社

color 1 桜色

color 2 白

color 3 オレンジ色

color 4 虹色

松本《まつもと》千春《ちはる》

男の子が苦手で人見知りな性格。美術部。シィ君を見かけたときから気になっていて…。

香椎《かしい》直道《なおみち》

幼なじみのユカリに片想い中。頭がよくてみんなから頼りにされている。サッカー部。

本田《ほんだ》由香里《ゆかり》

天使のような笑顔が男子に人気。ほれっぽく、彼氏が変わるサイクルが早い。

工藤《くどう》聡史《さとし》

恋愛経験が多く女子の扱いがうまいイケメン。チャラそうだが、一途な面も…。

井川《いがわ》加奈子《かなこ》

カワイイ容姿とは裏腹に、はっきりものを言うさっぱりした性格。ヤマジの彼女。

山路《やまじ》真一《しんいち》

バンドでベースを弾く爽やか系美少年。無口で人間関係を冷静に見ることも…。

日下部《くさかべ》健二《けんじ》

小柄で童顔、小学生をそのまま大きくしたような無邪気な性格。サッカー部。

color 1 桜色

憧れは……少女漫画のような恋。
『いつかこんな風に恋をしたいな』
なんて、夢見る一方で、
『わたしなんかには、無理だよ』
って、いつもあきらめてた。

わたしの事情―松本千春《まつもとちはる》―　＊ちぃちゃん＊

「わぁ……桜……」

そこは、北校舎と南校舎を繋《つな》ぐ渡り廊下。

開けっ放しの窓から見えた、大きな桜の木に目を奪《うば》われて、思わず足を止めた。

手を伸ばすと、ひらひらと風に舞うハート型の花びらが一枚、手のひらに着地した。

わたし、松本千春はこの春、高校に入学した。

薄茶のブレザーに赤いリボンタイ。それからタータンチェックのスカート。真新しい制服は、まだ着こなせていないような気がして、なんだかちょっとだけはずかしい。

髪型はあご下で揃《そろ》えたショートボブ。これはこれで気に入っているけれど、元々童顔な顔がさらに幼く見えるみたい。せっかく高校生になったことだし、ちょっと伸ばしてみようかなぁ……なんて考えたりもする、今日このごろ。

わたし達の高校は、町の北東に広がる小高い山の中腹にある。このあたりの桜は、ずいぶんのんびりしているらしい。市街地より遅れて咲き出した花は、今日ようやく満開を迎えた。

キョロキョロと視線を動かす。放課後の廊下には生徒の姿は見当たらなかった。

わたし以外誰もいないことにホッとして、スクバの中からいつもの物を取り出す。

それは小さなB五サイズのスケッチブック。子供のころから絵を描くのが好きで、いつの間にか持ち歩くようになっていた。

いつもの要領《ようりょう》で、ペン一本を使ってさらさらと目の前の桜の木を描く。スケッチをするときは、鉛筆ではなく、ペンで描くのがわたしのスタイル。

まず対象物をじっと見つめる。目で見たものを頭の中でもう一度イメージ。それを手とペンに伝えて、一気に描きあげていく。

修正できないというこの緊張感がたまらなく好き。

白い紙と、ピンクの桜に意識を集中させていると、突然ポンッと肩を叩かれた。

「きゃ……！」

飛びあがりそうなほど驚いて振り返ると、アカネちゃんがニコニコ笑って立っていた。

「ちぃちゃん、まだ帰らへんの？」

アカネちゃんは中学時代からのわたしの親友。

この高校には同じ中学の子はほとんどいない。だから入学式の日、アカネちゃんと同じクラスだと知ったときには、本当にホッとした。

「うん。もうちょっと残ってく。これ、描きあげたら帰るし」

スケッチブックを掲げてみせる。

するとアカネちゃんは、

「じゃ、先帰るわ」

バイバイ、と手をひらひらさせる。

背を向けて去っていくアカネちゃんを見送ってから、再び桜の木に視線を戻す。

この渡り廊下から見える中庭の景色は、わたしのお気に入り。手入れの行き届いた花壇《かだん》には明るい色の春の花がたくさん植えられていて、とても華やかだ。

その間をレンガの小道が通り、庭の中央にはアンティーク風のベンチが置かれている。

英国調っていうのかな。かなり乙女チック。

でも、こういうのわりと好きなんだ。

いつかアカネちゃんを誘って、ここでお弁当食べたいなぁ。そんなことを考えながらペンを走らせていると、ふいに風が吹いて髪を揺《ゆ》らした。

オレの事情—香椎直道《かしいなおみち》—　＊シィ君＊

今日のオレは絶不調。朝のテレビで見た星座占いも最下位だった。

放課後の廊下をゆっくりと歩きながら考える。

オレ、香椎直道は、親の反対を押しきってこの高校を受験した。

中三の夏、オレは志望校のランクをかなり下げた。周囲は驚き、母親と教師はヒステリックに騒いだ。理由を聞かれても「近いから」としか答えないオレに、母親は相当イラついているようだった。何度も話し合ったが、オレの意思が変わることはなく、最終的には単身赴任《たんしんふにん》で東京《とうきょう》に住んでいる親父が仲裁《ちゅうさい》に入ってくれた。

そのとき出された条件はひとつ。

『大学は必ず現役で国立大に行くこと』

オレはその条件を受け入れた。

なぜかオレにやたらと大きな期待をしていた母親は、それでも納得できなかったのか、それ以来ずっと機嫌が悪い。

そして、それは入学した今も続いているのだ。

フッとため息をついて、廊下の先をぼんやり眺《なが》めた。

オレには親の期待を裏切ってまで、どうしてもここに来たい理由があったんだ。

「シィ、おつかれ！」

前から歩いてきたヤツに声をかけられた。

ちなみに〝シィ〟っていうのはオレのあだ名。香椎だから〝シィ〟。

目を細めてじっと見つめる。かなりの至近距離になって、ようやくわかった。小学校からの親友、サトシだ。本日の絶不調の原因を作った男。

「あれ？　メガネかけてへんの？」

能天気にそう言われて、カチンときた。

「誰のせいやと思ってんねん？」

昨夜、早めにベッドに入ったオレは、夜中にけたたましく鳴るスマホの着信音で起こされた。寝ぼけながらベッドサイドのチェストの上を探っているときに、置いてあったメガネを落とし、さらにそれを踏みつけて割ってしまった。

たいした用でもないのに電話してきたサトシを恨みたくなる。メガネ代よこせ。

ちなみにオレの視力は〇・一もない。今もぼんやりとしか景色は見えていない。黒板の文字も見えないから、今日の授業は当然のように集中なんてできなかった。

「なんでやねん。それ、べつにオレが悪いわけちゃうやん」

サトシは悪びれる様子もなく、ケラケラと笑っていた。

「まぁ。そうやけど……」

なんとなく腑《ふ》に落ちなかったが、とりあえず納得することにする。

「なぁ、ところで、ユウ見かけへんかった？」

「さぁ。まだ教室におるんちゃう？」

オレの問いかけに、サトシは肩をすくめた。


サトシと別れて廊下を歩いていると、何人もの知り合いとすれちがった。よく見えていないが、たぶんそうだと思う。

この高校には、同じ中学出身のヤツらがやたらと多い。さっきからみんな声をかけてくれるんだけど、その都度「メガネは？」って驚かれるのがおもしろい。

面倒なので、いちいち説明しねーけど。

そいつらを適当に交わしながら、オレは目当ての教室へ向かう。開けっ放しになった扉から、中をのぞきこんだ。

いつだって、メガネなんかなくても、すぐに見つけられるんだ。

「ユウ！」

入り口のすぐそばで誰かと話していた彼女は、オレの声で振り返る。

「あ！　ナオ！　え？　メガネは？」

ユウ。幼稚園のころからの幼なじみであり、オレの一番大事な女の子。

彼女の存在、それがこの高校を選んだ理由だった。

彼女はオレを〝ナオ〟って呼ぶ。直道の〝ナオ〟。

他のヤツらとはちがう、彼女だけが使う、オレの呼び名。

「……割れた。今、全然見えてへん」

「えー。マジでー？　でも、ナオがメガネかけてないのって久しぶりやなぁ。そのほうがいいんちゃう？　カッコいいやん」

お前は……。なんで、そういうことを簡単に言うかな。

顔が赤く染まりそうになるのを、必死に抑《おさ》えた。

そんなオレの様子なんてまるで気づかないのか、彼女はマイペースに話し続ける。

「ねぇねぇ！　覚えてる？　この人、小学六年のときに転校してった浅野《あさの》君！　わたしの事覚えてくれてて、声かけてくれてん」

ユウとさっきまで話していたらしい男は、オレのほうをチラリと見て、軽く会釈《えしゃく》をする。

『お前、誰？』

いかにも、そんな表情で。

オレもお前なんて覚えてないんですけど。

男同士の気まずい空気なんて気にする様子もなく、彼女は無邪気《むじゃき》な笑顔を振りまく。

「久しぶりの再会やしさ。今からお茶でもしよーって、しゃべっててん。ナオも行かへん？」

「あー。オレはええわ。これから部活見学したかったし。じゃーなー」

浅野ってヤツの『空気を読めよ』って表情に、ムッとしながらそう答えた。

いつも愛用しているヘッドフォンを耳に当ててると、急ぎ足でその場を離れた。彼女がオレの知らない男と話す声を、これ以上耳に入れたくなかったんだ。

本当は一緒に帰りたかったのに。今日はすべてがうまくいかないような気がして、さらに落ちこんだ。

またため息をついて、ふと足を止める。

あんなの口からでまかせだったけど、ウソをついた手前、このまま帰るわけにもいかない。

困ったオレはとりあえず一階まで下りると、出口とは逆の方向へ向かった。

適当なところで廊下を曲がる。そこは、北校舎と南校舎を繋ぐ渡り廊下。歩きながらぼんやりとその横に広がる中庭の景色を眺めていた。

初めてここを見たときはかなり驚いた。まるで昔読んだ童話に出てきたような、英国風の庭。花壇には花が咲き乱れ、その間をクネクネと曲がった小道にレンガが敷《し》いてある。さらには、金持ちの庭にありそうなベンチが置いてあって。それが異様な存在感を放っているんだ。

はっきり言って悪趣味だと思う。でも、こういうの好きだって言う女の子もいるんだろうな。

「オレは絶対ごめんやけど」

頭の中で考えていたセリフは口から漏《も》れていたかもしれない。ヘッドフォンからは、大音量でロックがかかっていて、自分の声さえも耳に届かないような状態だったから。

――ドンッ！

鈍い衝撃《しょうげき》にオレの足は止まった。一瞬、なにが起こったのかわからなかった。

見ると目の前には女の子が立っていて、彼女とぶつかったんだと気づくまで数秒かかってしまった。

口をパクパクさせてなにか言っている。この状況だし、たぶんあやまってるんだろう。

慌《あわ》ててヘッドフォンをはずす。

「いや……ごめん。ちょっと、ぼーっとしてて……」

足もとにはノートのような物が落ちていた。しゃがみこんで、拾いあげる。よく見るとそれは小さなスケッチブックだった。パンパンと埃を払ってから差し出す。

「ほんま、ごめんな」

「いえっ。あ、すみませんっ……あの、すみません……」

受け取ったあと、彼女は何度もペコペコと頭を下げていた。

この子、あやまってばっかりやな。吹き出しそうになって、慌てて口もとに力を入れる。

それからヘッドフォンを耳に当て、オレはまた歩き出した。

おどおどしてて、なんか、小動物みたいな子だったな。顔はよく見えてないけど。

なぜかじわじわと笑いがこみあげてきた。

たぶんそれは、朝からずっと不機嫌だったオレが、今日初めてこぼした笑みだった。

窓から眺める風景　＊ちぃちゃん＊

び……びっくりしたぁ。

スケッチに夢中になってたから、誰かが近づいてきていることなんて全然気づいてなかった。

それにしても、さっきの対応、あきらかに挙動不審《きょどうふしん》だったよね。絶対ヘンなヤツって思われてる。

高校生にもなって情けないって思うけど、男の子ってなんか苦手。いつもこういう場面でテンパって空回りしてしまう。

ああ……はずかしいなぁ。

ため息をついて、スケッチブックで顔を隠した。

そっと目だけを出して、彼のうしろ姿を見送りながら、背……高いなぁ……って思った。

それが彼の第一印象。

それから二週間ほどが過ぎ、だんだんこの学校での生活にも慣れはじめたころ、わたしは美術部に入部した。

クラスではアカネちゃん以外にマリちゃんとエミコという友達もでき、わたし達はたいてい休み時間を四人で過ごしている。

窓際の席に集まってみんなでお弁当を食べていると、ふと、窓の外が気になった。

北校舎の二階にあるこの教室からは、中庭の様子が良く見える。さらにわたしが今座っている席は、例のアンティークベンチを眺められるベストポジションだった。

ベンチの周りには数人の男子生徒がいて、わたしは何気なく彼らの様子を見ていた。

あ……！

思わず声が出そうになった。

男の子達の中央。ベンチに腰かけているのは――彼だ。この前、渡り廊下でぶつかって、スケッチブックを拾ってくれたあの人。

目を凝《こ》らしてじっと見る。あの髪型には見覚えがあった。

まっ黒でちょっと長めのサラサラした前髪。そして、あの日と同じヘッドフォンを、今日は首にかけていた。

うん、まちがいない。きっとそうだ、あの人だ。

男の子達の集団はとても大人っぽく見えた。あの人も、なんだかすごく落ち着いているような気がする。あんな雰囲気の人、同じ中学にはいなかった。

彼がスケッチブックを手渡してくれたとき、フンワリといい香りがした。高校生にもなると、男の子もコロンかなにかつけるもんなんだなぁ。

きっとあれは、先輩だな。二年生か、それとも三年生？

「なに、見てんの？」

ふいにかけられた声に焦《あせ》る。振り返ると、アカネちゃんが不思議そうな顔をしてこちらを見ていた。

「え？　なんでもないよ！　天気いいなぁって思って」

なぜかとっさにごまかしてしまった。

「ちぃちゃんがぼけっとすんのは、いつものことやん。どうせ、得意の妄想《もうそう》でもしてたんやろ？」

そう言ってからかうのは、バレー部のエミコ。ショートカットの似合う、大きな瞳が印象的な美人。

「うっ……」

返す言葉に詰まっているわたしの頭を、「よしよし」と撫《な》でてなぐさめてくれたマリちゃんは、わたしと同じ美術部。背が高くて落ち着いていて、わたしにとってはお姉さんみたいな存在。

「マリちゃんは、ちぃちゃんを甘やかしすぎ！」

そんなアカネちゃんのセリフにみんなで笑った。

いつもだいたいこんな感じで、四人で過ごしている。

みんなの笑顔を見ながら、ほんのちょっとホッとしていた。

良かった。誰のことを見ていたか、バレなくて。


それからというもの、彼らは昼休みになると、ほとんど毎日のように現れた。

わたしはそれをこっそり眺める。あの人を見るのが、なんでこんなにワクワクしてしまうのか、自分でもよくわからなかった。

ただ、『今日は髪型がちがう。寝グセかな？』とか、『なんか体調悪そう……風邪かなぁ』とか、その日の様子を見るのが楽しみになっていた。

話している内容まではわからないけど、みんなで大笑いしている姿がとても楽しそう。

いいなぁ。なんか、〝青春〟って感じ。って、わたしも青春なんだってば。なんて自分につっこみたくなる。

中学のころは、高校生になれば楽しいことがたくさんあるような気がして、勝手に期待に胸を膨《ふく》らませていた。だけど現実は、なにも変わらない平凡な毎日。

仲のいい友達に囲まれて、なんの不満もないはず。なのに、なぜかときどき自分にはなにかが足りないような気がして、寂しかった。

中庭から見上げる風景　＊シィ君＊

その日、オレは中学のころからの友達と中庭にいた。

みんなクラスはバラバラなんだけど、昼休みにはほとんど毎日のように集まっている。

メンバーは、バレー部のサトシ。オレのメガネが割れた原因を作った男。オレと同じサッカー部の仲間でもあるケンジ。それから、ヤマジはバンドを組んでベースを弾《ひ》いている。オレがなんの気負いもなく付き合える仲間。この学校に来た理由は、こいつらがいるからってのもある。

食堂で飯を食ったあと、天気のいい日は中庭で過ごすのがオレ達の日課になってた。

あんなにバカにしてた場所だけど、オレはいつの間にか、ここが結構気に入ってたんだ。例のベンチに座ると、ちょうどユウの教室の窓が見えるから。

「なぁなぁ？　なんで、急にコンタクトにしたん？」

ケンジの声にハッと我に返った。突然の問いかけに、軽いパニックを起こす。

アドリブ弱っ……。

「高校デビューやん。な？」

サトシがそう言って、からかってきた。

「ちゃうよ。コンタクト屋のお姉さんが、めっちゃかわいかったから」

適当な思いつきをポツリとつぶやくオレに、みんなが吹き出した。

「なるほど。それは買うな。オレでもコンタクトにする」

腕を組んでうんうんとうなずくケンジに、「なんでやねん、お前、視力一・五やろ」ってみんなでつっこんだ。

オレは、本心がバレなかったことにホッとしていた。

コンタクトに変えたホントの理由は、あの日のユウの何気ないセリフのせいだ。メガネをかけていないオレに彼女は言った。

『そのほうがいいんちゃう？　カッコいいやん』

単純だと笑うヤツは、笑え。こんなことしても、彼女がオレを見てくれるわけじゃないのにな。

「あ、そや……」

サトシがごそごそとポケットを探り出した。

「はいこれ。うちのクラスの女子がお前にって」

差し出されたのはピンク色の小さな紙切れ。紙を開いてみると、中には女の子らしい文字で名前とアドレスが書いてあった。知らない子だ。

「あー……ごめん。これ返しといて。オレ、もらっても連絡取らへんと思うし……」

「そう言うと思った」

オレがつき返した理由も聞かずに、そのピンクの紙切れを、サトシは再びポケットにしまう。

ヤツはうすうす感づいているのかもしれない。まだ誰にも話したことのないオレの気持ちに。

オレはみんなに気づかれないように、ユウの教室の窓をそっと見上げた。

ひょっとしたら、偶然にもこっちを見てくれるんじゃないか……なんて、バカな期待をこめて。

コロちゃん　*ちぃちゃん*

制服が夏服に変わり、汗ばむ季節がやってきた。

お弁当を食べ終わり、いつものメンバーでまったり過ごしていると、担任の丸井《まるい》先生から、声をかけられた。

「松本ー？　今日、日直やんな？」

「黒板消し、めっちゃ汚れてるねん。キレイにしといてくれる？」

「はーい」

立ちあがって黒板消しを手に取ると、クリーナーに当てた。

「……あれ？　先生、これ、壊れてます？」

スイッチを入れても、クリーナーは動き出す気配をまったく見せない。

「え。ほんまか」

先生はクリーナーの電源をカチカチといじる。

「あかんかぁ……。あ、そうや」

なにかを思いついたような表情で掃除用具入れをごそごそと探りはじめた。

「あ。あった、あった」

その手には、細い竹の棒が一本。

「え……これ、まさか……」

「うん。これで叩いて」

え……ええええ！　黒板消しを叩いて掃除するなんて、すごくはずかしいんだけど。

でも、しょうがないか。

しぶしぶ窓を開けてほんの少し身を乗り出す。パンパンと音を響かせて叩くと、チョークの粉が舞い、ちょっとむせる。

「こほっ……こほっ……」

そのときふいに、目の端に見覚えのある人達の姿が入ってきた。

あ！　あの人だ！　うわぁ……夏服だぁ。

シャツのボタンをひとつ外して、ルーズに巻いたネクタイ姿が新鮮だった。その姿になぜか、ほんの少し胸がドキドキした。

あ……。ウソッ。目、合ったかも。思わず目をそらしてしまった、そのとき。

「き……きゃあああ……」

一瞬の気の緩《ゆる》みから手をすべらせて、黒板消しを下に落としてしまった。

こんなはずかしい姿、まさか気づいてないよね？　気づいてませんように！

転がるように階段を駆け下りると、教室の真下にある花壇の裏へと回った。あの人がいるベンチのほうなど見向きもせずに、黒板消しを拾い、一目散《いちもくさん》にその場を去る。

「あははっ！」

背後から笑い声がする。

うわーん、最悪。やっぱ見られてたー！

駆け足で教室に帰る途中、なぜか唐突に頭に浮かんだ。

——そうだ、あの人にあだ名をつけよう。

そうだな……いい香りのコロンをつけてたから、〝コロちゃん〟にしよう。

その日から、心の中で勝手に彼のことを〝コロちゃん〟と呼ぶようになった。

それ以来、黒板消しは、わたしが中庭を眺めるためのアイテムになった。毎日やるのはあまりにもわざとらしいかなって思ったので、週に二回ほど窓からパンパンしている。

相変わらずクリーナーは壊れたまま。きっと先生も忘れてる。

ふふふ……よしよし。なんなら、ずっと壊れていてね。

なんて、ついそんなこと考えてしまうのだった。

黒板消し子ちゃん　＊シィ君＊

「……やんなぁ？　て、聞いてる？　おい！　シィ？」

「へっ？　……あ。うん……」

いつものごとく、中庭で過ごす昼休み。目の前でサトシが手を振って、不思議そうな顔をして見てた。

今、オレの機嫌は最悪だった。

原因はアイツ。ユウ。

オレはさっきまでいた食堂での会話を思い返していた。

いつも四人で集まっていたオレらの中に、最近ではときどき、ユウと、ユウのクラスの友達だという女子三人も加わるようになった。

ユウと一緒にお昼を食べることができるのは、もちろん大歓迎だった。さっきまでは。

食事の最中、ユウはアイスコーヒーのストローが入っていた袋をクルクルと指に巻きつけながら、うれしそうに話し出した。

「浅野君と付き合うことになってん」

「ええっ？」

オレら四人は一斉に驚く。だけどユウの友達は驚いた様子もなく、ニコニコ笑っている。彼女たちは同じクラスだし、すでに知っていたんだろう。

「浅野って、誰？」

なるべく平静を装《よそお》って尋《たず》ねる。

「もう忘れたん？　この前、ナオに紹介したやん！　ほら、小六のとき転校していった……」

アイツか。以前、ユウと教室で話していた男。もう、顔も思い出せないけど。

「つか、お前、山本《やまもと》はどうしてん！　山本は！」

山本というのは別の高校に通ってる、オレらと同じ中学のヤツ。ユウと山本は、たしか半年ほど前から付き合っていたはず。

「うーん……問題はそこやねん。まだ言ってないねんなぁ。まぁ最近、連絡ないし。自然消滅《しぜんしょうめつ》かなっ。あはっ」

あはっ……て。あはっじゃねーだろっ。

オレは頭をかかえた。

またかよ。

ユウとオレは親同士も仲が良くて、幼稚園のころから兄妹みたいに育った。ずっと一緒にいたのに、不思議なぐらいお互い意識し合うことはなかったんだ。

中一の夏までは。

中一の夏、ユウはオレのふたつ年上の兄貴と付き合うことになった。その橋渡しをしたのは他でもない、オレ。

バカなオレは、ユウが兄貴の彼女になって初めて、自分の気持ちに気づいた。と同時に、彼女がオレのことを単なる幼なじみとしか感じていないことを思い知らされた。

ユウと兄貴は半年ほど付き合ったと思う。そしてそれから、ユウは男を絶《た》やしたことがない。

いつもだいたい半年ぐらいで別れるが、そのころには別の男が現れる。今回の浅野ってヤツが何番目の彼氏になるのか、オレにもよくわからない。

そんな事情を知ってるオレの仲間内では、『ユウにだけは手を出すな、痛い目に合うぞ』みたいな空気が流れている。だから逆に、ユウもオレらとは友達として付き合いやすいのだろう。

天使のようなルックスのユウはとにかく男受けがいいが、女子の間ではかなり評判が悪かった。そんな事情が、高校ではまだバレていないことを願う。

正直、ユウが女友達を連れてきたとき、オレはアイツに友達ができたことにホッとしたぐらいだ。

ユウのことを悪く言うヤツはたくさんいる。でも、オレは知ってる。アイツはべつに男を手玉に取ってるわけではない。

いつも、どの恋も、本気で相手を好きになって付き合ってる。

まぁ、そのサイクルが短いっつうか、惚《ほ》れっぽいっつうか。

「ふぅ……ん」

オレはため息をこぼしつつ言った。

「じゃ、今度からここに来んほうがええんちゃうん？　浅野君と一緒に飯食ったら？」

精一杯の嫌味のつもりだった。だけど、ユウは一瞬キョトンとした顔をして。

「なんで？　彼氏と友達は別やん？　浅野君とナオは全然ちがうもん！　だからいいねん」

すべての男を魅了《みりょう》するような天使の笑顔でそう言った。

「……でさ」

「え！　マジでっ」

さっきのユウの話など、オレ以外のヤツはもう誰も興味がないようだ。みんな、いつも通りのくだらない話で盛りあがっている。

でも、オレの気分は沈んだまま。どうしても腑に落ちない。

ユウとは十年以上の付き合いだ。それなのに、再会してまだ二ヵ月足らずのアイツに持ってかれるなんて。

いやこれは完全なる八つ当たり。そもそも、行動を起こせない自分が悪いのだ。

なにやってんだろ、オレ。告る勇気も持てないなんて。

——パン……パン……パンッ。

そのとき、オレの沈んだ気分とは対照的な、能天気な音が頭上で響いた。なんの音か、なんとなく想像はついたけど。

ゆっくりとその音がするほうを見上げ、思わず吹き出しそうになった。

女の子が窓から身を乗り出して、黒板消しをパンパン叩いている。しかも、かなり真剣な表情で。

なぜ、キミはクリーナーを使わない？　と、心の中でつっこむオレ。

「こほっ……こほっ……」

プッ。むせてるしっ。

オレはもう、彼女から目が離せなくなってしまった。すると、突然彼女がこちらを向いた。

　まさか、オレの視線に気づいた？

〝黒板消し子ちゃん〟と、今度は勝手にあだ名をつけてみる。

　彼女はオレと目が合うと、驚いたような表情をした。そして。

「き……きゃあああ……」

　という悲鳴とともに、黒板消しが落下した。

「ブッ……」

　堪《こら》えきれず、とうとう声に出して笑ってしまった。

「どしたん？」

　みんなが不思議そうに尋ねる。

「いや……なんでも……」

　横目で黒板消しが落ちたほうを盗み見しながら、誰にも気づかれないように、みんなの会話に入る。

　やがて、かなり慌てた様子で、まっ赤な顔した〝消し子ちゃん〟がやってきた。彼女は黒板消しを拾いあげると、一目散に逃げていった。

「あははっ！」

　こっそりと一部始終を見ていたオレは、たまらず大声で爆笑してしまう。

「お前、さっきからなんやねん?」

サトシに尋ねられ、オレは今見たことを話してきかせた。するとみんなは大爆笑。

気がつくと、さっきまで落ちこんでいた気分もすっかり晴れていた。

ありがと。消し子ちゃん……プッ。


その日以来、ときどき彼女は窓辺に現れるようになった。いつも黒板消しをパンパン叩いて。さらに言えば、たまに黒板消しを落としているのをオレは見逃していなかったぜ。

そして秋になり、やがて冬へと季節が変わるころ、オレ達もいつしか中庭には行かなくなっていた。

ポッキーと恋バナ　＊ちぃちゃん＊

気づけば、冬になっていた。

放課後の教室で、わたしはいつもの四人組でお菓子を食べながら、たあいない話をしていた。

「なぁ、なぁ……。言わへんの？」

アカネちゃんがニヤニヤ笑いながら、となりに座るマリちゃんをつついた。とたんにマリちゃんの頬《ほお》は、赤く染まっていく。その様子だけで、なんとなく想像できる。

「ひょっとして……そうなん？　彼氏できた……とか？」

目をまん丸にしたエミコが尋ねる。

「うん……まぁ」

ポッキーを口にくわえたまま、はずかしそうにコクンと小さくうなずくマリちゃん。

「えええええええ！　マジでー？　誰、誰？」

「えーと……。六組の……上田《うえだ》君」

「きゃ！」

わたし達三人は、廊下にまで聞こえるぐらいの大声で騒ぎたてる。

「なんで？　上田君から言われたん？」

「いつから？　なあ、いつからなーん？」

質問攻めにあったマリちゃんは、ひとつずつ丁寧《ていねい》に答えてくれた。はにかんだ口もとや、ちょっと潤《うる》んだ瞳がキラキラと輝いて見えて、その表情はいつも以上に彼女をかわいく見せた。

マリちゃん、幸せそう。恋する女の子って、こういう顔してるんだな……。

なんてぼんやり考えていると、ふいに声をかけられた。

「で。ちぃちゃんは？」

「ええっ？」

マリちゃんの話を皮切りに、さっきから順番に恋愛報告をしていた。女の子ってこういう話、好きなんだよね。

エミコは同じバレー部の男の子に告白されて、今はまだ迷っている最中らしい。アカネちゃんは、とくに好きな人はいない。

わたしは……わたしは……。

――ポキンッ。

口にくわえたポッキーが折れた瞬間、なぜだかコロちゃんの顔が浮かんだ。でも、すぐに打ち消す。

「……わたしも、いないよ。好きな人なんて」

「えー。そうなん？　今、一瞬〝間〟があったけどー？」

エミコが顔をのぞきこんでからかってくる。

「ほんまに、おらへんってば！」

ホントに、いないよ。だって、コロちゃんのことは〝恋〟じゃないもの。

いつもいつも彼のことを考えてしまうとか、想像しただけで切なくて胸が苦しくなるとか、そんなんじゃない。

わたしは彼の名前すら知らない。どんな性格で、なにに興味があって、いつも耳に当ててるヘッドフォンから流れている音楽がなんなのか、なにも知らない。

そんな状況で好きになるなんて、ありえないよ。

コロちゃんにはきっと、お似合いの彼女がいるだろう。

そうだな……彼のとなりにいる人は、たぶん、大人っぽくて美人で……ああ、年上の女子大生なんかも似合いそう。

なんて、得意の妄想をしてみる。

だけど、ほらね？　そんなことを想像してもわたしはちっとも傷ついていない。

きっと、そういう〝好き〟じゃないんだ。

コロちゃんのことは、目の前にいる友達の誰にも話したことがない。初めて出会ったあの渡り廊下のことも、窓から眺めていた中庭の景色も、わたしには大切な宝物みたいな気がしていた。

それを小さな箱に入れて、自分だけが知ってる胸の奥にしまいこんでおきたかった。

だから、誰にも言わない。


その翌日。あんな話をしたせいか、久しぶりに窓の外が気になって、のぞいてみた。

コロちゃんはもちろんのこと、中庭には誰もいなかった。

自分でも驚くぐらい落胆《らくたん》してしまう。

そのあとも何度かのぞいてみたけど、彼らが姿を現すことはなかった。もう季節は冬だ。こんな時期に中庭で過ごす人なんかいないよね。

コロちゃんは三年生なのかもしれない。だとしたら、もうすぐ卒業だ。

きっともう、あの姿を見ることはないだろう。

そう思って、静かに窓を閉めた。

ホットココアと恋バナ　＊シィ君＊

「ううう……さみっ……。なんやねん、この寒さはっ！」

部活を終えてグラウンドから部室へと戻る途中、

「あ。オレ、コーヒー買っていくわ。先、戻っといて」

オレはサッカー部の仲間と別れ、自販機の前で立ち止まった。

ジャージのポケットを探っていると、うしろから手が伸びてきて、誰かが先に小銭《こぜに》を入れた。

——チャリンチャリン。

「お疲れ」

その声に振り向くと、すぐ横にヤマジが立っていた。

「おう。お疲れ。練習？」

「うん」

ヤマジは少しかがんで、自販機からホットココアを取り出す。オレも続けて、小銭を入れてボタンを押す。

「どうなん、最近？　バンドのほう、いい感じなん？」

ヤマジは中学のころからバンドを組んでいて、高校に入ってからはかなり本格的にやりはじめた。

「うん。まぁ……ね」

ヤマジはその場でココアの缶を開けて飲みはじめた。

本当は缶コーヒーをカイロ代わりにして、部室まで持っていくつもりだったんだけど、オレもそのまま付き合うことにした。

「フッ……」

ココアを飲むヤマジをしみじみ眺めながら、ふと笑みがこぼれた。

「……なに？」

「いや……べつに。ヤマジ君はココアが似合うなぁって思って」

「なんだよ、それ」

ヤマジは整ったキレイな顔を、ほんの少し歪《ゆが》ませた。

細い体に色素の薄い肌と髪。小さな顔に不釣り合いなぐらいの大きな黒目がちの目。美少年という言葉がこれほど当てはまるヤツを、オレはこいつ以外で見たことがない。

ヤマジはどちらかと言えば無口なほうだ。でも、それには理由があった。

彼は中二のときに関東のほうから転校してきた。キレイな顔立ちでキレイな言葉を話す彼を、女子は憧れの眼差《まなざ》しで見つめ、男子はウザいとからかった。

この容姿だけで十分目立ってしまう彼は、いつの間にか口を閉ざすことで、自分の存在を消す術《すべ》を覚えたのかもしれない。

「シィ？」

「ん？」

「あれ。いいの？」

ヤマジがあごをつき出してジェスチャーする。その視線の先には、ユウとオレの知らない男がいた。高校に入ってすぐに付き合いはじめた浅野ってヤツでもなさそうだ。

ユウの表情から、単なる男友達ではないということだけはわかった。

「アイツ……。また、男変わったんかな」

見たままの感想を言った。できるだけ、感情を悟られないように。なのに……。

「あの男とは、まだ付き合ってないみたい。でも、また持ってかれちゃうよ？」

――持ってかれちゃうよ？

「ブッ……。うわっ、あつっ……！」

さらりと言ってのけるヤマジの言葉に、動揺《どうよう》を隠しきれず思わずコーヒーをこぼしてしまった。

「えっ……なんやねん、お前。なに、言ってんねん？」

ヤマジは片方の眉と口の端を上げて、少し意地悪そうな顔でオレを見つめ、それからまた視線をはずした。

——ああ。

オレの気持ちなんて、全部、お見通しってわけか。

「はぁ〜……」

大きなため息をついてうなだれる。体の力が抜けて、へなへなとその場にしゃがみこんでしまう。

「バレバレやった？」

たぶん、今、顔から耳まですべてがまっ赤になってると思う。

「ま……ね。急に進路変えたのも、そのせいでしょ？　みんなわかってんじゃない？　だから、誰も手ぇ、出してないじゃん？」

……そういうことか。

オレらの間には、ユウには手を出さないっていう暗黙の了解があったけど、それはオレに遠慮《えんりょ》してたってわけか。男同士の友情に泣けてきそうだ。

「アイツさ、さっきの男。アサミの彼氏なんだって。三年の佐々木《ささき》」

「マジで？　……っつか、なんでお前、そんなん知ってんねん？」

「カナコからの情報」

「ふーん」

「あ。ついでに言っとくけど、オレとカナコ、付き合ってるから」

ヤマジは普段と変わらぬポーカーフェイスで、さらりと言ってのけた。一方オレは、んん？　つまり、それは……。ヤマジの言葉を理解するのに数秒を要した。

「え……えええええ？」

思わず自分でも驚くぐらいの大声を出してしまった。

「マジで？　そうなん？　ひょっとして、オレだけ？　知らんかったん」

ヤマジはそれには答えず、ニヤニヤ笑っている。

はぁ……。再びうなだれる。

オレって、自分ではなんでもうまく立ち回れるほうだと思っていたんだけど。実は全然周りが見えてないし、超鈍感なのか？

しばらく呆然《ぼうぜん》として、それから急に、まるでパズルがはまるかのように、最近の周囲の出来事が理解できた。

いつも食堂で集まるメンバーは、オレら四人と、ユウと、ユウが連れてきた女友達三人だった。さっきヤマジの口から出た、アサミとカナコってのはその中のふたり。彼女達はいつも四人でいたはずなのに、三学期に入ったころからなぜかユウとカナコしか来なくなった。そして、来なくなったうちのひとりが、アサミ。

なるほどね。アサミとその彼氏とユウは、いわゆる三角関係になったんだろう。それが原因で、女四人のグループが分裂。

「なぁ、ヤマジ。女って、男が絡《から》んだら友情とか一瞬で消えるんかな？　なんか、すげーな。怖いっちゅうか」

「うーん。ってゆか、みんな必死なんじゃない？　ホントにほしけりゃ、遠慮なんかしないし。シィも、いい加減、覚悟決めたら？」

「ヤマジ君、そのセリフ怖い……」

オレはすでにぬるくなってしまったコーヒーを口にした。

いつもより苦く感じたその液体は、一瞬喉に絡んで動かなくなり、意識しないと飲みこめなかった。

——オレは勇気がないだけなのかな？

どうして、一番強く想ってる胸の内は、いつもいつも、この喉のあたりにつかえて、簡単には言葉になって出てくれないんだろう。

缶を握っている手に力をこめた。

「ヤマジぃ。オレ……決めたわ」

今にも雪が降り出しそうなその日、オレはユウに気持ちを伝えようと決意した。

瞬きもしないで　＊ちぃちゃん＊

もう三月も終わりに近づいているというのに、季節外れの寒波が訪れ、粉雪がチラチラと舞っていた。

今日は終業式。このクラスともお別れだ。

一年間お世話になった教室を去る前に、もう一度中庭を見ておきたい。そう思って、窓辺に近づいた。

ある人の姿を見つけ、わたしは目を見開く。

コロちゃんだ。コロちゃんがいた。

彼はこの寒空の下、たったひとりでベンチに座っていた。

紺色のダッフルコートに、手編み風のベージュのマフラーをぐるぐる巻いて、耳には、いつものヘッドフォンをつけていた。

今日、ここにいるってことは、三年生じゃなかったのか。三年生だったらもう卒業してるはずだもん。

それにしても、ひとりでなにやってんだろ？　寒くないのかな……。

わたしはしばらくその光景をぼんやりと眺めていた。

あの桜の木は、まだ蕾《つぼみ》すらつけていない。花壇には、色とりどりの花はまだひとつも咲いてなくて、ただグレーがかった茶色い土が寒そうに盛りあがっているだけ。

色を失った世界で、彼のダッフルコートの紺色だけが、ひときわくっきりと浮かびあがって見えた。

静かに降り続く粉雪は、彼のコートの肩に降りかかっては、儚《はかな》く消える。そこは、まるで音のない、とても静かな世界。

頭の中に白いキャンバスを思い浮かべる。目に映るすべてをそこに描いて焼きつけたい。

いつものように、スケッチブックを取り出す必要はなかった。

きっと一生、この光景を忘れることはない。

わたしは瞬きをするのも忘れて、ずっとそこに立ちつくしていた。

寒さのせい ＊シィ君＊

重い足取りで久しぶりにその場所にたどりつくと、ベンチに腰かけた。

幾重《いくえ》にも重なった灰色の雲は見るからに重そうで、それはまるで、オレの気分をすくいあげてそのまま空に広げたようだった。

とうとう、雪まで降ってきやがった。

「さみっ……」

ぐるぐるに巻きつけたマフラーに顔を埋めた。ヘッドフォンからは、流行りのヒップホップが能天気なリズムで流れてくる。

ボリュームをさらに上げる。ありとあらゆるものを遮断《しゃだん》したい。目に映る景色も、頭の中にすみついた記憶もすべて……。

ギュッと目を閉じる。

遠ざけようとすればするほど、昨日の出来事がはっきりと脳裏《のうり》に浮かんでくる。

昨日、オレは決死の覚悟でユウを呼び出した。今までの想いを全部打ち明けるつもりだったんだ。

でも、オレが口を開くより先に、ユウが話を切り出した。

ユウは卒業式の日に、例の佐々木ってヤツから告白されたらしい。

付き合えば親友から彼氏を奪うことになってしまう。だから、ずっと悩んでいたけど、やっぱり好きだと。親友を傷つけてしまったけど、この気持ちは貫《つらぬ》きたい。ほんの少し涙を浮かべて、まっすぐな瞳でそう言っていた。

「……がんばれよ」

オレが言えたのはそのひと言だけだった。ホントに言いたかったことは、なにひとつ伝えられなかった。

「はぁ……ズズッ……」

目の縁《ふち》がじんわりと熱くなり、鼻の奥がツンッと痛くなる。

それは、この寒さのせいだって——そう思いたかった。

わたしの新学期　＊ちぃちゃん＊

また、桜の季節がやってきた。今日から二年生。

たぶん、なにも変わらないんだろうな。

またあっという間に日々は過ぎ去っていくんだろう。ただ平凡に、なにも起こらず。

学校に到着してクラス発表を見にいって、落ちこんだ。

アカネちゃん達仲良しグループの子はもちろんのこと、顔見知りの子すら、誰もいなかった。

わたしみたいな人見知りの激しい子はさ、誰かと一緒にくっつけるとか、そういう配慮《はいりょ》はないの？

心の中で先生に文句を言いながら、自分の教室に入ったものの、どこに座ったらいいかわからない。とりあえず適当に窓際の席につく。

「あのー……。ここ、わたしの席なんやけど？」

女の子がひとり、わたしを見下ろして困ったような顔をしていた。

「えっ？　ごめんなさい！　席、決まってんの？」

「……プッ。黒板に貼《は》ってるよ」

「ええっ！　あ、ほんまや！　うわぁ……ごめんね」

慌てて荷物をまとめて席を立ち、黒板に貼り出されていた座席表を確認する。かなりはずかしいことに、わたしの本当の席は、さっきの席のひとつうしろだった。

なんとなくバツが悪くて、下を向いて自分の席に向かった。

通りすぎる途中でペコリと頭を下げると、さっきの女の子は、またクスクス笑っていた。

わたしが席につくと、すぐに彼女はくるりとうしろを振り返り、話しかけてきた。

「ハイ。忘れ物」

「ああっ！　ごめん……ありがと」

もう、もう、もう！　なにやってんの、わたしってば！

慌てて荷物をまとめたせいで、ボールペンを彼女の席に置き忘れていたらしい。

ああ……。絶対、ドジな子だって思われてる。

「なぁ、なぁ……」

自己嫌悪に陥《おち》ってるわたしのことなどおかまいなしに、彼女はボールペンを手渡しながら話し続けた。

「これ、『K's cafe』のボールペンやんな？」

「うん。知ってんの？」

「きゃ！　めーっちゃ、いい！　これってスタッフさんとか、常連さん限定で配ってたヤツやろ？　普通に販売してないやん？　どうやって手に入れたん？」

「お姉ちゃんがバイトしてて……」

「ウソッ、マジでー？」

『K's cafe』というのは、地元にあるカフェ。落ち着いたオシャレな内装と、店内でかかっている音楽や、ときどき行われるライブイベントが人気のお店らしい。

わたしもちょっと憧れはあるけど「あんたには、まだ早い」なんてお姉ちゃんに言われているので、一度も行ったことはない。

「『K's cafe』、よく行くの？」

まだ興奮《こうふん》している彼女の横顔を眺めながら尋ねた。彼女なら、行ってそうな気がした。わたしとちがって、そういうオシャレな場所が似合いそう。

彼女のこと、名前は知らないけど顔は知ってる。一年のとき、となりのグラスにいた子だ。

すごく大人っぽくて目立っていた。背が高くて、まるでモデルのようなスタイルに小さな顔。ひょっとしてハーフなのかな？　なんて思わせる、はっきりとした顔立ち。

緩く巻かれた茶色いロングヘアは、彼女の雰囲気にとても合っていた。

「うん。たまに。彼氏と行ったりしてるねん」

あ。やっぱ彼氏いるんだ。そりゃそうか。こんなに美人だもんなぁ。なんて感心しつつ、彼女の顔を見つめる。すると彼女は机に頬杖をついてにっこり微笑んだ。

「名前、なんて言うん？　わたし、本田由香里《ほんだゆかり》。ユカリでいいよ」

「あ……松本千春。みんなからは、ちぃって呼ばれてる」

その日からユカリちゃんとわたしは仲良くなった。

きっとわたし達ふたりは、周りから見ればかなり不思議な組み合わせだったと思う。

ユカリちゃんは、とにかくいつも、どこにいても目立つ存在。わたしみたいな地味な子と一緒にいてくれているけど、ユカリちゃんは楽しいのかな？　なんて、ときどきバカみたいに卑屈《ひくつ》なことを考えてしまう自分がいた。

わたし達は自然と、お昼休みには一緒にお弁当を食べるようになった。

だけど、ある日彼女がこんなことを言い出した。

「ちぃちゃん。わたし今日、中学の友達と食堂でお昼食べる約束してんねん」

「あ……そうなんや。いいよ。わたしは他の子と食べるし」

ユカリちゃんはううんと首を振って、「ちぃちゃんも一緒に食べよ？」と誘ってくれた。

「ええっ……。でも、知らん子ばっかりやろ？　緊張するし……」

「そんなん、すぐに慣れるって。みんなめっちゃいい子ばっかりやし」

半ば強引に説得されたわたしは、見知らぬ人達と一緒にお昼を食べることになってしまった。

食堂につくと、ユカリちゃんはあるグループを見つけて手を振る。

ええっ……！　友達って、男の子もいるんだ……。

ユカリちゃんが手を振った先には、男の子三人と女の子がひとりいた。

二年生になっても男の子が苦手なのは相変わらず。

嫌い……ってわけじゃない。むしろ意識しすぎてしまうんだと思う。男の子となにを話したらいいのか、まったくわからない。

たじろぐわたしの手を引いて、ユカリちゃんはそのグループのもとへ行った。

「同じクラスのちぃちゃん。よろしくね」

「おー。よろしくー」

笑顔で挨拶《あいさつ》をしてくれた。

たしかにみんないい人そう。

わたしはペコリと頭を下げると、一番端の席に座った。

オレの新学期　＊シィ君＊

よっこらせっ……て、オレはオヤジか！

なんて、ガラにもなく自分につっこんでみる。

今、オレは〝十五枚×クラスの人数分〟のプリントをかかえながら廊下を歩いている。

職員室に入ると、担任のエッちゃんこと、小林恵津子《こばやしえつこ》先生の席に両手でかかえていたそれをドサッと置いた。

「ごめんねー。香椎君、大変やったでしょー？」

エッちゃんは、座ったまままくるりとイスを回転させる。

両手を顔の前に合わせて、いかにも申し訳なさそうな表情でそう言った。

「全っ然、いーっすよ」

内心どう思っていようが、こういう場面で人当たり良くしてしまうのは、きっとオレの性分《しょうぶん》だ。

「香椎君がクラス委員になってくれて良かったわー」

ははっ……。つか、それはあんたが半ば強制的に決めたんでしょうが。

オレは二年になって新学期早々、クラス委員に任命されてしまった。

いったい、かれこれ何回目のクラス委員だろう。

自分で言うのもなんだけど、小学生のころから成績優秀なオレは、いつも教師から絶大な信頼を得ている。そのせいか、こういう役はやたらと回ってくる。

なんて言えば聞こえがいいけど。クラス委員なんて、結局は誰もやりたがらない雑用係だ。

「じゃ。またなにかあったらいつでも声かけてください」

とか、こんなセリフがサラッと出ちゃうんだから、ホント、自分で自分の首を絞《し》めてるよな、オレ。

「ホント助かったわー。あ……そうだ」

エッちゃんは机の上にあったビニール袋をオレに差し出す。

「お昼食べてないでしょ? これはお礼」

「あ。ども」

袋の中には、焼きそばパンとパック入りの牛乳。

オレは残り少ない昼休みを過ごすために食堂へと急いだ。

彼の正体　＊ちぃちゃん＊

「でな。アイツがな……」

「え、ウッソ？　マジ！」

「ほんまやって。あとなー……」

予想はしてたけど。みんなの会話についていけるわけもなく。わたしはひとり黙々《もくもく》とお弁当を食べながら、よくわからない話を聞いて、適当にお愛想でヘラヘラと笑っていた。

みんなが悪いわけじゃない。これはわたしの問題なのだ。

ただでさえ人見知りが激しいほうなのに、初対面の、ましてや男の子なんかとどうやって会話すればいいのか、全然わかんない。

ユカリちゃんには悪いけど、どうにも居心地が悪い。

そんなことを考えながら、空になったお弁当箱を袋に入れようとしていた、そのとき。

「おー！　こっち、こっち！」

斜《なな》め前に座っていた男の子が突然、手を上げて誰かに声をかける。

食堂の入り口付近にいたその人は声に気づき、わたし達のいるテーブルに向かって歩いてきた。

片方の手には焼きそばパン。そしてパックに入った牛乳をストローで飲みながら近づいてくる。

そのひとつひとつの動作が、まるでスローモーションのように感じられた。

「遅かったなぁ。もう、昼休み終わんでー。なにしてたん?」

斜め前の男の子に問われた彼は、

「エッちゃんの雑用係」

と言いながら、わたしが座っている向かいの席にドカッと腰を下ろした。

そんな彼から目が離せなくなってしまった。

だって……この人は……この人は……。

頭の中の自分に何度も確認する。

そうだよね。この顔……この髪型。

「あー。めっちゃ腹減ったー」

彼は焼きそばパンの入った袋を開けて、大きく口を開く。

「いっただきま……」

まちがいないっ。

そう確信して、イスを倒してしまいそうなぐらい勢いよく立ちあがる。

そして思わず叫んでしまった。

「コッ……！」

て、バカ！

〝コロちゃん〟っていうのは、わたしが勝手につけたあだ名だ。慌てて口をつぐむ。

みんなが驚いたような表情で、立ちあがったままのわたしに注目してる。

彼の口もあんぐり開いたまま。焼きそばパンを頬ばるために開けたその口は、おあずけをくらった状態だ。

「コッ……」

とりあえず、さっきよりも小さい声で自信なさげにつぶやいてみたりして。

みんなの頭の上に〝コ〟という文字と〝？〟が浮かんでいるのが、見えるような気がする。

「コッ……」

ヤバい……。うわーん。どうすればいい？

「こんにちは」

ヘラッと力なく笑って、そう言ってみた。

斜め前にいる男の子の体がズルッてコントみたいに滑ったのが見えた。
う……うまくごまかせたかな?
しばらく続く沈黙。呆気《あっけ》に取られたみんなが、この様子を固唾《かたず》を呑んで見守ってい
るのがわかる。わたしもゴクリと唾《つば》を飲みこみたかったけど、それすらできないほど、
喉が渇《かわ》ききっていた。
気まずい沈黙を破ったのは、コロちゃんのこんなひと言。
「ハイ。こんにちは」
彼はキツネにつままれたような顔をして、焼きそばパンを手に持ったまま、そう答
えた。とたんに、緊迫《きんぱく》した空気が弾けて、みんなが一斉に笑い出す。まさに爆笑って
感じ。
周りのテーブルの人達も反応して、こちらをチラチラ見ている。
「もう!　ちぃちゃん、最高!」
ユカリちゃんは、お腹をかかえて笑ってる。
「ひょっとして、天然?」
斜め前の男の子が笑いながらつっこんでくる。
力が抜けて、ストンとイスに腰かけた。
あああああああ……。またやってしまった。

なんでこう、いつも、あと先考えずにバカなことばっかりやってしまうんだろう。もう、消えてしまいたい……。

そう思いながらチラリと正面にいる彼を見た。

やっぱりそうだ。〝コロちゃん〟だ。いつも中庭のベンチに腰かけていたあの人。わたしが窓からのぞいて、その姿を探していた人。

同級生だったのか……。

まるで夢でも見てるみたい。なんて、言ってる場合じゃないってば！

コロちゃんにはずいぶん前に、黒板消しを落としたのを見られたことがあった。あんなはずかしいこと、まさか覚えてないよね？

もう一度、チラリと盗み見る。

彼はわたしのことなど気にする様子もなく、モグモグとパンを食べていた。

覚えてるわけないか。わたし、存在薄いもんね。

ホッとすると同時に、ちょっとガッカリもした。

さらにもう一度、視線を彼のほうへ向けた。

——あ。目、合っちゃった。

「ボモボバベバン？」

コロちゃんは、口いっぱいにパンを頰ばりながら、誰かに訴えかける。

「え？　なんて？」

みんなから一斉につっこみをいれられる。

彼はゴクリと飲みこむと、牛乳をひと口すすって、もう一度口を開いた。

「この子誰なん？」

あ。わたしのことか。

「同じクラスの松本千春ちゃん。ちぃちゃんやで」

ユカリちゃんに紹介され、わたしはペコリと頭を下げた。

「かわいいやろ？」

ユカリちゃんのそのセリフにものすごく焦った。

だってほらっ。コロちゃんもどう答えていいか困ってるじゃない。

眉間《みけん》にしわを寄せて、じぃ……っとこちらを見ている。

わたしはどうしていいかわからず、顔が引きつる。

うう……。

やがてコロちゃんは表情を柔らかくすると、フッと笑った。

「うん。かわいいな」

えええええええ！　今、なんて言ったの？　かわいいって言ってくれたの？

男の子にそんなこと言われたの、初めてだ。お世辞《せじ》ってわかっててもうれしい。

コロちゃんの優しさに浸って感動していると、彼はニヤリと不敵な笑みを浮かべた。

「うちのサチコにそっくり」

そのひと言で、またみんなが爆笑する。

今度は食堂中に響き渡るぐらいの大声で。

サ・チ・コ……？　ハテ？　サチコとは？　妹……とか？

わけがわからない。

となりでお腹をかかえて、涙まで流しながら笑っているユカリちゃんに、目で助けを求める。

ユカリちゃんは、引き笑いをしながら言った。

「くくっ……。サチコってなぁ……。飼ってる犬やねん。ヨークシャ……。プッ……でも、ちぃちゃん……ほんまに似てるわっ。あはは」

がーん……犬……。犬にそっくり？

はは。

とりあえず、一緒に笑うしかなかった。

彼女の正体　＊シィ君＊

もうのんびりしている時間はない。

オレは食堂につくなり、エッちゃんからもらった牛乳パックにストローを差して飲みはじめた。

キョロキョロとあたりを見回して、いつものメンバーを探していると……。

「おー！　こっち、こっち！」

ケンジが奥のテーブルから手招きしてくれたのでそちらへ向かった。

「遅かったなぁ。もう、昼休み終わんでー。なにしてたん？」

「エッちゃんの雑用係」

オレはそう言うと、空いている席に座った。

もう、ほんまに時間ないやん！

「あー。めっちゃ腹減ったー」

急いで焼きそばパンの入った袋を開ける。

やっと食べ物にありつける！

焼きそばパンがこんなにおいしそうに見えたことはないよ、ホント。

「いっただきま……」

オレが大きく口を開けた——そのとき。

「コッ……！」

いきなりガタンッという大きな音がしたかと思ったら、オレの目の前で見知らぬ女の子が立ちあがった。しかも、超ガン飛ばされてるし。

——え？　なに？　なんなの？

オレは口を開けたまま、彼女のほうを見ていた。

な……なんやねん。

「コッ……」

こ？

彼女はなにが言いたいのか、オレに向かって「コッ……」と繰り返す。

「コッ……」

まただ。あああ。もう、ほんまに、なんやねんて！

言いたいことあるんやったら、早く言ってくれ！

もう、こっちからなにか言ってやろうとしたそのとき、

「こんにちは」

彼女はニヘラッて感じで笑って、そう言った。

となりのテーブルに片肘《ひじ》をついていたケンジが、ズリッと滑った。

オレはと言えば、そう返すのが精一杯だった。なんというか、どう対処すればいいのかわからなかったのだ。

「ハイ。こんにちは」

ところがこのやりとりを見守っていたみんなは、一斉に笑い出した。

なっ……なんでオレまで笑いもんやねん。くそぉ……。

でも、もうそんなのにかまってられない。とにかく、焼きそばパンを食わせてもらう！　やっとありつけた食事なのだ。

だけど……。

チクッ……チクッ……チクッ……。

視線が刺さる。

だあああああ！　だから、なんなんだ？

さっきから、やたらと彼女はこちらをチラチラ見ている。

とりあえず気づかないふりして、パンをひたすら食べる。

ねぇ、オレ、キミになにかした？　ん？

つか、そもそも……。

「この子誰なん？」

そうだよ。いったいこの子は誰なんだ？

「同じクラスの松本千春ちゃん。ちぃちゃんやで。かわいいやろ？」

そう言われて、彼女の顔をじっくり見る。

うーん。どこかで見たような気がする。どこだ？　どこで会ったっけ？

さっきから、コロコロ表情の変わる大きな目とこの丸顔には、なんとなく見覚えがある。オレは考えを巡《めぐ》らせて、ふと頭に浮かんだ映像に納得した。

そうか。そうだったのか。

「うん。かわいいな」

そう答えた。だって、彼女は……。

「うちのサチコにそっくり」

自分の飼い犬に似ていると言ってやった。とたんに、さっき以上の大爆笑が起こった。

なにがそんなにツボにはまったのか、みんなやたらとウケてる。

オレも一緒になって笑ってたんだけど、オレが笑ってる理由は、みんなとはちょっとちがってたんだ。

そうか。ふふ。そうだったのか。

桜風　＊ちぃちゃん＊

「ちぃちゃん。食堂行こ？」

翌日、ユカリちゃんからそう声をかけられ、わたしは戸惑う。

「え。今日も？　あのメンバーで？」

「うん。そうやで。あの子らおもしろいやろ？」

ユカリちゃんは、わたしの胸の内なんて気にする様子もなく、ニコニコと微笑んでいる。

せっかくのお誘いだけど、迷っていた。みんなとの会話には、どうにも馴染《なじ》めそうもない。

やっぱやめておこうかな。

そう思って断ろうとしたとき、なぜか、ふいにコロちゃんの顔が浮かんだ。

「ちぃちゃん？　もう行くよー？」

少しうつむいて、お弁当袋をギュッと握る。それから……。

「はぁい。待ってー」

ユカリちゃんのあとを追った。

「あ。ユカリちゃん、ちょっと待ってて」

食堂の外にある自販機の前で立ち止まる。

飲み物を取り出して立ちあがろうとしたとき、手が滑ってしまい、買ったばかりのお茶の缶がコロコロと転がっていってしまった。

きゃぁぁあああ……。

缶の行く先を目で追っていると、誰かの足にぶつかってようやく止まった。

視線を上へと向ける。

そこにいたのはコロちゃんだった。

「よー物を落とす子やなぁ……」

しゃがみこんで缶を拾いあげると、わたしに差し出してくれた。

「あっ……ありがと」

顔が火照《ほて》り出す。

ペコッと頭を下げて受け取ろうとした、そのとき……コロちゃんはニヤリと笑うと、わざとらしいぐらいの大きな声でこう答えた。

「どういたしまして！　〝黒板消し子ちゃん〟っ！」

一瞬で血の気が引いたのがわかった。

お……。覚えてたんだ……。黒板消しを落としたあのときのこと！　あれを落としたのがわたしだったってこと、ちゃんとわかってたんだっ！

なのに、昨日は、わざと知らんぷり？

この人……絶対、意地悪だ……。

勝手に想像していたコロちゃん像が、ガラガラと音を立てて崩れていくような気がした。

コロちゃんは、優しくて、大人っぽくて、落ち着いていて、きっとそういう人だと思っていたのに。

ちょっとちがったみたい。

「おおっ。この子がウワサの消し子ちゃんやったんかぁ」

「マジでー？　すごい偶然やん！」

コロちゃんのひと言で、盛りあがる男の子達。

「え？　え？　どゆこと？」

話が読めず、ユカリちゃんは不思議そうに首を傾げている。

でも、そんな周囲のざわめきは、まるでどこか遠い場所で起こっているかのように、わたしの頭上でぼんやりと反響して、やがてフェイドアウトしていく。

そのとき……突然、強い風が吹いて、遅咲きの桜の花びらが一斉に舞った。無数の薄ピンクのそれは、わたしの頬や彼の髪に降りかかる。

新しい学年。新しい出会い。
買ったばかりのスケッチブックを開くような、このワクワクする瞬間。
ここになにを描いていこう?
そして、どんな色で埋めていく?
ドキドキしている。
きっと、なにかが始まる。
そんな予感に包まれた新学期。
それはまるで、映画のワンシーンのよう。
誰かがわざと降らせてるんじゃないかってぐらいの大袈裟な桜吹雪の向こうで……
彼がにっこり微笑んだ。

—color1　桜色　End—

color 2
白

最初から負けがわかっている試合は挑まない。
できることだけやるから、できて当たり前なんだ。
オレはスーパーマンじゃないよ。
ただ単に守りに入った、臆病者なんだ。

恋ゴコロ　＊ちぃちゃん＊

ふぅ……。

誰もいない美術室で、小さく深呼吸する。

昨日買ったばかりの真新しいキャンバスを眺める。まだ一点の染みすらない、まっ白な生地。

そっと目を閉じてみる。

そこはまだなにも生まれていない、白い……白い世界。

なにを描きたい？

自分に問いかけて、頭の中でイメージしてみる。

浮かんできたのは……。あの雪の日の中庭の景色。

ひと呼吸おいてからパチンと目を開け、時計を確認する。

「あ……。もうこんな時間か……」

みんなご飯食べちゃってるかな？

キャンバスを棚に片づけ、慌てて食堂へと向かった。

「ちぃちゃん！　遅ーい！」

食堂に入ると手を振るユカリちゃんの姿が見えたので、そちらに駆け寄る。

二年生になって一ヵ月が過ぎた。

最初は緊張していたこのメンバーで過ごすお昼休みも、今ではかなり慣れたつもり。

「ごめんね、待たせて」

ユカリちゃんの向かいの席が空いていたので、わたしはそこに座った。

「ちぃちゃん、どこ行ってたん？」

そう尋ねてきたのは、わたしの右横に座っているケンジ君。

小柄で童顔。性格は無邪気。小学生がそのまま大きくなったような感じ。

わたしにとっては、このメンバーの中では一番気兼ねなく話せる男の子だ。

「美術室。ちょっと用事があってん」

「ちぃちゃん、美術部やもんなぁ。なぁ、今度オレをモデルに絵、描いてーや」

「うーん。ごめんね……。人物画って苦手やねん……」

それはホント。人物を描くのはあまり得意じゃない。

だから、いつも風景ばかり描いてしまう。

「そっかぁ。残念やなぁ」

ケンジ君が残念そうにつぶやいた、そのとき……。

「がーん！　もう、最悪やあぁ！」

わたしの斜め前に座って、さっきから雑誌の星占いを真剣に見ていたカナコちゃんが、突然叫んだ。カナコちゃんはテレビからそのまま出てきたアイドルみたいな、かわいい顔をしている。その顔に似合わずなんでもはっきりとものを言う性格は、不思議と憎めない。

「今月、シンイチとの相性、最悪やー！　ほら！　さそり座とうお座、バツやって！」

「へ？　オレ、うお座？　みずがめ座じゃなかったっけ？」

そんなとぼけたことを言いながら横から雑誌をのぞきこんでいるのは、ヤマジ君。

ヤマジ君とカナコちゃんは付き合っている。ふたりともお人形みたいにキレイな顔をしていて、よくできたカップルだなぁ……って思う。

「どれどれ……」

そう言って、ヤマジ君の向かいの席から手を伸ばして雑誌を奪ったのは、サトシ君。

「お！　オレ、恋愛運、二重丸やん！」

このメンバーの中で一番軽い人。って言い方は失礼かな。ええと、女の子の扱いに慣れてて、恋愛経験が多そうな人。

「『ミニスカートが吉、男の子の視線をひとりじめできそう！』やって。って、ミニはいてたらそりゃ、ガン見やろ！　占いちゃうやん！」

サトシ君のひとりつっこみにみんなが笑った、そのとき。

「誰が、ガン見やって～？」

突然横から、手が伸びてきた。かと思ったら、わたしのお弁当の卵焼きが奪われてしまった。

「卵焼きゲット！」

驚いて見上げると、すでに卵焼きを口の中に放りこんだ声の主が、すぐ横に立っていた。そして彼はそのまま、わたしのとなりの席に座る。

シィ君。香椎直道君。

わたしが〝コロちゃん〟ってあだ名で呼んでいた彼は、そういう名前だった。

「んー？　あれ？」

彼が来てから、わたしはずっと固まったまま。そんなわたしの顔を不思議そうにのぞきこんでくる。

「怒らへんの？」

「へ？」

「卵焼き。勝手に食って良かったん？」

「え？　ああっ！　ひどいっ！　わたしの卵焼き！」

「って、反応おそっ」

シィ君のそのつっこみに、みんなが笑い出す。

うー。はずかしい。

「ちぃちゃん、顔まっ赤や！」

そうケンジ君にからかわれたけど、顔が赤くなっている理由はそれだけじゃない。

あ……ダメだ。となりなんかに座るから。左の腕がシィ君の存在に反応して緊張してる。なんでこんなにドキドキしてしまうの？

「あ。そや。ユウ？」

シィ君がユカリちゃんに声をかけた。

「んー？」

「親戚から野菜がいっぱい送られてきてん。オカンが、『良かったら取りにきて』、やって」

「ん。わかった。バイトの帰りに、ナオんち寄るわ」

シィ君はユカリちゃんのことを〝ユウ〟って呼ぶ。

ユカリちゃんはシィ君のことを〝ナオ〟って呼ぶ。

〝ユウ〟と〝ナオ〟。これは、このふたりの間だけの特別な呼び方だ。

他の友達とはちがうこの呼び方が、ふたりの親密さを物語っているような気がした。

たしか幼稚園のころからずっと一緒だって言ってた。

幼なじみかぁ。そういうのっていいなぁ……。

仲良さそうに話すふたりがうらやましくもあり、ちょっぴりまぶしかった。


その日の放課後。わたしは誰もいない美術室にいた。

ブレザーを脱いで、エプロンをつける。髪をひとつにまとめてうしろで結ぶ。

イスに腰かけて、イーゼルに立てかけたキャンバスを眺め、それから、ふぅ……って、小さな深呼吸をひとつ。

美術部の活動は、月水金の週三日。だけど最近のわたしは、部活のない日もひとりでここに来ることが多くなった。

その理由は……。

——コンコンッ。

静かな美術室に、外から窓を叩く音が響く。

そろそろ来るころだろうと思ってたんだ。

机の上に置いてあったキャンディーボックスを手に音の鳴ったほうへ行き、窓を開けた。

「ヤッホー。ちぃちゃん、お菓子！　お菓子！」

ケンジ君だ。

もしも彼にしっぽがあったら、きっとフリフリしてるんだろうな。

思わず緩みそうになる口もとを引き締めると、お菓子を入れた缶の蓋を開けて、ケンジ君に差し出した。とたんに、ケンジ君の表情がパァッてうれしそうになる。

白い八重歯《やえば》がちょっと見えた。

ふふ……かわいいなぁ、ケンジ君は。

「お。チョコ発見！　これ、いただきー！」

ケンジ君は透明のビニールに包まれた小さな四角いチョコを手に取った。と思ったら、横から手が伸びてきて、それはあっけなく奪われた。

「コルァ。サボんな」

シィ君はニヤリといたずらっぽい目で微笑むと、ケンジ君から奪ったチョコをさっさと口に入れてしまった。

「……なんちゃって」

「なんちゃって」って。この人って普段大人ぶってるのに、こういうとこ子供なんだよねぇ。

「あああああ！　シィ！　オレのチョコやで！　返せ！」

「よっこらせ」

ケンジ君を無視して、窓から美術室に入るシィ君。

「オレも、オレも！」

続いてケンジ君も入ってくる。

「練習いいの？」

わたしの問いかけなど全然気にしないような感じで、シィ君は伸びをしながら「今、休憩中《きゅうけいちゅう》やもん」と答えた。

ふたりはサッカー部。

サッカー部の練習場所が美術室の目の前だということに気づいたのは、わりと最近のこと。今まで練習風景なんかまともに見たことがなかったから、シィ君がサッカー部だということも知らなかった。

今ではこうして、ふたりともわたしのお菓子を目当てに、ときどき美術室にやってくる。

「ええよなぁ。美術部。お菓子もジュースもあるし。癒《いや》されるわー」

ケンジ君はさっきと同じチョコを探しているのか、缶の中を物色中だ。

たしかに。こういうとこ、美術部はホント自由だ。

準備室には、電子レンジ、ミニ冷蔵庫、ポットなんかも置いてあるので、わたし達は勝手にコーヒーや紅茶を入れたりして、部活の合間に自由に飲み食いしている。

これって、文科系クラブの特権だね。

「あ、でもしばらく来られへんなぁ。もうすぐ中間テストやし」

ケンジ君はやっと見つけたチョコを口に入れながらそう言った。

もうすぐ中間テストが始まる。そして、テスト前一週間は部活動が禁止になる。つまりは勉強に集中しろってことだ。

「あー。イヤやなぁ……。なぁ、ちぃちゃん、勉強してる？」

ケンジ君が頭をかきながら、本当にイヤそうに尋ねる。

「ううん。全然。わたし、切羽《せっぱ》詰まらなやらへんねん」

「オレも！　もちろん、一夜漬けやで。ちぃちゃん、一緒やなぁ。一緒、一緒」

チョコを頬ばりながら、うれしそうにはしゃぐケンジ君。

「フッ……。一緒ちゃうやろ？　ちぃちゃんは、べつに一夜漬けなんて言ってないで。勝手に同類にすんな」

シィ君はさっきからなにが珍しいのか、部屋に置かれた絵や画材道具をしきりに眺めたり手に取ったりしている。

「あ……嫌味ぃ～。シィはええよなぁ。いっつも学年トップやもん。ちぃちゃん、知ってた？　こいつ、一年のときのテスト結果、全部学年トップやってんで」

「ううん。知らなかった。学年トップってすごいね！」

と驚きながらも考える。

そう言えば、アカネちゃんは入学して以来、常に二番だった。どうしても抜けない人がいるって、いつも悔しがってたっけ。あれは、シィ君のことだったのか。

毎日部活もやってて、成績もいいなんてすごい人なんだな。

シィ君はわたし達の会話なんてまるで気にしてない様子で、相変わらず画材なんかをさわってる。

「そんなに勉強できるのに、なんでこの学校に来たん？」

自然に湧《わ》いた疑問だった。

「そうそう。それがなぁ。シィには、どうしてもここに来たい理由があってなぁ」

そのとき、まるでケンジ君の言葉をさえぎるかのように、シィ君が口を開いた。

「これ、ちぃちゃんの絵？」

いつの間にかシィ君はわたしの描きかけの絵の前に立っていた。

「あ。うん」

わたしは慌てて、駆け寄る。

背の高いシィ君は少しかがんで、絵をじっと眺めていた。

「これって、安佐川《あさがわ》やんなぁ？」

わたしが今描いているのは、町の北部にある山中を流れる安佐川と、その周囲の風景だった。

「うん。まだ下書きやけど……」

言いながら、ドキドキしてきた。

しまった。思わず駆け寄ってしまったけど、近くに寄りすぎた。少しかがんだ彼の顔が、わたしの顔のすぐ横にある。

ダメだぁ……。緊張しすぎてなにを話せばいいのかわからない。

ケンジ君とだったらいくらでも会話が続くのに、シィ君とはどうもうまく話せない。

「知ってる？　安佐川って、蛍《ほたる》がおるねんで」

彼がしゃべって、ほんの少し体が揺れるたびに、フワッといい香りがしてくる。初めて会ったときから、わたしの記憶に染みついているシィ君の香り。

「知らない。夜、行ったことないから……」

そう答えるのが精一杯だった。

顔も体も火照っているのに、指先は緊張してどんどん冷たくなる。

「そうなん？　じゃ、今度一緒に行かなあかんな」

シィ君はにっこり微笑んでそう言った。

なん……て？　一緒？　一緒に？　シィ君と？

もう、ダメだ。ドキドキしすぎて、倒れそう。

「やべっ！　もう、戻らな！　おい、シィ！」

ケンジ君のその言葉で救われた気分だった。

ふたりが出ていったとたんに静まり返る美術室。わたしの頭の中には、さっきの会話が何度もリピートされている。

「一緒に」って、深い意味はないよね。〝みんなで〟一緒にって意味だ。

うん、きっとそうだ。

そう言い聞かせて、スケッチブックを手に取る。

窓の外では、サッカー部の練習がすでに始まっていた。それを眺めながら、スケッチブックを開く。

高校に入ってからもう四冊目になる。この四冊目は、だいたい同じような絵ばかりになってしまった。

〝人物画は苦手〟……なはずだった。だけど、最近のわたしは彼の姿を何枚も描いている。ボールを追う姿、食堂でみんなと談笑しているときの姿。わたしは瞬きをするたびに、記憶に焼きつけて、あとからスケッチブックに描き写していた。

シィ君……。

急に息苦しくなって、目の奥が熱くなる。油断したらすぐにでも涙が落ちてきそう。

こんな絵……何枚描いても一緒だ。なにも伝わらない。伝えられない。わたしは言葉にできないし、身動きも取れずにいる。

数ヵ月前、アカネちゃん達と恋バナをしたとき、『好きな人いる?』って聞かれたわたしは、『いない』と答えた。

だって、あのころはまだ、こんな胸を締めつけられるような想いなんて知らなかったから。

もしも今、同じ質問をされたらなんて答えるだろう。

……わからない。だけど、この心臓は、彼を想うたびにキリキリと音を立てた。

西日が差す放課後のグラウンド。逆光に縁取られた彼の姿がまぶしくて、わたしは目を細めた。

夏の訪れと決意　＊ちぃちゃん＊

開けっ放しの窓から、耳をつんざくような蝉《せみ》の声が廊下に響く。そんな季節がやってきていた。

「あ。暑ぅ……。こんな日に体力測定なんて、ありえへんよなぁ。もう、蝉うるさい！」

体操服の襟《えり》を引っぱり、手でパタパタとあおぎながらユカリちゃんは眉間にしわを寄せている。

たしかに。虫の声って風情《ふぜい》を感じることもあるけど、こんな日はさらに暑さが増す気がする。

ユカリちゃんが言っているように、今日の体育は体力測定。わたし達は体操服姿でグラウンドに向かっていた。

「体操服、萌《も》え～」

背後から聞き覚えのあるハイテンションな声がした。

ケンジ君だ。軽くスキップしながら近づいてくる。

彼は最近、やけにテンションが高い。彼女ができたらしい。サトシ君の紹介で仲良くなったという、S女の女の子と付き合っている。今も歩きながらニヤニヤ笑って、スマホをさわっている。彼女とメッセージのやりとりでもしているのかも。

すると、今度はユカリちゃんのスマホが鳴り出した。

ポケットから取り出したスマホで通話を始めるユカリちゃん。気のせいか、その声はいつもよりちょっとだけ高い。相手は彼氏かな。

ユカリちゃんの彼氏は大学生で、うちの高校の卒業生なのだとか。大人っぽいユカリちゃんには、大学生の彼氏ってピッタリだなって思う。

目の前のふたりから、ピンクオーラが漂《ただよ》って見える気がする。

正直なところ、うらやましい。

高二にもなって男の子が苦手とか言っているわたしなんかには、彼氏なんて永遠にできないような気がする。

……あ、ダメだ。落ちこんできた。

「はぁ……」

うつむいてため息をこぼした、そのとき。

「おーす。次、体育?」

その声に顔を上げると、シィ君がこちらに近づいてきていた。

ユカリちゃんに聞いてるんだと思うけど、彼女は只今通話中だ。だからわたしが代わりに答えることにした。

「う、うん。〝たいりょくしょくてい〟やねん」

うわっ。焦って噛《か》んでしまった。

「あ、ちがっ、体力測定……です」

しかもなぜか敬語っぽくなってしまった。

目の前まで来たシィ君はクスクス笑ってる。はずかしくて、彼から目をそらしてしまう。

どうしよ。せっかく話すチャンスなのに。気の利いた会話をしなきゃ、なんて、ひとりで勝手に緊張していると。

「シュジュチュチュウ」

なんかの呪文《じゅもん》？　変な言葉が聞こえてきたので、思わず顔を上げてしまった。

「え？」

「ちぃちゃん、手術中って言える？　オレ、油断してたら絶対噛むねん。あと、マサチューセッツ州もかなりハードル高いよな？」

一瞬キョトンとするわたし。

「言ってみ？」

「マサチュー……セッチュ……あ、あれ？」

「ハイ噛んだー」

「えー！」

ふたりして、声を上げて笑ってしまった。

シィ君のおかげでわたしの失敗が消し飛んだ。さっきの緊張がウソみたいにほどけていく。

「ちぃちゃん！　そろそろ行こうか？」

いつの間に通話を終えていたのか、ユカリちゃんがこちらを見つめていた。

「あ。うん」

わたしはユカリちゃんのあとを追う。

「ちぃちゃん、体力測定、応援するからなー」

背後からケンジ君の声がして慌てて振り返る。

「やめてやめて！　見ないでいいから！　わたし鈍くさいから！　はずかしいから」

大袈裟なぐらい首を横に振るわたしに、シィ君とケンジ君はゲラゲラ笑ってた。

そして体育の授業中。

「ちぃちゃ～ん！　がんばれー！」

やめてって、言ったのに〜！

恨めしげに校舎のほうを見ると、ケンジ君が窓から身を乗り出して、大声で叫んでいた。先生に怒られたのか、すぐに顔を引っこめてしまったけど。

まさかと思って他の教室の窓もチェックしてみる。シィ君の姿はどこにもなかったので、ホッとした。

「なぁ、なぁ……。ちぃちゃん？」

ユカリちゃんが、他の誰にも聞こえないような小声で話しかけてきた。

「ん？」

「ちぃちゃんって、ナオのこと好きなん？」

突然の問いかけに声が出なかった。心臓が飛び出そうなほど驚いて、口を開けたまま、ただユカリちゃんを見つめていた。

わたしが否定しないから、ユカリちゃんは勝手に〝YES〟だと判断したみたい。

「ナオ、彼女いないから、がんばって！　わたし、応援するから！」

ポンッとわたしの肩を叩くユカリちゃん。

「がんばるって……。なにをがんばったらいいのか、わからへんねん」

「うん。わかる。わたしも好きな人できたらいつもそうやもん」

え？　ユカリちゃんが？

わたしはとなりにいるユカリちゃんをマジマジと見つめた。ちょっと信じられないような感じだった。

わたしには、ユカリちゃんはいつもキラキラ輝いていてまぶしいほどだった。自信を持って、前を向いて背筋をピンッて伸ばして立ってる。ユカリちゃんのイメージはそんな感じだ。

そっかぁ。ユカリちゃんも好きな人ができると同じなのかぁ。好きな人ができたとたん、誰もがほんのちょっとの期待と、背中合わせの不安をかかえるのかな。

その不安は自信をなくさせて、足がすくむ。

それでもみんな、勇気を出して前に進んでるんだよね。なにかをつかみたいなら、それ相応の努力が必要なんだ。

ユカリちゃんのひと言は、わたしにほんのちょっと勇気をくれた。

「ユカリちゃん……わたしがんばる」

がんばるって言っても、なにをどうしたらいいか、まだわからないけど。だけど、自分なりにがんばってみるよ。

ひとりで勝手に落ちこんでたって、なにも始まらないもん。

がんばれわたし。

彼のタイプ　＊ちぃちゃん＊

明日から夏休みだという一学期最後の日。

終業式を終えたわたし達は、すぐには帰らず、結局いつものように食堂に集まってお昼を食べていた。

わたしは目の前で繰り広げられているカナコちゃんとシィ君の会話に耳を傾《かたむ》けていた。

「デートの待ち合わせ。待つのと待たすほう、どっちがいい？」

「待つ」

ああ……うん、なんとなくだけどそんな感じがする。

「猫派？　犬派？」

「猫」

へぇー……それは意外かも。犬、飼ってるのに、猫のほうが好きなんだぁ。

「彼女と映画観るなら、恋愛もの？　それともアクションもの？」

「んー。コメディ」

「そんなん、ないって。どっちか選んで！」

「じゃ。アクション」

えー……そっかぁ。わたしは恋愛もののほうがいいなぁ。

「髪の毛はロング、ショート、どっちが好み？」

「ロング」

ロングって、どれぐらいの長さなのかな。……なんて。

ふたりは今、カナコちゃんが持ってきた雑誌に載ってる、『恋愛チャート』なるものをやっている。質問に答えていくと、最終的に好みの女の子が診断されるって仕組み。

質問しているのはカナコちゃん。そして、答えているのは、もちろんシィ君だ。シィ君はダルそうに、チャーハンを少しずつ口に入れながら答えている。

わたしはさっきからシィ君の答えに心の中でいちいちつっこみを入れては、一言一句聞き逃すまいと、耳に全神経を集中させている。

だって、シィ君の情報をゲットできる、またとないチャンスなのだから。

「結果出ました！　ずばりシィがはまりやすいタイプは」

ジャーンって感じで、カナコちゃんがうれしそうに、雑誌をシィ君に向ける。

シィ君の好きなタイプってどんな女の子なんだろう。結果が気になって、ドキドキしてきた。

「『小悪魔タイプ』でーす‼」

えっ？　小……悪魔……？

「えーとね。『あなたは、小悪魔のようなちょっとワガママな女の子に惹かれる傾向があります。振り回されて喜びを感じるタイプです』やって」

そう言ってカナコちゃんは「ぷぷ」って含み笑いをした。

「ハ、ハ、ハ……」

一方シィ君は、目を細めて、〝どうでもいい〟って感じの乾いた笑いをしていた。

なるほど……。小悪魔か……。小悪魔……。

なんか微妙にショックかも。だって、わたしのキャラとはかなりちがう気がする。

なんて。勝手に落ちこんでいたら、パチンって感じでシィ君と目が合ってしまった。

シィ君は一瞬、ニヤリと微笑んだかと思ったら、

「おりゃ！」

かけ声とともに自分のお皿を持ちあげると、同じくチャーハンを食べていたわたしのお皿になにかを入れはじめた。

その行動にあっけに取られているうちに、わたしのお皿はグリーンピースまみれになってしまった。

「食っとけ！　全部食べなおっきなられへんで」

「えっ？　なんでよー！」

手にしていたスプーンを握り締め、顔をプーッと膨らませて、精一杯の抗議をした。

というか、わたしだって、グリーンピースは苦手だ。だからこそ、さっきからグリーンピースを先に食べていたのに。

やっと少なくなったと思ったら、倍増してるし。なんなの、これ。軽くいじめられてる？

もう一度、ジロリとシィ君をにらんでやった。

だけどシィ君は〝してやったり〟って感じの満足げな顔で、何事もなかったかのように、またチャーハンを食べはじめる。

ムカツクー！

それにしても。グリーンピースが食べられないなんて子供みたい。さっきから、やたらと少しずつチャーハンを口にしてるなぁって思ってたんだけど。グリーンピースをよけてたのか。

なんか笑える。

「プッ……」

「なにがおかしいねん？」

「ううん。べっつにー。イヤやったらチャーハンなんか食べなきゃいいのに」

「だって、今日はチャーハンが食べたい気分やってんもん」

〝やってんもん〟て。ちょっとスネちゃったりして。子供みたい。

最近になってだんだんわかってきたこと。シィ君は一見、落ち着いててすごく大人っぽく見えるけど、実は結構天然っぽいところもあって、こういう子供みたいないたずらをしてきたりもする。

シィ君がそんな一面を見せるのは、親しい友達の前でだけな気がする。だとしたら、わたしのことも友達として認めてくれてるってわけで。

ああ。なんかこういうのいいなぁ……。シィ君のこと、こんな風に少しずつでもいいから知っていきたいな。


みんなと別れたあと、わたしはひとり、美術室へ向かった。今日は部活が休みだから、そこには誰もいない。

「小悪魔かぁ……。どう考えてもわたしのキャラじゃないよなぁ」

なんてひとり言をつぶやきながら、ため息が漏れる。

だあああああ！　もう、いつまでうじうじ考えてるんだ！　湿っぽいのなし！　前向きにがんばろうって決めたとこじゃない！　よしっ！

スクバから鏡を出して、のぞきこむ。

ロングヘアーって、どのぐらいの長さなのかなぁ。

入学したころ、あご下ぐらいだったわたしの髪は、この一年でわりと伸びた。今は肩下七～八センチってとこ。

でも、これじゃあまだロングとは言えないよね。

うん！　伸ばそ！

シィ君が好きだと言ったロングヘア。ちょっとでも彼の好みに近づきたい。

できることからがんばっていこう。

それと……。やりたいことがもうひとつあるんだ。

棚の奥から、まだなにも描いてない新品のキャンバスを取り出す。

ここに描きたいものは、ずっと前からあった。

何度も何度も頭に浮かんでいた風景。だけど、勇気がなくていつまでも描けなかった。

あの日……。あの雪の日に、ひとりで中庭のベンチに腰かけていたシィ君。

あの風景は今でもはっきりと覚えている。

うん。あれを描こう。粉雪がシィ君を包んでいた、あの静かな中庭の風景を。

そして絵が完成したら……気持ちを伝えたい。

この決心って、一歩どころか、百歩前進って感じじゃない？
白いキャンバスにそっと頬を寄せてみる。
おまじないのつもりだった。
〝どうか、わたしの心があの人に伝わりますように〟
……なんてね。

糸くずマジック　＊ちぃちゃん＊

あれは、三月だというのにとても寒い日だった。色のない寂れた景色の中に、彼がポツンとベンチに座っていて、チラチラと舞う雪が彼を優しく包んでいた。

スケッチブックには描きとめなかったけど、今も鮮明に記憶している風景。目の前にあるキャンバスに色を重ねながら、自分の中にあるイメージを描いていく。

「ふーん。いつの間にか、そんな絵、描いてたんやぁ」

その声に反応して、大袈裟なぐらいわたしの体はビクンと跳ねた。

恐る恐る、声のするほうを振り返る。

「マ、マリちゃん。なんで？　いつの間に来てたん？」

マリちゃんとは二年になってちがうクラスになってしまったけど、美術部ではしょっちゅう顔を合わせている。

「進路相談があって、さっきまで職員室におってん」

「ふーん。そうやったんやぁ」

蝉の声が静かな美術室に響き渡る。

夏休みの美術部の活動は基本的に週二日。

部員みんなが来る月曜と水曜は、以前から描いていた安佐川の風景画を描いて、誰も来ない日にひとりで来ては、このシィ君の絵を描いていた。

だから、誰もこの絵の存在を知らない。

これを見たところで、シィ君を描いているとは、誰も気づかないとは思う。

この絵は一見、冬の中庭の景色にしか見えないから。

だけど、なんとなくはずかしくて誰にも見せたことがなかった。

「あ。あづいいー！　ちょっと休憩させてー！」

突然、静寂《せいじゃく》を打ち破るような大声が美術室に響いた。

窓からドカドカと男の子がふたり入ってくる。シィ君とケンジ君だ。

「あ。あれ？　白石《しらいし》さん？　今日はちぃちゃんだけじゃなかったんや」

ケンジ君がマリちゃんを見て驚いたような顔をしている。

「わたしがおったらあかんのー？」

「だって、白石さん、美術部のお茶とか飲んだら怒るもん」

「当たり前やん！　部費払ってよ！　部費！」

ふたりのかけ合いに、シィ君もわたしもクスクス笑う。

わたしのお菓子目当てに美術室に来るようになって、ふたりはマリちゃんともすっかり仲良くなっている。

準備室に入って、コップをふたつ用意すると、よく冷えた麦茶をそこに注いだ。

「もうー！　ちぃちゃんは、ほんまに甘いんやからー！」

マリちゃんは呆れ顔だ。

苦笑いしてコップを差し出すと、よっぽど喉が渇いていたのか、ふたりとも一瞬で飲みほしてしまった。

「ちょっと休憩……。オレ、マジ死ぬ……」

シィ君はパタンと机につっぷしてしまった。

いつもフワフワしてる長めの前髪はシャワーでも浴びたかのように、汗で濡れている。

なんかかわいいな……。

こんな無防備な姿見せられたら、頭を撫でて、よしよしってしたくなる。……なんて、絶対できないけど。

よっぽど疲れてるんだなぁ。

こんな炎天下の中、グラウンドの気温はいったいどれぐらいなんだろう。想像しただけで、クラクラしてきそう。

シィ君はしばらく閉じていた目を、パチンっと開けた。

「よっしゃ、充電完了。ほら、行くで！　ケンジ！」

「えー。もう行かなあかんのー？」

ブツブツ文句を言うケンジ君を無視して、ふたり分のコップを手に近づいてきた。

「ごちそうさま。ありがとうな」

笑うとクシャッて目が細くなるシィ君の笑顔は、わたしを幸せな気分にさせる。

わたしは両手でそれぞれのコップを受け取った。

ん……？　と首を傾げる。

シィ君は、なぜかいつまでもじっとこちらを見ていた。

正確に言えば、その視線はわたしの顔じゃなくて頭のあたりにある。

ドキドキしてきた。

シィ君の腕が伸びる。大きな手がわたしにどんどん近づく。

彼の指が髪に触れそうになったその瞬間、わたしの緊張はピークに達した。

そして……。

──ガチャンッ！

「きゃっ！」

急な出来事にどうしたらいいかわからなくなって、とっさにかがんでしまった。それと同時に手にしていたコップは床に落下。

わたしの叫び声か、それともコップの音か、どちらに驚いたのかわからないけど、
シィ君は指をビクンと震わせて、慌てて手を引っこめてしまった。

「プッ……。んな、避けんでもええやん。頭に糸くずついてんで」

シィ君は、笑いながらそう言った。

やっと状況を把握すると、どうしようもないくらいはずかしくなった。

カァッって、耳まで熱くなる……。

ど……どうしよ。

なんか、今の態度、ものすごく感じ悪かったよね。

もう顔を上げてシィ君のことを見ることもできない。

「ごめんね。ありがと」

そう言うのが精一杯だった。

やがてシィ君達はまた窓から外に出ていってしまった。

「ハイ」

マリちゃんが近づいてきて、髪についた糸くずを取ってくれた。

その小さな細い糸を、わたしはぼんやり眺めることしかできない。

「じゃ、そろそろわたしも帰るわ」

マリちゃんはそう言うとドアのほうへ向かった。

取っ手に手をかけようとした瞬間、うしろを振り返る。

「ちぃちゃん。その絵、いい絵やなぁ。わたし好きやで。そのまん中の人。ベンチに座ってる人って香椎君なん？」

その質問に答えることはできなかったけど。

さっきよりさらにまっ赤になったであろうわたしの顔を見てマリちゃんはなにかを悟《さと》ったような満足げな笑みを浮かべた。

「じゃね。バイバイ」

——ガラガラ、ピシャン。

ドアが閉まる音が、湿気を帯びた部屋にやけに響いた。

どうしよう。マリちゃんが気づいたってことは、ひょっとして……シィ君にもバレちゃった？

いつかは、告白しようと思ってる。それが早まっただけ。

でも、まだダメ。だって心の準備が……。

ヨロヨロと近くにあったイスに腰かけた。

いったいなにを怖がっているんだろう。この気持ちを知られることに、なんでこんなに怯《おび》えているの？

わたしなんかが好きだって知ったら、彼はどう思うだろう。

困るかもしれない。迷惑に思うかもしれない。

ひょっとしたら、気まずくなって、今までみたいに話しかけてくれなくなるかもしれない。

片想いをしている女の子は、みんなこんな不安をかかえているのかな？

ひとり残された美術室。ネガティブな発想がわたしの頭をぐるぐると回り続けた。

オレの決意　＊シィ君＊

ベッドに横たわる彼女を見つめる。

「くっ……ふ……ん……」

甘い吐息《といき》がオレの理性を揺さぶる。

「ん。もう……ダメ……」

体を揺らすたびに、ベッドがきしむ音が響く。

潤んだ瞳。ちょっと苦しそうに眉間にしわを寄せているが、その頬はバラ色に染まって、彼女の感情がたかぶっているのがわかる。声を漏らすまいと、懸命に閉じていた唇は、とうとうこらえきれなくなったようだ。やがてその唇を悩ましげに開く。

「あ……ん……もう……」

オレも限界……。

「ブッ！　あはははははははは！」

「だ！　うっさい！　お前、さっきから超ウザいねんけど」

ベッドへ近づいて、ユウの手の中にある物をひったくった。

「ナオ、ひどい！　返してよー！」

ユウは足をバタバタさせて怒る。今まで自分が読んでいた漫画を取られて、恨めしそうな顔をオレに向けた。

三十分ほど前のことだ。突然オレの部屋にやってきたユウは、ベッドに横になって漫画を読みあさりはじめた。

さっきはギャグ漫画に悶絶《もんぜつ》してたってわけ。ウケすぎだろ。

「漫画、禁止！」

オレは冷たく言い放って、また机に向かった。

「だって、ヒマやねんもん。ナオ、相手してくれへんし」

くるんってイスを回して、ベッドのほうへ体を向ける。

「オレは忙しいねん。今、お勉強中ですから」

夏休みも残すところあと数日。オレは残していた宿題をやっつけているところだった。

ユウは突然なにかを思い立ったような顔をして、ムクッと起きあがると、ベッドの端に座りなおしてこちらを向いた。

「なぁなぁ！　ナオって……彼女おらへんやんな？」

おいおい。オレ、今忙しいって言ったんですけど。

「好きな人は？　好きな人はおる？」

なんで、そんなこと聞くねん。

お前やでって言ったら、こいつ、どんな顔すんのかな。

その顔はなんとなく想像できるけどね。

「おらへんよ」

オレは無愛想にそう答えた。

「ふーん」

意味深な笑みを浮かべるユウ。

ベッドに腰かけて、ミニスカートからは小麦色のすらりとした長い足が伸びている。

ユウはこの夏、何度も海に行っているらしく、こんがりとキレイに肌を焼いている。

胸もとの開いた黒いノースリーブ。オレの目線からは、ちょうど胸の谷間が見えて、水着跡の白い肌がほんのちょっと見え隠れしている。

エロい……。

いや、エロいのはむしろオレか？

香水の甘い香りにむせ返りそうになる。

オレが今どういう目でお前を見ているかなんて、全然気づいてないんだろうな。彼女の無防備な態度に切なくなる。

オレのことを男として意識していない証拠だから。

「そろそろ行こっかな」

時間を確認したんだろう。ユウはスマホの画面を見つめてひとり言をつぶやく。

そしてカバンから鏡を取り出すと、髪を簡単に整えて、グロスを塗《ぬ》りなおした。

「じゃね」

そう言って立ちあがる彼女に、聞かなくてもいいことを聞いてしまった。

「今から出かけんの？　もう、八時やで」

「だって、今からしか会えへんねんもん」

ふーん。オレんとこに来たのは、男に会うまでのヒマつぶしだったってわけか。

「あんまり遅くなんなよ」

……って、オレはユウのオカンか。

「はーい」

去っていく背中を見送った。

男と会う前の彼女はあんな顔してんだな。

きわどい服も、甘い香りも、今にも誘惑《ゆうわく》しそうな唇も、全部そいつのためなんだな。

さっきまでユウがいたベッドに倒れこむように横になった。なにもできないでいる
自分のふがいなさに反吐《へど》が出そうだ。

彼女の言葉、何気ない仕草にいちいち感情を乱されていることに、なんか疲れた。

もういい加減、潮時《しおどき》かもな。

アイツがオレを好きになる可能性なんて、隕石《いんせき》がオレの頭に当たる確率より低いんじゃないかって思ってしまう。

ケンジみたいに、サトシにでも女の子を紹介してもらおうかな。

「……へ……くしゅん！」

エアコンの設定温度が低すぎたのか、さっきからちょっと肌寒い。

もうすぐ夏休みも終わる。夏が終わるのか……。

だから寒いのかな……。エアコンの温度上げなきゃ……。

めんどくせー……。つか、誰か切って……よ……。

毎日の部活の疲れのせいか、オレの意識はいつの間にか遠のいていってしまった。

ケンちゃん　＊ちぃちゃん＊

――コンコンッ。

窓を叩く音に振り返る。

今日はもう帰ろうとして、美術室のドアの近くまで来ていたわたしは、足取りも軽く、窓辺に向かう。

「ケンちゃんっ」

にまーって、白い歯を見せて笑ういつもの笑顔に、こっちまでつられてしまう。

わたしは最近、ケンジ君のことを「ケンちゃん」って呼ぶようになった。

なんか、そのほうがしっくりくるんだもん。

「ちぃちゃん、もう帰るとこやった？」

ケンちゃんが、いつものように窓から入ってくる。

「ん？　まだ大丈夫やで」

わたしはさりげなく窓の外をうかがう。

キョロキョロと視線を動かしてもうひとりの人物を探す。

あれ？　いない？

「シィなら、今日は休みやで」

シィ君の名前を言われて、肩がビクンって震えた。

慌てて振り返る。

「え？　休み？」

「うん。風邪ひいたって」

風邪かぁ。夏風邪って長引くんだよね。

大丈夫かなぁ……シィ君。

そんなことを考えていたら、ケンちゃんと目が合った。

彼はなにか言いたそうな表情でじっとわたしを見つめていた。

あ！　そっか！

「ごめん、ごめん。お茶でいい？」

わたしはそう言って、慌てて準備室に入っていった。

お茶を持って戻ると、ケンちゃんはイスには座らず、壁際で床に体育座りをしてうつむいていた。

「はい。どうぞ。お疲れ様」

お茶の入った冷たいコップをケンちゃんの頬に当てる。

ケンちゃんは、暑さのせいでまっ赤になった顔を上げてにっこり微笑む。

わたしも壁にもたれかかって、ケンちゃんの横に座った。

連日の部活で、顔も腕もまっ黒に日焼けしている。

いつもツンツンに立てている前髪は垂《た》れて、汗のしずくが滴《したた》っていた。

「なに？」

わたしの視線に気づいたのか、ケンちゃんは顔をこちらに向けた。

「毎日練習大変そうやなぁって思って。サユリちゃんとデートもできへんのちゃう？」

サユリちゃんっていうのは、S女に通う、ケンちゃんの彼女。

「あー。してるで。夕方からとかやけどな」

「そっか。相変わらず、ラブラブ？」

ケンちゃんは、お茶の入ったコップに視線を落として答えた。

「うん。ラブラブやで」

「いいなぁ……」

「え？　なにが？」

「彼女がいていいなぁって思ってん。わたしなんて彼氏いない歴……えーと、あ！　明日で十七年だ！」

「え？　明日誕生日なん？」

「そう。八月三十一日。夏休み最後のめっちゃ憂鬱《ゆううつ》な日が誕生日やねん」

「うわ……たしかに夏休み最終日は憂鬱やな」

ははっと小さく笑って、ケンちゃんは言葉を続けた。

「まぁ、でも、ちぃちゃんがその気になったら、彼氏ぐらいすぐにできるって」

「え！　無理無理無理！　わたしなんて、絶対無理やって」

「そうかな？　ちぃちゃんは気づいてないだけで、ちぃちゃんのこと、『いいなぁ』って思ってるヤツはいると思うで」

ケンちゃんはいつも優しくて、わたしに勇気をくれる人。

「慰《なぐさ》めてくれてありがとう。でも、ホントにそんなん全然ないっていうか。告白されたこともないねん」

「ちぃちゃんはなぁ……。男を警戒《けいかい》してるっつうか、拒否ってるようなオーラを出してるねん」

「ええ？　なに、それ？　オーラ？」

「うん。オレ、思うねんけど。モテるとかモテへんとかって、もちろんルックスとか性格もあるけど、それ以前にその人が持ってるオーラみたいなもんも関係あるんちゃうかなって」

「いわゆる、モテオーラってヤツ？」

「ううん、ちゃうちゃう。そんなんじゃなくて。えー……どう言ったらいいんやろ。例えばナンパとかにしても、声をかけやすい子とかけにくい子がおんねん。ちぃちゃんは、そういう意味で声をかけにくい子やねん」

「そ、そうなん……？」

がーん……。なんか軽くショック。たしかにナンパなんてされたことないし。

「なんかなぁ……。声をかけても、『相手にしてもらえなさそう。警戒されて冷たくされそう』みたいに思ってしまうねん。……そうそう」

ケンちゃんは、なにかを思い出すように、クスクスと笑い出した。

「初めて会ったときなんか、ほんまに『わたしに声をかけないで！』って感じでシャッター下ろしてたもん」

「えええー！　そんなつもりなかったよー！　ただ、あの時はなにを話したらいいのかわからなくて……」

「うん、わかってるよ。今はわかってる。……でもまぁ、今でもちょっとだけ、壁を感じるなぁ」

「え！　ウソ！　ホントにそんなつもりないのに！」

「その証拠に……」

「うん……」

なんて言われるのかちょっとだけ怖くて、わたしは、ゴクリと唾を飲んだ。

「オレら、誰もちぃちゃんのスマホの番号もアドレスも知らんやろ？　ちぃちゃん誰にも教えてないやろ？」

「だって、それは誰も聞いてくれへんから。聞かれたらもちろん教えてたよ！」

それは本心だった。

「ほんま？　じゃ、オレに教えてよ」

「えっ……」

「プッ。ほら、固まってる」

ち、ちがう！　それはちがう！

「それは……。ケンちゃんの彼女のサユリちゃんはどう思うんかな。サユリちゃんの立場になったら、自分の彼が他の女の子のアドレスとか聞くのって、イヤじゃないかなぁ……とか考えてしまって……」

ケンちゃんは一瞬目を丸くしたかと思ったら、プッて吹き出した。

「やっぱりな。ちぃちゃんは、いろんなこと難しく考えすぎるねん。自分のことだけじゃなくて、その周りの人の気持ちまで色々。まぁ……そこがちぃちゃんのいいとこやけどなぁ」

「そんなこと……」

自信なげにつぶやいた。

自分のことなのに、よくわからなかった。いつも無意識のうちにやってることだから。

「もしも、オレがちぃちゃんのアドレスを聞いたことでサユリと揉めたとしても、それはサユリとオレの問題やん？　そこまでちぃちゃんが気にすることないねん。それに、サユリはオレが女友達のアドレスを登録してるぐらいで怒るような子じゃないしな」

「そっか……。わたし考えすぎてたかも。ケンちゃんとサユリちゃんはこんなことで揉めへんか」

「うん。……っつうわけで、教えてくれる？」

わたしはスマホを取り出した。でも、ケンちゃんはハッとしたような顔をして、

「あ！　オレ、今、持ってへんわぁ」

って、ジャージのポケット部分を服の上からパンパン叩く。

「じゃ、ちょっと待ってて」

スクバの中からスケッチブックを取り出して、最後のページをほんの少し破った。

そして、その切れ端に自分の番号とアドレスを書いて、ケンちゃんに渡す。

「ハイ。どーぞ」

ケンちゃんはにっこり微笑むと、その紙をジャージのポケットにしまった。


帰り道、ふと足を止めた。

まだまだ陽《ひ》が落ちるのが遅い、夏の夕暮れ。だけど、確実に夏は終わろうとしている。

この時期。わたしは毎年、理由もなく寂しくなって、なぜかほんのちょっと焦りを感じる。

夏の終わりに、誕生日を迎える。

子供のころからなんとなく憧れていた十七歳。人生を季節に例えるなら、わたし達は今、夏の初めあたりにいるのかな。

だけどこうやって、なにもしなくても日々は過ぎていき、夏もいつかは終わる。

いつまでも、十代が続くわけじゃないんだ。

急にドキドキして、家路《いえじ》を急いだ。

カナカナと鳴くヒグラシの声が、わたしをいっそう焦らせた。

最悪のバースデー　＊ちぃちゃん＊

今日で夏休みが終わる。

わたしはキャンバスや絵の具を片づけて、それから床や机を簡単に掃除した。

いつもよりスッキリした美術室。

ひとりでイスに座り、なんとなくスケッチブックを開く。

そこにはわたしの目に映ったシィ君の姿が描かれている。

何枚も、何枚も……。

スケッチブックの中のシィ君の顔を指でなぞる。

一年前は名前すら知らなかった人。今なら目を閉じていても描けるんじゃないかってぐらい、彼の姿はわたしの目や頭の中や指先にしっかり刻みこまれている。

シャープなあごのライン。笑うと細くなる少し垂れた目じりと、それに反比例するような弓なりの眉毛。まっ黒で少し長めの前髪をかきあげるときは、照れている証拠。

細身なのにちゃんと筋肉のついた体。それから大きな手と細い指。

それから……それから……。

る。


「ちぃちゃん！」

わたしの心臓をいつも震わせる低い声。振り返ると彼がいた。今の今までスケッチブックの中にいたその人は、窓から顔を出してこちらを見ている。

慌ててスケッチブックを机に伏せた。

「ちぃちゃん、絆創膏《ばんそうこう》持ってる？」

そう言いながらいつものように窓から入ってくるシィ君。

その足を見ると膝《ひざ》に血が滲《にじ》んでいた。

「うわっ。痛そう……。大丈夫？」

「うん。たいしたことないんやけどな。でも、血ぃ止まらへん。ちぃちゃんやったら、絆創膏持ってそうやなぁって思って」

「持ってるよ。あ……でも、ロッカーだ。待ってて。取ってくるから」

美術室を飛び出した。

ロッカーを開けると絆創膏を数枚取り出して、スカートのポケットに入れた。

来た道を戻ろうとしてふと足が止まる。

スケッチブック……。大丈夫かな？

机に伏せてそのまま出てきちゃった。まさか見ないよね？

急にイヤな予感に襲われ、さっきよりさらに急いで美術室へと戻った。そしてドキドキしながらドアを開ける。

それは、わたしが今一番見たくない光景だった。

シィ君はスケッチブックを手に持ち、ちょうどページをめくっているところで、わたしが戻ってきたことに気づくと顔を上げた。

お互いに見つめあったまま、長い長い沈黙。

そう感じられたけど、もしかしたらそれは数秒の出来事だったのかもしれない。

口を開いたのはシィ君のほうだった。

「ごめん。勝手に見て。ちぃちゃん、どんな絵、描いてるんかなぁって思って……」

言葉が出ない。口を開いたら涙腺《るいせん》まで緩みそうだ。

シィ君も動揺を隠しきれずにいる。

「それで……。え……と。これ……オレ？」

ああ……。わかっちゃった。

わたしは唇を噛み締めた。意識して足をつっぱっておかないと、グラグラとその場に崩れてしまいそう。

「……なんで？」

シィ君のその言葉に一瞬にして頭まで血が上った。

はずかしいとかそんな感情じゃなくて、なぜかどうしようもなく申し訳ない気分になってしまった。

困らせてる……。きっと迷惑に思ってる……。

「ごめんなさい……」

この声が届いたかどうかはわからなかった。

でも涙をこらえて発することのできるギリギリの大きさの声で、わたしはシィ君に言った。

喉が痛い……。泣くのを我慢すると、喉の奥が痛くなるんだ。

わたしは机に置いていたスクバを手に持つと、逃げるように部屋を出た。

ごめんなさい。ごめんなさい。どうしよう……。

足がもつれる。まるで夢の中で走っているみたい。

早くここから去ってしまいたいのに、体がついていかない。

──ドンッ。

誰かとぶつかった拍子に涙がこぼれた。

「ごめんなさっ……」

泣き顔を見せないようにうつむいたまま、また走り出した。

夏休み最後の日。最悪のバースデー。

走り出す　＊シィ君＊

彼女が出ていくのをただ立ちすくんで見ていた。

そのとき、ガキのころからの出来事が走馬灯《そうまとう》のように駆け巡った。

初めは小六。一緒にクラス委員を務《つと》めていたAちゃん。

一年間一緒に仕事をして、委員会があるときにはふたりで帰ったりもしていた。

卒業間近のバレンタインにチョコをもらったけど、単なる義理チョコぐらいにしか思わなかったオレは、サトシと一緒に教室でそれを食った。

Aちゃんの乙女心を傷つけたとして、しばらくオレはクラスの女子から口をきいてもらえなかった。

次は中二。

サッカー部のマネージャーB子は試合のとき、なぜかオレにだけ、レモンのハチミツ漬けを差し入れしてくれた。

でもオレは『みんなで食べてね』って意味だと思って、部員に配ったあげく自分は食べないこともあった。

それを知ったB子は泣きながらサッカー部を辞めた。

「シィ君、サイテー！」という言葉とともに。

そして中三の夏休み。

塾で一緒だったC美とは帰る方向が同じだったので、よく一緒に帰っていた。

ある日、せまい路地《ろじ》でC美は突然オレのシャツをつかんで立ち止まった。

「シィ君……。まだ帰りたくないな……」

そう言って潤んだ瞳でこちらを見つめるC美にオレは言った。

「ごめんっ。今日、ドラマ最終回やねん。おっと、急がな！　じゃな！」

その日を境に、C美の視線は冷たいものに変わった。

……もしかして、また、やってしまったのか？

『鈍感』という二文字が書かれた石が、頭上にのしかかったような気がした。

そのとき、ふいにドアのほうから視線を感じた。

ケンジが開けっ放しになったドアに寄りかかってこちらを見ていた。

「えらい遅いから、なんかあったんかなぁって思って見にきてんけど……？」

そう言いながらこちらに向かってくる。

オレが持っているスケッチブックにチラリと視線を落とした。

「それ、ちぃちゃんの？　さっき廊下ですれちがってんけど」

『ちぃちゃん』

その言葉に思わず体がビクンと反応する。

でも言葉が出てこない。ケンジはさらに続ける。

「なにかあったん……？」

まるで証拠を押さえた探偵《たんてい》が、犯人を少しずつ言葉で追い詰めるかのように。

「告白でもされた？」

――ゴンッ‼

ケンジの言葉に焦ったオレは、負傷した膝を机の脚にぶつけてしまった。

「……っつ！」

ケンジはいきなり核心をついてきた。オレが犯人ならさしずめ「犯人はお前だ！」って言われた感じ。

つうか、なんでわかるの？

オレは恐る恐る口を開いた。

「……なんで、そう思うん？」

「そんなん、あの子見てたらわかるやん。たぶん、お前だけやで。気づいてないの」

ケンジはあっけらかんと答えるが、オレは……。

「そんなん、マジでわからんって」

　彼女の顔を思い出してみる。いつも目が合うと一瞬困ったような顔をして、それから目をそらすんだ。

「だって、いっつも目ぇそらすし……。オレ、どっちかって言うと嫌われてるんかなぁって、思うこともあったぐらいやで。ってゆか、お前とのほうが仲いいやん？　オレよりも、お前にばっかり話かけるし……。それに……」

「だぁーかぁーらぁー！」

　ケンジはオレの言葉をさえぎって、怒ったような口調で決定打を放った。

「そんなん、好きやからに決まってるやろ！　お前は頭いいのに、なんで女の子の気持ちがわからんねん！」

　もう一度彼女の顔を思い出す。

　泣き出しそうな顔をして目をそらしたと思ったら、オレが笑いかけると子供みたいに安心した笑顔を見せてくれる。

　ほんのちょっといじめてからかったら、まっ青になったり、まっ赤になったり、オレのひと言でクルクル表情が変わる。

　さっきの彼女……。消え入りそうな声で言ってた。

「ごめんなさい」って。

　あれは声が震えるのを懸命に我慢していたせいかな？　じっとオレを見つめていた

のは、涙が落ちるのをこらえていたせいかな?

だとしたら、彼女の眼差しの意味を一番わかってるのはオレだ。

だって、あれはオレがユウを見ているときと同じ……。

オレは顔を上げるとケンジに言った。

「ケンジぃ……。ちぃちゃんの連絡先わかる?」

ケンジはまだ少し怒っているような顔をしてジャージのポケットを探り、小さく折りたたまれた紙を差し出した。

オレはその紙を開いて中を確認すると、急いで教室を出た。

廊下を走り出したところで背後からケンジの声がした。

「シィ! あの子、今日、誕生日やねん! だから!」

ケンジはその先を言わなかったけど、なんとなく言いたいことはわかった。

『傷つけんといてあげて』

たぶん、そう言いたかったんだと思う。

オレは彼女に会わなきゃ。

会ってちゃんと話さなきゃ……。

そう思って、誰もいない廊下を走った。

ヒグラシの鳴く公園で　＊ちぃちゃん＊

家につくなり一目散に二階に駆けあがった。

途中、キッチンからお母さんの声がしたような気がした。甘い香りがしたから、たぶんわたしのためにバースデーケーキを焼いてくれたんだと思う。

でもそれどころじゃなかった。

自分の部屋に入って、ドアにもたれかかる。

はぁはぁ……。

学校から家まで走り続けたせいで、まだ息が上がっている。

額《ひたい》から汗が一滴流れた。だけどそんなことにもかまってられない。

制服のままベッドに倒れこみ、頭から布団をかぶった。

子供のころからのクセ。落ちこんだときはいつも布団にもぐりこむ。

体を丸めて目を閉じる。こうすると、守られている気がしてほんのちょっと落ち着く。

……はずだった。でも今日はダメだ。

さっきの美術室での光景がよみがえってきて、何度もぐるぐると頭を巡る。

どうしよう。どうしよう……。明日から新学期なのに。もしもシィ君に会ったら、どんな顔すればいい？　どんな風にしゃべればいい？

ううん。それ以前に話しかけてもらえるのかな？

迷惑がって避けられるかもしれない。

ってゆうか、わたしなにやってたの？

なんにも言わずに飛び出してきちゃって。うまくごまかす方法はいくらでもあったんじゃないの？　せめてなにかひと言でも言えば良かった。冗談だよって、笑い飛ばせるようなセリフ……。

どうしてなにも思い浮かばなかったんだろう。

うわーん。もう、最悪……。

そのとき、スマホの着信音が響いて、思わず起きあがった。

慌てて、ポケットの中のスマホを取り出す。ディスプレイに表示されているのは見知らぬ番号。

しばらく迷って、それから通話ボタンを押した。

「……もしもし」

電話の相手も戸惑っているのがわかる。

一瞬の沈黙のあと。

『ちぃちゃん？　あ……オレ、香椎。ケンジから番号聞いて……』

シィ君……？

低くて優しい声が耳もとで聞こえる。

まるで、直接ささやかれているみたいに感じて、こんなときなのに胸が高鳴った。

あ。ダメだ。ちゃんと言わなきゃ。

シィ君きっと困ってる。

「シィ君……あのね。さっきの……」

『ちぃちゃん、今、どこ？』

「え？　家やけど……」

シィ君はしばらく考えこんで、それからこう言った。

『今から出れる？』

「え……」

『ちぃちゃん家ってどこ？』

「桜台《さくらだい》……」

『じゃあ……南公園で待ってるから』

そこまで言うと、シィ君は電話を切った。

頭がぼんやりとして、すぐには動けなかった。

なんで呼び出されたんだろう？　ちゃんと振るために、シィ君はわざわざ会って話そうとしてくれたのかな。

振られるのかな？

だとしたら、わたしもちゃんと向き合わなきゃ。

自分の気持ちをきちんと伝えてから、振ってもらおう。

ベッドサイドに置いてある鏡をのぞく。

ひどい顔……。布団にもぐっていたせいで、頭はボサボサ。目は赤く充血して、まぶたがほんの少し腫《は》れている。

とりあえず早くこの目の腫れと充血を抑えなきゃ。

ベッドからのそのそと立ちあがり、でかける準備を始めた。

制服はそのまま着替えなかったものの、目の充血と腫れを治すのに、思いのほか手間取ってしまった。

公園につくと、すでにシィ君はブランコの前にある石のベンチに腰かけていた。

そっちに行かなきゃと思っているのに、足がやたらと重い。今から死刑宣告をされにいく気分。

もう覚悟は決めたはずなのに。なんて往生際《おうじょうぎわ》が悪いんだ……。

重い足取りでとぼとぼと近づくと、足音に気づいたシィ君が顔を上げた。

「ちぃちゃん……ごめんな。急に……」

「ううん」

一瞬、どこにいればいいか迷った。でも、このままシィ君の前に立っているのは余計に緊張するような気がして、思いきって彼のとなりに座った。

静かな公園。

目の前にあるブランコで小さな男の子が遊んでいて、その鎖が揺れるたびにキィキィと金属音を立てていた。

なにか話さなきゃ……。

『あれは単に人物画の練習。モデルとしてシィ君を描いてただけやねん。だから気にしんといて』

って、ごまかそうか。ううん。ダメ。きっともうバレてる……。

ならもう、早くはっきりさせたほうがいいよね。

うん。よしっ！

「あの……」

「あのさ……」

ふたり同時に声を出した。

わたしは黙りこんで、シィ君が続きを話すのを待つことにした。

やがてシィ君が口を開く。

「宿題……もうやった？」

へ？　宿題？

予想もしてなかった言葉に力が抜ける。

「うん。一応……」

「なら良かった……」

会話はそこでまた途絶えた。

どうしよ……。またくじけそうになる。

でもダメ。がんばれ、わたし。

「シィ君……」

「え？」

シィ君は、わたしの呼びかけにビクンって体ごと反応した。

そんな風に露骨《ろこつ》に警戒されると、さらに緊張してしまう。

「あ……えと……風邪はもう大丈夫？」

思っていることとはまったくちがうセリフを言ってしまった。

「あ。うん。もう大丈夫やで」

「なら良かった……」

……って、だからぁー！

なにやってんの！　わたしのアホ！

こんなことが言いたいわけじゃないのに。

自己嫌悪に陥りつつ、スカートの上で拳をギュッと握り締めた。

そしてまた沈黙。

ああ……。

もう、呼吸すら意識しないとできないぐらい苦しい。

緊張がピークに達したそのとき、目の前で起こった出来事に驚き、わたしは口を開いた。

「危ない‼」

シィ君も同じことに気づいたみたい。ふたりして立ちあがると、急いで駆け寄った。

さっきからブランコで遊んでいた男の子が、そこから落ちたのだ。

「う……わーん‼」

男の子は堰《せき》を切ったように泣きはじめた。

「ボク、大丈夫？」

男の子の膝からは血が出ている。

「うわぁ。痛いね、痛いね……」

どうしよ……。あ……そだ。

スカートのポケットを探った。さっきシィ君のために取りにいった絆創膏。それを取り出して、男の子の目の前に掲《かか》げた。

「ほら！　クマさんだよー！」

それは、クマの絵がプリントされた絆創膏だった。

男の子はピタッと泣きやみ、それを眺めている。まだ胸をヒクヒクさせてるけど。

「クマさんがニコニコ笑ってるでしょ？　これをボクのお膝に貼ると、痛いのどっかへ行っちゃうんだよ」

わたしはペタリと男の子の膝に貼った。そして、子供のころから何度も聞いたおまじないをかけてあげる。

「痛いの痛いのとんでいけー♪　チチンプイプイ♪」

男の子はまだ目に涙をためていたけど、にっこりとわたしに微笑んでくれた。

かわいいなぁ……。

「タカシー！」

公園の外から女の人の声が聞こえた。

「ママ！」

男の子はうれしそうに駆け寄ると、こちらを見てふたりでなにか話していた。

「すみませんっ。ありがとうございました」

お母さんはペコペコと頭を下げる。

「お姉ちゃん、ありがとー！」って手を振りながら、親子は公園から去っていった。

ふたりを見送ってから、ふいにシィ君が口を開いた。

「良かったな」

その声にハッと我に返る。

あ……。そう言えば、シィ君の怪我は？

わたしったら、自分のことでいっぱいいっぱいで、逃げるように美術室から去ったんだった。

「シィ君は？　足、大丈夫？」

シィ君は、すぐそばでわたしと同じようにしゃがみこんでいた。

その彼の膝小僧をのぞきこむと、もう血は乾いていた。

「うん。大丈夫やけど……。オレにも貼ってよ。クマさん」

楽しそうにクスクス笑ってる。

「いいよ」

わたしはさっきの男の子のそれとはまるでちがう、大きなシィ君の膝に絆創膏を貼った。

「ハイ。痛いの痛いのとんでいけー♪　チチンプイプイ♪」

なんてさっきと同じ呪文を唱えた。

言いながら、おかしくなってきた。だって、大きなシィ君にはこのおまじないも、クマさん柄の絆創膏も、すごく不似合いに感じたから。

笑いそうになって顔を上げると、シィ君の笑顔がすぐそこにあった。

その距離に急に鼓動《こどう》が早くなる。

近すぎる……。でも、身動きが取れないよ。

どうしよう……。

急になにかがこみあげてきて、すっかり乾いていた涙がまた出そうになってきた。

わたしはシィ君から視線をはずして下を向いた。

──カサッ。

シィ君の体がちょっとだけ動いて、ジャージが擦《す》れる音がする。そして……。

「オレら……付き合う？」

すぐそばで言われた、その言葉の意味が一瞬わからなかった。

でも、いつも見慣れた彼の顔が赤く染まっているのは、夕陽のせいだけじゃない気がした。

ヒグラシの鳴く公園で、十七歳になったその日に、わたしはシィ君の彼女になった。


——チャプン……。

その日の夜、お風呂に浸かりながら、今日の出来事を思い返していた。

付き合うってことは、彼女になるの？　わたしが？

なんだか、まだ信じられない。夢だったんじゃないかって思う。

ってゆうか、わたしがずっと思い描いていた『告白』の場面とはかけ離れていた気がする。

そもそも、お互い『好き』って言葉をひと言も発してないじゃない‼　こんなんでいいのかな？

なんて、どれだけ考えても答えなんて見つかるわけもなく、いい加減のぼせてきたのでお風呂から上がった。

髪をタオルで拭きながら部屋に戻っても、まだひとりでブツブツ言っていた。

「ホントに付き合うのかな……？」

もしかして、からかわれた？

わたし、なにか勘ちがいしてる？

なんて頭をかかえて悶々《もんもん》と悩んでいたそのとき。スマホにメッセージが届いた。

アプリを開いてチェックする。

鏡に映った自分の顔が、お風呂上りのそれよりも、さらに赤くなっていく。

画面に表示されたのは、23時58分、日付が変わる直前に届いたシィ君からのメッセージ。


【さっき言い忘れてごめん。

十七歳の誕生日おめでとう！

今日中に言えて良かった。

ギリギリセーフ♪】

今夜は眠れないかもしれない……。

スマホを握り締めたまま、ベッドにポスッて倒れこんだ。

自転車　＊ちぃちゃん＊

結局昨夜はほとんど眠れなかった。今日から新学期が始まるというのに、わたしは何度もあくびをかみ殺しながら、学校へ向かう。

下駄箱の前でシィ君とサトシ君に会った。とたんに昨日の出来事を思い出し、はずかしさに耳まで熱くなる。まさか朝一番に会うなんて予想外だ。

なんて声をかけたらいいのかわからず、ひとりであたふたしてしまう。

一方シィ君は、

「おーっす」

って、それだけ言うと、わたしの目の前を素通りして、サトシ君とふたりで行ってしまった。

へ？　あれ？　それだけ？

なんだか肩すかしをくらったような気分。昨日のことなんて、まるでなにもなかったかのように、シィ君はいつもと変わらない様子だった。

「おはよー!」

教室に入り席につくと、こんがりと焼けて小麦色の肌をしたユカリちゃんが話しかけてきた。夏休みはどうだったとか、彼氏とどこ行ったとか、そんな話をうれしそうに語っている。

「ユカリちゃん。あのさ……」

言いかけて口ごもる。

シィ君とのことはユカリちゃんも応援してくれてたし、こういうことって報告すべきだよね? でも、どうしても本当に付き合ってるのか自信がない。

「なに? どうしたん?」

ユカリちゃんが首を傾げたそのとき、スカートのポケットの中でスマホが震えた。

シィ君からメッセージが届いていた。

開いたとたん、また顔が熱くなる。

【今日、一緒に帰ろう。

式が終わったら正門で待ってて】

「ちぃちゃん? おーい。ちぃちゃん?」

呆然としているわたしの顔の前で、ユカリちゃんが手を振る。

「ユカリちゃん……」

わたしは昨日の出来事をすべて話して聞かせた。

「えええぇ！　マジで？」

その声にクラス中の視線がわたし達に集まる。

ユカリちゃんは突然ギューッて抱きついてきた。

「良かったなぁ。良かったなぁ、ちぃちゃん」って、まるで自分のことのように喜んでくれてる。

「く、苦しい……。ユカリちゃん」

照れ隠しのためにそんな風に言っちゃったけど、本当は涙が出そうなぐらいうれしかった。

ありがとう。ユカリちゃん。


式を終えて正門前に行くと、本当にシィ君がいた。なぜかケンちゃんも一緒だ。

「ごめん。待った？」

そう言ってシィ君に駆け寄ったつもりが、ケンちゃんに腕を引かれて両肩をガシッとつかまれてしまった。

「ちぃちゃーん！　ほんまなん？　シィと付き合うってほんまなん？　ちぃちゃんは、オレのもんやったのにー‼」

下校中の生徒達がみんな、クスクス笑って見ていく。

う……はずかしい。

どうすればいいかわからず、身動きが取れずにいると、シィ君が引っぱって、ケンちゃんから離してくれた。

「お前にはサユリがおるやろ！　S女のサユリが！」

「サユリとちぃちゃんは比べられへん！　ちぃちゃんは、オレの心のオアシスやったのにー！」

「あー。お前ウザい。いいから、はよ帰れや！」

「ハイハイ」

ケンちゃんは口を尖《とが》らせていかにも不服そうな顔をしながら、そばに置いてあった自転車にまたがる。そのままわたしのほうへ近づくと、耳もとでわたしにしか聞こえない小さな声でささやいた。

「良かったな」

驚いて顔を上げると、ケンちゃんの自転車はもう動き出していた。

「オレもサユリとデートするもんねー！」

そう言いながら去っていくケンちゃんの姿を見送って、違和感を感じた。

あれ？　自転車……。

ケンちゃんが乗っていった自転車は、いつもシィ君が乗ってきているものだ。そして逆に、今シィ君の横に置いてある自転車はケンちゃんのもの。

どうやらふたりは自転車を交換したみたい。

でも、なんで？

わたしの疑問に気づいたのか、シィ君が言った。

「今日はケンジと自転車交換してん」

いつもシィ君が乗っている自転車はスポーツタイプでうしろに荷台がない。一方ケンちゃんのは、荷台がちゃんとついている。

この荷台の意味を考えてぼんやりしていると、

「じゃ、行こか。ハイ。乗ってや。」

シィ君が自転車にまたがって、荷台をポンポンと叩いた。

これって、まさかの……ふたり乗り？

ウソッ……。うれしい……でも、はずかしい……。

「ちぃちゃん？」

いつまでも乗ろうとしないわたしを、シィ君が不思議そうな顔でのぞきこんでくる。

「お……おジャマします」

おずおずと荷台に腰かけた。

「ちゃんとつかまっててや」

シィ君の声を合図に、自転車はビューンと進み出す。

「軽っ！　ちぃちゃん、ちゃんと食ってんのかー？」

シィ君は自転車をぐんぐん加速させて、徒歩通学の生徒達を追い抜いていく。

何人か知った顔の子も見えた。みんな、「あ……！」って感じでこっちを見てる。

これって、『わたし達付き合ってます！』って宣言してるような気がして、はずかしいけど、くすぐったい。

ものすごくベタなシチュエーションだけど。ずっと憧れてた。好きな人と自転車ふたり乗りで下校するの。

「腹へったなー？　飯食いに行く？」

「うん」

「ハンバーガー食いに行こう！　ハンバーガー‼」

「うん」

返事をして、すぐに後悔した。

どうしよ……。シィ君の前でハンバーガーなんて食べられないよ。

シィ君はそんなわたしの心配なんて気づくはずもなく、自転車をこぎながら楽しそうにいろんな話をしていた。

わたしはといえば、ハンバーガー以外であまり大きな口を開けずに、キレイに食べられるものについて、寝不足の冴えない頭をひねって一生懸命考えていた。

見上げると、空には筋状の雲がまるで太い筆で描かれたように浮かんでいる。

坂道を下るわたし達に心地良い風が吹いて、シィ君の白いシャツがパタパタとはためいていた。

男の子女の子　＊ちぃちゃん＊

四限目の授業が突如《とつじょ》、自習になってしまった。

ユカリちゃんは座席を移動し、窓際のわたしの席の前にイスだけこちらへ向けて座っている。

一応、課題のプリントが出ていて、さっきからわたしはシャーペン片手にそれに取り組んでいる。見渡したところ、課題をマジメにやっているのは、わたしを入れても数名程度。

教室を出ていった子もいれば、漫画を読んだり、しゃべったり、それぞれが自習時間を満喫《まんきつ》しているようだ。

ユカリちゃんもさっきからスマホを手に、彼氏とメッセージのやりとりに忙しそう。

ユカリちゃん達カップルはホントにマメだなぁって感心する。

わたしとシィ君なんて、毎日学校で会うせいか、あまり連絡を取り合うことはない。

……なんて思っていたらポケットの中でスマホが震えた。

【三階の渡り廊下を見よ！】

シィ君からのメッセージだ。

渡り廊下？

わけがわかんないまま視線をそちらにやって、思わず吹き出しそうになった。

シィ君が渡り廊下の窓から、わざと変な顔を作ってこちらを見ていた。周りには、シィ君と同じクラスだと思われる男の子が数名いる。

だけど、変顔に気づいているのはわたしだけみたい。

【なにやってんの？

変顔、超ウケた。】

送信……っと。

するとシィ君はすぐにスマホを確認する。そして楽しそうにニコニコ笑いながら返信を打ってる。

やがてまたわたしのスマホが震えた。

【数学、自習になってん】

【わたしも同じ！

今自習中……。】

きゃぁ。なんか楽しい！

すぐそこに姿が見えてて、大声を出せばもしかしたら聞こえるかもしれないような距離なのに……。なんだか、校舎の中でわたし達だけ秘密の会話をしてるみたい。

そう思ってひとりでニヤニヤしながら喜んでいると、またスマホが震える。

【じゃ、ちょっと抜ける？

外行かへん？

今日天気えーし♪】

「ええっ……」って、思わず声に出ちゃった。

ユカリちゃんがその声に反応して顔を上げる。

「どうしたん？」

わたしはユカリちゃんにスマホの画面を見せ、シィ君のいる渡り廊下を指差した。

「デートのお誘いやん」

ニヤリと笑ったユカリちゃんが、そう言ってからかう。

「ええっ！　デート？」

思わず声が大きくなってしまった。となりの席の男の子が一瞬こちらを見て、すぐに興味なさそうに目をそらした。はずかしさがこみあげてきて、慌てて声のトーンを下げる。

「どうしよ。自習中やのに。プリントもせなあかんし」

モゴモゴとそう言うわたしを無視して、突然立ちあがるユカリちゃん。窓の向こうのシィ君に向かって、手で大きな丸を作って見せた。

「ええっ！　ちょっ、ちょっとユカリちゃん……」

慌てるわたしの手の中でまたスマホが震える。

【お前に聞いてへん
って、ユウに言っといて
じゃ、ちぃちゃんは
今すぐ正面玄関へＧＯ！】

スマホを握り締めてまっ赤な顔をしているであろうわたしに、ユカリちゃんは満面の笑みで手を振った。

「いってらっしゃ〜い」

しばらくして、わたし達は学校の近くにある公園にやってきた。

「あー。めっちゃ気持ちええわー！」

「うーん」と伸びをするシィ君は、かなり上機嫌だ。

その公園はすり鉢《ばち》状になっていて、中央には子供が楽しめるように遊具が設置されている。そして、それを取り囲むように、傾斜した芝生のスペースが広がっている。

わたし達は芝生の上に直接座った。

ちょうど近くの保育園の子供達が野外活動で来ていた。年齢別で決まっているのか、ピンク、黄色、水色などパステルカラーのかわいいキャップをかぶっている。

今日みたいな天気のいい日は、芝生のグリーンに色とりどりのキャップがとても映えるなと思った。子供達の楽しそうな声が響き渡り、付き添いの先生達はその様子を優しい表情で見守っている。

もしも今、『平和』ってタイトルで絵を描きなさいって言われたら、わたしはこの風景を描くかもしれない。

「あー。腹へってきたー」

シィ君がお腹をさすっている。

その姿を見て、わたしはピンってひらめいた。

「そんなこともあろうかと……。ジャーン！　お弁当持ってきましたー‼」

得意げにスクバの中からお弁当を取り出した。

本当はなにも考えてなかったんだけど。持ってきて良かったな。

「おー。ヤッター！」

シィ君は、お弁当の中の卵焼きを一番にパクリと口に入れた。

「んまっ！　ちぃちゃんのお母さんって料理うまいよなー。この卵焼き、いつ食ってもほんまにうまいもん」

え？

シィ君の言葉にわたしはキョトンとした。

「これ……わたしが作ったよ？」

「え？　そうなん？　ひょっとして、ちぃちゃんって、弁当自分で作ってんの？」

「うん」

「マジでー？　すげーな」

シィ君はやたらと感心してくれたけど、わたしはこれがすごいことだなんて思ったことはない。

高校生になれば自分でお弁当ぐらい作りなさいっていうのがうちのお母さんの教育方針だ。お姉ちゃんが毎朝作っているのもずっと見てきたし、わたしもごく自然にそうするようになった。

「ちぃちゃんは、おもしろいな……」

「え？　おもしろい？」

って、どういう意味……？

「うん。ちっこくて子供みたいな顔してんのに、実は結構しっかりしてんねんなって、最近思うねん」

「しっかりしてるかなぁ……。そんなん言われたん初めて」

「しっかりしてるよ。こんなうまい弁当作ってくるし。それにあのときも……」

「あのとき？」

「うん。公園で子供が怪我したとき。オレ、実はかなりうろたえとってん。子供ビービー泣くし、どうしたらいいんかわからんかってん。男ってあいう場面で、ほんま役立たへんな……って思った」

そうだったのか。うろたえてたんだ。

「でもな、ちぃちゃんはめっちゃ落ち着いてたやろ？　すげー優しい顔して。なんか、あの子のお母さんみたいやった」

「そうかな……？　わたしもかなりビビってたよー」

「ううん。あれ見てオレ思ってん。女の子っていつか母親になるための素質……みたいなもんをちゃんと持ってるんやなって。ああいうのが母性って言うんかなって」

シィ君はわたしのお弁当をおいしそうに食べながら、ゆっくりとそんな話をしてくれた。

これって、褒めてくれてるんだよね。なんだかちょっとくすぐったい。

シィ君は食べ終わると、ゴロンって芝生の上に横になった。頭の下で手を組んで仰向けになり、空を眺めている。

わたしも同じようにやりたかったけど、シィ君の前でそんなポーズを取るのは気が引けたので、座ったまま顔を上に向けて空を眺めた。

そのとき、風がそよいで、いつものシィ君の香りをわたしの鼻先に届けてくれた。

「シィ君って、なんていう香水つけてるん？」

「へ？　香水？　そんなんつけてへんよ。あ！　ひょっとして、柔軟剤《じゅうなんざい》かな？」

シィ君はムクッと起きあがる。

「え……？　柔軟剤？」

シィ君は腕をわたしに近づけてきた。

「匂ってみ？」

そう言われて、わたしは遠慮がちに顔を彼の腕に寄せる。

シャツの袖からはフンワリといつもの香りがした。

そっか。これは香水じゃなくて柔軟材の香りだったんだ。

「ちぃちゃんはシャンプーの匂いがするな」

その声に驚いて、とっさに顔を上げてしまった。

――ドキンッ。

って心臓が跳ねた。近っ……。

顔と顔の距離は、五センチも離れていない。

こんな間近でシィ君の顔を見たのは初めてだ。

ど、どうしよ……。

息がかかりそうなその距離に、はずかしいのに身動きが取れない。なぜかシィ君のほうも動こうとしない。

な、なんで……？　なんで、シィ君まで固まってんの？

うう……。ど、どうしよう。

「あ！　チュウしてるー‼」

背後から聞こえたその声に驚いて、わたし達は飛びのくように離れた。振り返ると、いかにもワンパクそうな感じの男の子が三人、こちらを見てニヤニヤ笑ってる。

「してへんわ‼」

シィ君はそう叫ぶと子供達のほうに向かって走り出した。

「わー。にげろー！」

「待てコルァ！　エロガキー‼」

シィ君は逃げる子供達を本気で追いかける。そして、その中のひとりを捕まえると、肩に担《かつ》ぎあげてしまった。

「うわー。やめろー！　おろせー！」

背の高いシィ君の肩の上で、文句を言いながらも喜んでいる男の子。

「かいじゅうだー！　やっつけろー！」

そんな憎らしいセリフを口にする子供達に囲まれたシィ君は、次々と子供達を抱きあげていく。

いつの間にかシィ君の周りは子供でいっぱいになって、みんなきゃーきゃーと叫んで喜んでいた。

ちゃんと子供の相手できるんだ。

本気で子供達と遊ぶシィ君を見てると、口もとが緩んでしまう。

なんだか、かわいい……って、思った。

あの人がわたしの彼氏なんだって思ったら、胸がキュンとなってドキドキして……

なぜか息が詰まりそうになった。

〝好き〟って感情は、うまく言葉では表せない。

いろんな想いがあふれて切なくなる。

「あー。めっちゃ疲れたー！　幼児のスタミナってハンパないな」

やがてシィ君は息を切らして戻ってきた。

「そろそろ帰ろっか」

「うん」

わたしは立ちあがると、スカートについた砂をパンパンと払って、歩き出すシィ君のあとをついていこうとする。だけど、なにもないところでつまづいてしまった。

「きゃあぁ」

するとシィ君は振り向いて「ちぃちゃんて、ほんま鈍くさいよなぁ……」って笑いながら手を差し出してくれる。

「ほら」

「えっ……」

手、繋いでいいの？

戸惑いながら見上げると、優しく微笑むシィ君と目が合った。

鼓動が早くなる。

シィ君の手にそっと触れてみる。すると包みこむように握り締めてくれた。

それは想像していた以上に大きくて。

——男の人なんだ。

なんて当たり前のことを感じて、ドキドキした。

公園を出ても、シィ君は手を離そうとしない。

手を引かれながら、半歩うしろを歩く。なぜかお互い無言だった。

シィ君の大きな手にすっぽりと包まれて、緊張は次第に安心へと変わっていった。

優しい風が吹いて、髪を揺らし頬をくすぐる。

シィ君の背中を眺めながら……もしも今、『恋』ってタイトルで絵を描きなさいって言われたら、わたしはこの風景を描くかもしれない。ふとそう思った。


放課後の美術室。

今日はめずらしく部員が勢揃いしている。

あまり知られてないけど、この時期の美術部は一年で一番忙しい。一ヵ月後に控えた文化祭に向けて、最後の追いこみに入るからだ。

さっきから順番に、顧問の山田《やまだ》先生と出展する作品について相談していた。

「松本さんは、この風景画でいいんかな？」

山田先生はわたしが春先から描いていた安佐川の絵を指差しながら言った。

「あ……ハイ」と言った直後、慌てて否定した。

「あのっ……。やっぱりちょっと待ってください」

いつも誰にも見つからないように部屋の隅に隠していた一枚のキャンバスを取り出した。

「やっぱり、こっちにします！」

先生はじっとその絵を眺める。

「こんな絵、いつの間に描いてたんや？」

わたしはえへへと笑ってごまかした。

先生はあごのあたりをさわって、うんとうなずいた。

「なかなかいい絵やな。……で、タイトルは？」

「『優しい白の情景』」

シィ君を包みこむように優しく降り続いていた、粉雪の風景。ずっと勇気が持てなくて、誰の目にも触れないように隠していた。

だけどもう大丈夫。この絵には、わたしの想いがたくさん詰まっているから。

シィ君に見てもらいたい。ただそう思った。

そばにいたマリちゃんと目が合うと、優しく微笑んでくれた。

食堂で過ごすいつものお昼休み。いつものメンバーにいつものたあいない会話。だけど、ひとつだけ変わったことがある。誰かがそう決めたわけでもなく、ごく自然にそうなった。

それはシィ君のとなり。シィ君のとなりの席はわたしの指定席になった。

誰かと付き合うっていうのは、とても些細だけど、うれしくてちょっとくすぐったいような……そんなことの積み重ねなのかもしれない。

「ナオ、髪切らへんの？　前髪、うっとうしいで」

シィ君の正面に座っていたユカリちゃんが彼に声をかける。

「べつにええやん」

シィ君はそう言うと、気にも留めずに食事を続けていた。

「長すぎるって……」

前から手が伸びてきたかと思ったら、ユカリちゃんは彼の前髪をさわりはじめた。

こんな風にふたりが絡むのは、これまでも何度も見てきた光景だった。今までなら、ただ『うらやましいなぁ』って思うぐらいだったのに。

なのに今、わたしは……。

「あ。緩めのパーマにしたら？　ワックスでクシュクシュにしたらいいねん」

そう言いながら、今度はシィ君の前髪をクシャクシャっていじるユカリちゃん。

それを見ていた自分の顔が歪んだのがわかって、慌ててうつむいた。

やだっ……。この感じ……なに？

胸の奥に、なにか虫のような生き物がざわついて、うごめいているような感覚。

「あ。そうや。ゴムでくる？　わたし持ってるよー」

楽しそうに話し続けるユカリちゃんの声が耳につき刺さる。

イヤだ。シィ君にさわらないで……ユカリちゃん。

なんで、こんな風に思うんだろう。

ふたりの間にはわたしが入りこめないぐらいの長い歴史がある。幼なじみだもん。

仲がいいのは、当たり前のことなのに。

こんな気持ち、イヤだ。自分がひどく醜く思えた。

誰にも気づかれたくなくて、ただ下を向いてご飯を口に運んだ。味なんてわからないのに……。

誰かを好きになるって感情は、純粋でキラキラと輝くようなキレイなものだと思っていた。

だけど、今わたしの中で芽生えたそれは……。

彼が自分だけのものであってほしい。彼に自分だけを見てほしい。そう思うのは、わたしのエゴなのかな?

わたしはその日、自分の中にあるどうしようもなく苦い感情を、生まれて初めて知った。

まるで観覧車 ＊シィ君＊

──ブーブーブー。

さっきからベッドの上で何度もスマホが震えている。

「なぁ……出んでいいん？」

オレは持ち主に声をかけた。

放課後、サトシがふらりとオレの家にやってきた。といっても、とくに用事があるわけでもなさそうだ。なにか話をするでもなく、床に座りベッドにもたれかかるような格好で雑誌をめくっていた。

サトシはオレの声に面倒くさそうに顔を上げると、スマホを手にした。

「ああ……ええよ」

出ることもなく着信を拒否し、また視線を雑誌に落とした。

着信の相手が〝女〟であることは一目瞭然《いちもくりょうぜん》。オレはひそかにサトシのことを〝ハンター〟と呼んでいる。

こいつは狙った獲物は逃さない。甘い言葉や態度を駆使して、女を落とす。ふた股なんかは当たり前だ。そして飽きたら、今みたいにあっさり捨てる。

オレ達は友達だけど、それぞれの女関係には干渉しない。でもなぜか、今日のオレは目の前のサトシの態度にイラついていた。

「なぁ。そういう付き合い方、やめたら？」

「んー？」

サトシは興味のなさそうな返事をした。相変わらず雑誌を読みながら。

「だから。お前、ふた股とかもありやん？　そういうのやめろって話。ちゃんと本命の子と……」

やっと顔を上げて、パタンと雑誌を閉じると無造作にそれを床に落とすサトシ。

「シィに言われたないけど？」

オレの言い方がよっぽど気に入らなかったのか、あごを上げて挑発するような態度を取る。

オレ？　オレに言われたくないって？　どういうことやねん。

「お前……ちぃちゃんのこと、ほんまに好きなんか？」

一瞬言葉を失うオレ。

「〝かわいい〟って思ってるよ……」

〝好き〟って言葉をわざとはずしたオレは卑怯《ひきょう》だ。

サトシは全部お見通しって顔でフッと息を吐き出すと、オレが一番触れてほしくない部分をえぐり出した。

「ユカリがあかんからって、ちぃちゃんでごまかしてるだけちゃうんか?」

「そんなんちゃうって……」

ホントか? ホントにそうなのか?

「オレも人のこと言えへんけどな。ややこしいことすんなよ? ちぃちゃんはユカリの友達やろ? オレらの仲間でもあるんやで。お前、それわかってやってんの?」

「……わかってる」

そう言うのが精一杯だった。

「ま、オレには関係ないけど」

そう言って立ちあがると、サトシは部屋を出ていった。

ひとり残された部屋で、オレは彼女と付き合うきっかけになった公園での出来事を思い返していた。

あのときオレは、本当は断る……つまり彼女のことを振ろうと思っていた。

ちぃちゃんのことは〝いい子〟だって思う。

子供みたいな笑顔を〝かわいい〟とも思う。

だけど、付き合うっていうのとはちょっとちがう気がしてた。どう言えばできるだけ傷つけずに断れるか……って、それぱかり考えていた。

そのとき、あの事件が起きたんだ。泣きじゃくる子供に、聖母マリアみたいな優しい顔で、彼女は魔法をかけた。

その横顔を眺めながら、

『ああ……。この子と付き合ったら、きっと楽しいだろうな。オレは幸せな気分を味わえるかもな』

って、単純にそう思った。

正直、ユウとの関係には疲れていた。

ユウといるとオレはいつもジェットコースターに乗っているような気分になる。彼女の言動にいちいち感情が上がったり下がったりしていた。

ちぃちゃんと過ごす時間は、まるで観覧車に乗っているようだ。ゆっくりと静かに回り続けるんだ。

一周したところで、『もう一周しよっか？』って気分にさせてくれる。

こういう気分を〝好き〟だと言うなら、そうかもしれない。

彼女とならうまくやっていける。そう自分に言い聞かせた。

サトシが帰ったあと、しばらくベッドの上で寝そべっていた。

ぼんやりと天井を眺めているとドアの向こうから母親の声がした。

「直道、電話！　ユウちゃんから」

――ユウ？

いつもはスマホにかけてくるのに、なんで家の電話に？

そう思って気づいた。

そういや、今日、昼間に充電が切れて、そのままにしていたんだったな。

なんとなく気だるい体を起こして、母親が手にしていた受話器を受け取った。

「もしもし？」

しばらく沈黙が続いたあと、電話の向こうから、か細い声が聞こえた。

『ナオぉ……』

オレの名前を呼んだとたん、なにかが弾けたみたいにユウは泣き出した。

「ちょ……なに？　お前、今どこ？　――ああ、うん。わかった」

電話を切るなり部屋を飛び出した。

「でかけるの？　ご飯は？」

玄関で靴を履いているとき、背後から聞こえた母親の声を無視した。

それに答える余裕すらなかった。

オレはもう駆け出していた。彼女のもとへ。

恋はやっぱり　＊ちぃちゃん＊

「あ……」

自分の部屋で教科書を取り出そうとスクバを開けて、気づく。

中にあったのは、シィ君の教科書。

英語の教科書を忘れてしまい、借りたのだった。

返すのを忘れてそのまま持って帰ってきちゃった……。

スマホを手にして電話してみる。だけど機械的なアナウンスが聞こえるだけで、繋がらない。

そう言えば、お昼休みに『充電が切れた』って騒いでたなぁ。

どうしよ。明日でもいいのかな。でも、ひょっとして今夜使うってこともありうる？

時刻は午後六時すぎ。まだそんなに遅い時間じゃないよね。思いきって家まで届けようかな。

それいいかも。ちょっとだけでも話せるかもしれないし。

突然訪ねるなんて、緊張するけど。なんかワクワクもする。

シィ君の家は前に教えてもらったから、知っている。

丘の上にあるわたしの家からシィ君の家までは緩やかな坂道がずっと続く。自転車は勝手に加速して転がっていくので、ほとんどペダルをこがずにすんだ。

気持ちいい！

もう日が暮れかけていて、空にはオレンジから藍色のグラデーションが広がっている。

秋を感じさせる少し肌寒い風が、顔に当たって心地良かった。今から好きな人に会いにいくわたしの火照った頬を、ちょうど冷ましてくれるようだった。

静かな住宅街を抜けていく。どこからか、今夜の献立らしいクリームシチューの香りがした。

あちこちの家に明かりが灯る風景って、〝幸せ〟の象徴のように見える。

わたしも幸せだよね……。今から大好きな彼に会いにいくんだもん。

シィ君の家が近づいてきた。

小さな公園の前を通ったとき、目の端に映ったものに一瞬ドキッとした。公園の中には、カップルらしき男女がいて、抱き合っている最中だったから。

きゃぁ……大胆……。あれ、うちの制服だったよねぇ。

そんなことが一瞬頭をよぎり、そしてなにかが引っかかった。

ブレーキをかけて、自転車を降りる。

もうひとりのわたしがささやく。『やめなさい』って。でも、体が勝手に動いてしまう。

自転車を押しながらUターンさせて、すでに十メートルほど進んだ道を戻った。

金網越しに公園の中をのぞく。目の前にある大きな木が視界をジャマする。それでも見えた。

枝の向こうには、園内の明かりに照らされたふたりの姿。

見覚えのある制服。そして見まちがえるはずのない髪型。

心臓がきゅうって小さくなるように感じた。

シィ君……。

その瞬間、ハンドルをブレーキごと握り締めてしまった。

——キィ……。

静かな路上に自転車のブレーキ音が響いた。

女の子を抱き締めたまま、彼はわたしの視線に気づいた。さらに彼の腕の中の彼女もなにかを感じ取ったのか、うしろを振り向く。

振り向くまでもなかった。明るい色のフワリとしたロングヘア。彼の腕の中にすっぽり収まった華奢《きゃしゃ》な肩。

彼女が誰であるかは、もうわかっていた。

「ちぃちゃん……！」

ユカリちゃんは泣いていた。

こんなときなのに、女優さんみたいにキレイな顔に一瞬見とれた。抱き合うふたりはスクリーンの中にいるみたいに、絵になっている気がしたから。

わたしは自転車に乗ると、急いでその場から逃げ出した。

なんでわたしが逃げなきゃならないんだろう……。

でも、そうすることしかできなかった。

途中、一度だけうしろを振り返った。ひょっとしたら、追いかけてきてくれるんじゃないかって、淡い期待をこめて。

その期待は、見事に打ち砕かれたけど。

日はすっかり暮れて、あたりは闇《やみ》に包まれていた。住宅街の明かりだけが道路を照らして、今にも闇に飲みこまれそうになるわたしを導いてくれた。

その明かりさえも、視界の中でやがて滲んで、見えにくくなる。涙をこぼしたくなくて、唇を噛み締めた。

行きとちがってペダルをこぐ足が重い。家までの坂道が永遠に続くような気がした。

家につくと、ポケットの中でスマホが震えているのに気づいた。ディスプレイに表示されている名前は——〝ユカリちゃん〟。

スマホを握り締めたまま身動きが取れずにいると、やがて振動は収まった。

履歴をチェックしてみて、何度もかけてくれたのがわかった。

かけなおすべき？　どうしよ……。

考えあぐねていると、また手の中で震えた。

一瞬躊躇《ちゅうちょ》して……それから電話に出る。

「もしもし……？」

『あ！　ちぃちゃん！　良かった！　出てくれた‼』

ユカリちゃんは、思わずスマホを耳から遠ざけてしまいたくなるぐらいの大きな声でそう言った。

無理にテンションを上げているような気がした。

『ごめんね、ごめんね。ちぃちゃん……誤解してるかなって思って電話してん』

誤解……？

『わたし、実は彼氏と最近うまくいってなくて……。そのこと、ナオに相談しててん。そしたら、パニックになって涙が止まらなくなって……。ナオ、なぐさめてくれただけやねん』

「そうやったん……」

『うん。だから変な心配せんといてな。それと、ちぃちゃんの彼氏やのに、胸借りちゃってごめん。それは、ほんまに反省してるから』

「いいよ」とも「ダメだ」とも言えず、返事に困る。

『実は、ちぃちゃんが行ってしまってから、ナオに怒られてん』

「え？　怒られた？」

『うん。〝もうオレに甘えんな〟って。ナオ、ちゃんとちぃちゃんのこと考えてるんやなぁって、ちょっと感動した。ちぃちゃん、大事にされてるなって……』

ありがと、ユカリちゃん。心配してくれて。気遣ってくれて。

でもね。

その言い訳……ホントは、シィ君から直接聞きたかったな。

制服も冬服に変わり、もうすっかり校内には秋の雰囲気が漂っている。

そんな休み時間の廊下で、わたしとシィ君は話していた。

「ちぃちゃん、今日も部活？」

「うん。もうすぐ文化祭やから……」

「そっか。がんばれよ」

シィ君はそう言って、自分の教室へ戻っていった。

生徒達が行き交う廊下をぼんやり眺めた。

文化祭前のこの時期は、みんなやたらと忙しそうに動いている。

わたしは、クラスの出し物はもちろんのこと、美術部の展示の準備もあり、毎日遅くまで学校に残っていた。

シィ君とゆっくり話す時間もあまりなかった。それでも、少しの時間を作ってこうして会いにきてくれる。

いつも通り優しいシィ君。

結局、公園で見たあのことについて、シィ君はなにも言ってこない。だから、わたしからもなにも聞いていない。

きっとユカリちゃんから聞いたことですべてだ。それ以上、聞かないほうがいい。深く詮索《せんさく》したら、嫌われそうな気がした。それが怖くてなにもできなかった。

そのとき、ポケットの中のスマホが震えた。アカネちゃんからだ。

【ちぃちゃん忙しい？
少しでいいねんけど
放課後、時間取れる？】

どうしたんだろ？

なにかあったのかな……。

そして放課後。わたしは部活に出る前に、アカネちゃんに指定された理科室に向かった。

理科室は一階の奥まったところにあるので、放課後ここにやってくる生徒なんていない。わざわざそんなところに呼び出すなんて、よっぽど重大なことがあったのだと感じた。中に入ると、アカネちゃんと、もうひとり、顔は見たことがあるけど名前は知らない女の子がいた。

なんの用だろ？　イヤでも緊張が高まってくる。

「ちぃちゃん。急に呼び出してごめんな」

「ううん。でも、どうしたん？　なにかあったん？」

「うん……。言うべきかどうか迷っててんけど……」

アカネちゃんは、言葉を続けることができないようで、困ったような表情でもうひとりの女の子をチラリと見る。

「あ……。えーと、この子、同じクラスの子。アサミっていうねん」

アサミさんは、ペコリと頭を下げ、待ってましたといわんばかりに話し出した。

「こんな話、ホントはしたくないんやけど……。松本さんのためになるならって、アカネちゃんと相談してん」

「うん……」

わたしのため？　いったいなんの話？

緊張しながら、次に続くアサミさんの言葉をじっと待った。

アサミさんはわたしの目を見て、ゆっくりと口を開く。

「ユカリには気をつけたほうがいいよ」

初対面のアサミさんの口から突然出た『ユカリ』ちゃんの名前。わたしは驚いて、言葉が出なかった。

「あの子……友達の彼氏、平気で取るから」

アサミさんはまっすぐな視線でそう言った。

一瞬、脳裏に浮かんだのは、シィ君とユカリちゃんが抱き合っていた公園でのシーン。なにも言えないでいるわたしにはかまわず、アサミさんは話を続けた。

「ユカリの彼氏……っていうか、もう元彼やねんけど。佐々木先輩って知ってる？」

「うん。……って、え？　元彼？　佐々木さんとユカリちゃんって、別れたん？」

「うん。わりと最近やけど」

全然知らなかった……。

あのとき、うまくいってないって言ってたけど、結局別れてしまったのか……。

なんで言ってくれなかったんだろう。

ユカリちゃんにとってわたしなんて、相談もできないような相手なのかな……。

「どこから話せばいいんかな……あのね」

アサミさんは、わたしが知らないユカリちゃんの話を、ゆっくりと説明してくれた。

アサミさんは一年生のとき、佐々木さんと付き合っていた。だけど、あるとき、彼に別れを告げられた。

原因は、ユカリちゃん。

佐々木さんはアサミさんの友達であるユカリちゃんを好きになってしまった。そのことがきっかけで、アサミさんとユカリちゃんは気まずい関係になった。

もともと四人だった彼女達のグループは分裂。

それでもアサミさんは、ユカリちゃんを信じていた。友達を裏切ってまで彼と付き合うことなんてしないって。

だけどユカリちゃんは、アサミさんよりも彼を選んだ。

四人グループのうちのひとり、今でもユカリちゃんと仲良くしているのがカナコちゃんだということも、わたしは今、初めて知った。

そんないきさつがあったなんて……。

「それだけやったら、まだいいねん。ユカリだけが悪いわけじゃないから」

アサミさんは目に涙をためて、悔しそうに話し続ける。

「ユカリ……もう、次の男できたって……くっ……」

ついに泣き出して言葉にならなかった。

代わりにアカネちゃんが説明してくれた。

実はユカリちゃんは、佐々木さんと別れる前から別の男の子とも仲良くしてたらしい。彼のことを友達だと言い張るユカリちゃんに対して、浮気だと責めた佐々木さん。

そもそもふたりが揉めた原因は、その男の子にあった。

アサミさんは三日ほど前、街で偶然出会った佐々木さんからこの話を聞いた。

『お前を傷つけてまでユカリを選んだのにな……。バチが当たったんかな。オレはアイツにとってなんやったんやろうって思う』

そう、寂しそうに佐々木さんは言っていた。

アサミさんは、嗚咽《おえつ》まじりの声で話す。

「わたしだって、なんやったんやろうってっ……。友達に彼氏取られて……でも、好きな人が幸せになるんやったらっ、あきらめようってそう言い聞かせてた。一生懸命忘れようってがんばってた。だから彼のこと、ちゃんと大事にしてほしかっ……。でも、あの子は、そんな他人の気持ちなんて全然考えてないっ」

そばにいるアカネちゃんももらい泣きしている。

わたしは、呆然と立ちすくんでふたりの様子を眺めていた。

泣きじゃくるふたりを前にして、自分でも不思議なぐらい冷静だった。

このふたりがわたしを呼び出したのはなぜ？

ふたりが言いたいこと、それはつまり……。

「それって……シィ君とユカリちゃんがどうにかなってしまう可能性もあるってこと？」

アカネちゃんは心配そうに眉を下げて「うん」とうなずく。

「わたしら、それが一番心配やってん。香椎君と彼女、仲いいみたいやし。ちぃちゃんが傷つくことになるんちゃうかって……」

頭の中をフル回転させて考える。なんて答えればいい？

ふたりは、本気でわたしのことを心配してくれてる。それはまぎれもない事実。

アサミさん、ツラかっただろうな……。心の底からそう思った。

だけど、いつも優しいユカリちゃんの顔が浮かぶ。わたしは彼女に何度も勇気づけられたし、励まされた。シィ君と付き合うようになったことを自分のことのように喜んでくれた。

この話を聞いたからといって、彼女のまぶしい笑顔を嫌いになれるわけがなかった。だから、わたしは……。

「ありがとう。ふたりとも、心配してくれて」

まずはふたりにお礼を言った。

そしてアサミさんを傷つけないように、慎重に言葉を選んだ。

「もしもアサミさんと同じ立場なら、わたしも同じように思ってたかもしれへん。でも、そうじゃないから。ユカリちゃんにそういう面があるとしても、すぐに嫌いになったりはできへん。……だけど、気にかけてくれて、ホントにありがとう。ツライこと、言わせてしまってごめんね」

わたしは下を向いて泣きじゃくるアサミさんの顔をのぞきこんだ。

アサミさんは、ハンカチを目に当てながらうんうんってうなずいていた。

恋はやっぱりキレイなだけじゃない。誰かが涙を流さなければいけないこともあるんだ……。

赤い糸は複雑に絡み合って、いつもいつもわたし達を悩ませる……。

誰も傷つかない方法　＊シィ君＊

「おーい！　シィ！　そのペンキ取ってー」

「へ？」

「だから、赤のペンキ。こっちにくれ」

クラスメイトの田中《たなか》の言葉で我に返る。

今オレ達は、文化祭で使用するパネルを作成中だ。シンナーの匂いがきついので外に運び出して、正門前の広場で作業をしている。

「あ……。ああ……ごめん」

そばにあった、ペンキの缶を田中に渡そうとする。

「だから！　〝赤〟やってば‼」

「へ？　あ……ごめん」

適当に手に取った缶は〝黒〟だったらしい……。

「おい。さっきからぼけっとしてるけど、大丈夫か？」

田中が呆れ顔でこちらを見てる。返す言葉もない。さっきから、まさに心ここにあらずって感じなんだから。

「うん。ごめんな」

今度こそまちがえないように色を確認してから、赤い蓋の缶を渡した。

ここんとこオレの頭には、あの会話がぐるぐると巡っていた。

この前偶然、理科室前で聞いてしまったあの会話が……。

オレはあの日、前の授業で忘れてしまったペンケースを取りに理科室に行った。教室のドアはほんの少し開いていて、誰かの話し声がそこから漏れていた。

「ユカリが……」

その言葉に反応して、ドアを開けようとしていた手が止まる。

オレは小窓から中をのぞきこんだ。

教室には、女の子が三人いた。ちぃちゃんが仲良くしてる、たしか、アカネちゃんって子と、去年まで食堂で一緒だったユウの友達のアサミ。そして、ちぃちゃんだった。

その場から動くことができず、三人の話に聞き耳をたててしまった。

話の内容は、アサミのユウへ対する恨みつらみだった。

ユウの立場になれば、またちがった言い分はあるかもしれないが、彼女の言っていることもきっとウソではない。そんな風に言われてしまう要素がユウにはあるのだから、しょうがないと言えばしょうがない。

中学のころから、女子がユウの陰口を言っている光景を何度か見てきた。こういう場合、大抵女っていうのは、みんなで同じ意見でまとまる。

「ひどい！　ユカリってサイテー！」

みたいにね。

ちぃちゃんは、なんて言うだろう……。目の前で泣いているアサミに同情して、ユウを悪く言うだろうか？　それとも、ユウに義理立てしてかばうだろうか？

だけど彼女が口にした言葉は、そのどちらでもなかった。アサミのことを気遣いながらも、ちゃんとユウのことを友達として見ている、そんな言葉だった。

すごく冷静だと思った。

キミはやっぱりしっかりしてるな。オレなんかより、ずっと……。

「おい！　シィ！　おーい！」

「へ？」

気づくと、目の前で田中が仁王立ちしている。

やべっ。またぼんやりしていたらしい。

「ペンキ切れてしまってん。オレ、購買で買ってくるわ」

ため息混じりにそう言うと、田中は校舎へと戻っていった。

それからオレはふと校門のほうに目を向けた。

そこには、さっきからちがう学校の制服を着た男がひとり立っていて、なんとなく気になっていたのだ。

制服をだらしなく着崩し、髪は金髪に近いような、かなり明るい茶髪をしている。遠目でもわかるぐらいチャラいイメージの男。

するとひとりの女子生徒が彼に駆け寄っていくのが見えた。

そのうしろ姿には見覚えがあった。ユウだ。

彼女がうれしそうに体を弾ませるたびにフワリと髪が揺れた。

仲良さそうに去っていくふたりを、オレはただその場で眺めるしかなかった。

あの日、公園でユウを抱き締めたとき、オレはちぃちゃんのことを意識的に考えないようにしていた。

ただ、目の前で泣いているユウが愛しくてしょうがなかった。

優しい声で慰めれば、ひょっとしたらこのままオレのほうを向いてくれるんじゃないか……なんてバカみたいなことを思ったりしてた。

『もうオレに甘えんな』

オレはユウにそう言った。だけどそれは、そうでも言わなきゃこの気持ちを抑えられそうになかったからだ。

ちぃちゃんのためではなかった。

オレは最低だ……。

今になってようやく、サトシの言葉の意味を噛み締めていた。自分の選択の過《あやま》ちにやっと気づいた。

けどもう戻れない。あの子を傷つけるわけにはいかない。

自分の気持ちに蓋をして、うまくやるしかない。

誰も傷つかない方法はそれしかない。そう思った。

両想いの確率　＊ちぃちゃん＊

廊下に出てなにげなく窓から外を見る。

すると正門前の広場にシィ君の姿を見つけた。たぶんクラスメイトだと思われる男の子とふたりでなにか作業をしている。

「だから！　〝赤〟やってば‼」

ぷぷ……。怒られてる。

「なぁなぁ、ちぃちゃん」

その声に振り返ると、文化祭の実行委員のチアキが立っていた。眉間にしわを寄せて、なんだかすごく怒っているみたい。

「本田さんどこ行ったか知らん？」

「え？　ユカリちゃんいないの？」

「もー！　また勝手に帰ったんかなー！　あの子、一度も手伝ってないねんで！」

ユカリちゃんって、学校行事嫌いだもんなぁ……。積極的に手伝う姿なんて想像もできない。

チアキはプリプリ怒りながら教室に戻っていった。

その姿を見送ってから、また窓から下を見る。

あれ……？　クラスメイトの男の子はどこかへ行ってしまったのか、シィ君はひとりになっていた。

シィ君は最近元気がない。なにか考え事でもしているかのように、ぼんやりしていることが多い。その姿を見ていると、なぜか不安でしょうがなくなる。

いつも優しいシィ君。だけど、付き合っていても片想いしてたころと変わらないぐらい、ときどきシィ君が遠くに感じる。

シィ君のこと、もっと知りたい。だけど、聞いちゃいけないような気がして……。

彼はある一点を見つめたまま、じっとたたずんでいた。

その視線の先には他校の男子生徒と、それからユカリちゃんの姿があった。まるでじゃれ合うように仲の良さそうなふたり。

シィ君、なんでそんな切なそうに見つめてるの？

もしかしてシィ君は……。

「ちぃちゃん」

一瞬頭をよぎりそうになった考えは、誰かのそんな言葉でかき消された。

声のほうを見ると、アカネちゃんがそこにいた。

「ちぃちゃん、今日、一緒に帰れるかな？」

「うん。あ、でもわたし美術部にも顔出さなあかんから、かなり遅くなるけど大丈夫？」

「うん。ちょっと聞いてもらいたいことがあるねん。だから待ってるわ。じゃ、あとでね」

そう言うと、アカネちゃんはその場を去っていった。

聞いてもらいたいこと？　なにか相談でもあるのかな。

気にはなったけど、慌てなくてもあとからゆっくり話を聞こう、そう思って、わたしも教室に戻った。


そして帰り道。わたし達は中学のころによく寄り道した公園に行った。

くだらない話から真剣な悩みまで話すことが尽きなくて。気がつけば日が暮れてしまった、なんてことも何度もあった、そんな場所。

わたし達は並んでベンチに腰かける。

「聞いてもらいたいことって？　なにかあったん？」

そう問いかけるわたしに、アカネちゃんは「うーん。まぁ……」と言葉を濁《にご》す。

まだ話したくないのかな？　そう思って、彼女の言葉を待つことにした。

アカネちゃんはうつむいて、足もとの砂をジャリジャリと蹴っている。その表情はなんだか寂しそう。

「ちぃちゃん」

「うん」

「わたしなぁ……失恋した……」

「え……」

想像もしていなかった言葉に、わたしは驚いていた。だって失恋どころか、アカネちゃんに好きな人がいることすらまったく気づいてなかったから。

一年生のとき、みんなで恋バナをしたとき、アカネちゃんはわたしと同じで『好きな人はいない』って答えていた。あのあとで誰かに恋したのかな……。それとも、実はあのときすでにいたということ？

「全然知らんかった」

「だって、誰にも言ってないもん。わたし秘密主義やねん」

アカネちゃんは、わざとおどけたようにそう言って笑った。

「ちぃちゃん、三組の岸谷《きしたに》君ってわかる？」

名前を聞いても顔が浮かばなくて、わたしは「ううん」と顔を横に振った。

「そうやんなぁ。中学もちがうし」

アカネちゃんとも接点が見つからない。

わたしの疑問に気づいたのか、アカネちゃんは「中学んときに塾で知り合ってん」と教えてくれた。

それからアカネちゃんは、岸谷君とのことを色々話してくれた。

高校に入ってからもずっと好きだったこと。だけど、勇気が出なくて告白できずにいたこと。そして、この夏休み、街で岸谷君が女の子と手を繋いで歩く姿を偶然目撃したこと……。

「なんかなぁ……。めーっちゃ、かわいい子やねん！　いかにも男の子ウケ良さそうな、まさに〝女の子〟って感じの！」

いつも通りの明るい口調で話すアカネちゃん。だけどその明るさが余計にいじらしく感じられた。

「結局、男の子ってあいうタイプが好きなんやーって、最初はムカついたけど」

「うん」

「ほんまは……うらやましかった。自分もあんなにかわいかったら告白できたんかなって思った」

アカネちゃんの声がどんどん小さくなる。

「わたしの取り柄なんて、勉強しかないやん？」

「そんなことないよ！」

わたしはムキになって声を上げた。

「アカネちゃんのいいところ、わたしいっぱい知ってるもん！　アカネちゃんはかわいいよ。わたしなんて、ほら！　顔丸いし、鼻低いし、チビやし、鈍くさいし……って、全然あかんやん！　アカネちゃん、落ちこみそうになったら、わたしのこと思い出したらいいねん！　だって、こんなわたしでも明るく前向きに生きてるんやから！」

って、なんかめちゃくちゃな慰め方になってしまった。だけど、元気になってほしい。伝わったかな？

アカネちゃんはじぃっとわたしを見て……それからプッと吹き出した。

「ありがと。そうするわ。そうやな、こんなちぃちゃんでも彼氏おんねんもんな」

そう言ってポンポンとわたしの頭を軽く叩く。

「こんなってなによー！　人に言われるとなんかムカつくー！」

「あはは！」

ぷぅっとむくれて文句を言うと、アカネちゃんはやっと笑ってくれた。わたしも一緒になって笑う。

だけどわたしには、アカネちゃんの話の中でひとつだけ気になっていたことがあった。彼女の成績なら本当はもっとレベルの高い高校に行けたはず。

ゴクリと唾を飲んでから尋ねた。

「アカネちゃんって、もしかして岸谷君がいるからうちの高校に来たん？」

アカネちゃんは「うん」とうなずく。

前から不思議に思ってた。アカネちゃんならもっと上が狙えたはずなのにって。

そうだったんだ。好きな人と一緒に過ごしたくて、この高校を選んだんだ。

その瞬間、今まで点でしか見えてなかったものが、線で繋がったような気がした。

前にケンちゃんが言ってた。シィ君にはこの高校にどうしても入りたい理由があったって。

そっか。そうだったんだね……。それはきっと〝彼女〟がいたからだ。

今日の、正門前での出来事を思い出す。だからあんな切ない表情で〝彼女〟のことを見ていたんだね。

最近、シィ君が元気がないのは〝彼女〟のせい？

好きなんだ。ユカリちゃんのことが。

なんで今まで気づかなかったんだろう。

両手で顔を覆った。

「……ぅ……っく……」

落ちこんでいるアカネちゃんに心配かけちゃダメだって思っているのに、涙があふれて止まらなかった。

「ちぃちゃん？　ごめん……。ちぃちゃんまで泣かせてしまって……」

自分の失恋のせいでわたしがもらい泣きしてるって思ってるのか、アカネちゃんが心配そうにのぞきこむ。

「ごめん。ちがうねん……」

わたしは泣きながら首を振り、そして考える。

〝付き合う〟なんて、形だけのものだったんだ。

彼の心にわたしはいなかったのに。そばにいても、ずっと片想いしてただけなのに。

バカみたい。ひとりで浮かれて、勝手に舞いあがって。

自分の愚かさが、はずかしくて情けなくて、涙が止まらなかった。

この世に存在するたくさんの恋の中で、大好きな人が自分のことを好きになる確率っていったいどれぐらいあるんだろう。

両想いなんて、わたしにとっては奇跡のようなことだよ。

たったひと言　＊ちぃちゃん＊

「うわっ。すげー風やなぁ。外の展示物大丈夫かな」

シィ君が心配そうに空を見上げる。

まるで台風でも近づいているかのような強い風が吹いている。雨こそ降っていないけど、空には重そうな灰色の雲が垂れ下がっていて、それがすごいスピードで流れていく。

なんだろ、このイヤな気分。

わたしは風で乱れそうになる髪を耳にかけて押さえた。

明日はいよいよ文化祭だ。

放課後、顧問の山田先生から頼まれた絵の具を買いに画材屋に行き、シィ君もそれに付き合ってくれたのだった。

買い物を終えて商店街を歩いていると、

「お茶でもしたかったけど、天気悪いし、もう帰ろっか？」

シィ君がそう言ったので、わたしもうなずいた。

シィ君の横を歩いている……つもりだった。

背の高いシィ君とチビなわたしでは歩くスピードがかなりちがう。油断するとすぐに置いていかれそうになるので、わたしはシィ君についていこうと一生懸命歩く。

いつもは、それに気づいて自然と歩調を合わせてくれるシィ君。

でも、今日はちがった。なにか考え事でもしてるかのように、どこか一点を見すえて、スピードを落とすことなく、どんどん進んでいく。

わたしはそれでもついていこうと必死だった。

だけど……。急に足が止まった。

シィ君……もう、無理だよ……。

シィ君はそのまましばらく進んでいたけど、数メートル行った先でようやくわたしが立ち止まっていることに気づいて、慌てて戻ってきてくれた。

「ごめん、ごめん。ついてきてるって思ってたのに、おらへんからびっくりしたわ」

「………」

「どしたん？　ちぃちゃん……？」

さっきから下を向いているわたしの顔を、シィ君がのぞきこんでくる。

今までずっと気になってたこと。だけど、勇気がなくて言えなかったこと。彼の口から聞きたかった、たったひとつの言葉。

「シィ君……と……き？」

振りしぼった言葉は、途切れてうまく言えなかった。

「ん？」

シィ君は、優しい声で聞き返す。

「わたしのこと……好き？」

声が震えた。顔が見れない。シィ君はなにも答えない。

わたしもそれ以上、なにも言えない。

――ブブ！

通りを走る車のクラクションが響いた。行き交う人のざわめきが反響する。

ずいぶん時間が経ったような錯覚《さっかく》に陥った。

シィ君はようやく口を開いた。たったひと言だけ。

「ごめん……」

そのひと言がすべてだった。

さっきからずっと見つめていた自分の足もとの景色が、ブワッと滲む。

「ちぃちゃん……オレっ……」

なにか言いかけた彼の言葉をさえぎって、わたしは顔も上げずに言った。

「そっか。じゃ、これでサヨナラしよっ。シィ君、もう先行って……」

お願い。早くこの場から去って。

でないと、涙をこぼさずにいられなくなるから。

視界の中からシィ君の靴が消えていく……。

「ごめんな……」


どのぐらいひとりでそこに立ちすくんでいただろう。

ゆっくりと顔を上げて、息を吸いこむ。

よし、まだ大丈夫。涙は……まだ我慢できる。

わたしは彼を追いかけて走り出した。ダメだ……。これで終わりにしちゃダメ。

大きな通りに出て、彼の姿を探す。歩道には仕事や買い物帰りの人達が大勢いて、その中を縫《ぬ》うようにして走る。

どこ？　シィ君、今どこにいるの？

背伸びをしてみても、わたしの目線では見つけられないよ。

いつの間にか足が止まっていた。ポケットからスマホを取り出し、ギュッと握り締める。

きっと、直接会うよりもうまく伝えられるはず。そう思って電話をかける。

『……もしもし？』

出てくれた！

「シィ君！　ごめんね！　あのね、ひとつだけお願いがあるねん！」

『うん』

いつものシィ君の優しい声に、今まで我慢していた緊張の糸がプツンと切れた。

ほらね。やっぱり電話で良かった。

涙がポロポロとあふれ出す。

でもダメ。声に出しちゃダメ。

喉にグッと力を入れ、わざと明るい声を作った。

「あのねっ、これからも友達でいてくれる？　今まで通り」

『うん』

がんばれ。あと少しっ。

「ほらっ。わたしケンちゃんとかみんなとも友達でいたいから。だから、また食堂に行ってみんなとご飯食べてもいい？」

『うん』

あとひと言だけ！　どうか声が震えませんように……。

「ありがと。じゃ、また明日学校でね！」

――プツッ……。

言えた。最後まで言えた。

わたし女優になれるんじゃない？　すごいよ、名演技。

さっきから、道行く人がわたしの泣き顔を不思議そうに眺めている。

「……っぅう……。う……」

スマホを握り締めたまま、その場でしゃがみこんで泣き出した。

「……っく……ひぃっく……」

近くで市議会議員が演説をしている声が聞こえた。けど、彼の演説以上に、歩道で泣き崩れている制服姿の女子高生のほうが注目を浴びていたかもしれない。

シィ君と付き合った一ヵ月間は、わたしにとって夢のような時間だった。

シィ君からもらったメッセージ。

風を切ってふたり乗りした自転車。

公園で過ごした時間。

手を繋いだ瞬間……。

きっと一生忘れることのない、わたしの宝物になった。

ありがとう。ほんの少しでも夢を見させてくれて。

シィ君……。

ホントにありがとう。

資格　＊シィ君＊

「なんちゅう顔してんねん」

ドアを開けたサトシが、オレの顔を見るなりそう言った。

「ま。入ったら？」

玄関に入ると、先客がいたのか女の子が帰り支度をしているところだった。

高いヒールの靴を履く彼女。

「じゃね」

サトシにそう言うと、オレに向かって軽く頭を下げてから、出ていった。

その光景をただ呆然と眺めるオレ。

「ごめん。彼女来てたん？　え……オレ、ジャマした？」

「ええよ、べつに。アイツはそういうの気にせーへんから」

たしかに。いかにもサトシ好みのものわかりの良さそうな、キレイな子だった。私服だったからよくわからないけど、年上かもな。

リビングに通され、ソファに腰かけた。

サトシは母親と兄貴の三人家族。兄貴は家を出てひとり暮らし中。母親は夜の仕事をしていて、オレが来るときはたいてい留守にしている。

そんなわけで、ヤツはひとりでいることが多い。

「で。なんかあったん？」

サトシが冷蔵庫から取り出した缶ジュースを差し出す。

受け取ったものの飲む気がしなくて、オレは手の中のそれをぼんやり眺めていた。

「今、ちぃちゃんと、別れてきた……」

「そうなん」

サトシはそれ以上、なにも聞いてこなかった。

あのとき、ちぃちゃんと別れたあと、オレはガードレールに腰かけて、しばらく動けないでいた。胸の奥に後悔とも罪悪感とも区別がつかない、重い石をかかえたような気分だった。やっぱり傷つけてしまった。

これで良かったのか？ ウソをついてでも傷つけない方法もあったんじゃないか？

頭の中で、モヤモヤといろんな感情が複雑に交差していた。

あんな終わり方で良かったのか？ なにかもっと言うべきことがあったんじゃないか？

電話かけてみようかな……。だけど、なんて言う？　なにを言っても言い訳にしかならないんじゃないか？

オレはスマホを握り締めながら考えあぐねていた。

そのとき、手の中でスマホが震えた。画面に表示された名前を見て息を呑む。

なんで？　どうして？

オレは戸惑いながら電話に出た。

「……もしもし？」

『シィ君！　ごめんね！　あのね、ひとつだけお願いがあるねん！』

電話の向こうの彼女の声は、拍子抜けするぐらい明るいものだった。

まるでいつものように世間話でも始めるかのようで、とてもさっき別れてきた相手だとは思えないぐらいだった。

『あのねっ、これからも友達でいてくれる？　今まで通り』

「うん」

相変わらず明るく話す彼女の声が耳に響く。

いや……待てよ。スマホを通してかすかに聞こえる声。それは、さっきからオレの耳にも直接届いていた、市議会議員の演説の声だ。

近くにいる!!

顔を上げて周囲を見渡した。

どこだ？　どこにいる？

そのとき、背後で鳴ったクラクションの音に振り返った。

――いた……。

反対側の歩道にひとりで立っているキミを、行き交う人々がジロジロと眺めていく。

まっ赤な顔をして、ポロポロと涙をこぼしているキミを……。

『ほらっ。わたしケンちゃんとかみんなとも友達でいたいから。だから、また食堂に行ってみんなとご飯食べてもいい？』

あの泣き顔からは想像もできないような、明るい声で話し続けている。オレが今、車道をはさんだこちら側にいることなんて、まるで気づいてない。

「うん」

なんでやねん……。なんでそこまでがんばるねん……。

オレのため？　オレの罪を減らそうとして、傷ついてないふりしてくれてんのか？

サトシが言っていた言葉を思い返す。

――『ややこしいことすんなよ？　ちぃちゃんはユカリの友達やろ？　オレらの仲間でもあるんやで』

あの言葉の意味が、やっとわかった。

キミはそれをひとりで解決しようとしているのか？

オレやユウやみんなが、この別れのせいで気まずくならないように……。

なんでそこまで周りのことばっかり考えるねん。

『ありがと。じゃ、また明日学校でね！』

その言葉を最後に電話は切れた。

もう、我慢も限界だったのかな。彼女は人目も気にせず、その場にしゃがみこんだ。

今すぐガードレールを飛び越え、車道を横切って、小さな細い肩を抱き締めたい衝動にかられた。

だけど、今のオレにそんなことをする資格なんてない。そんなことをしても、また同じことを繰り返すだけだ。

中途半端な愛情をかけても、きっとまた傷つけてしまう。

キミの気持ちに応えることができないなら、オレはなにもすべきではないんだ。


「吸う？」

その声にハッとして顔を上げると、サトシがタバコを差し出していた。

インディアンがデザインされたその黄色いパッケージを、オレはぼんやり眺めていた。サトシがいつも吸っているそれは、彼いわくタバコ本来の味がするらしいのだけど、オレはその独特の香りや味が苦手だった。

オレは黙ったまま、その箱から一本取り出し、火をつけた。

「ケホッ……！」

煙が喉に引っかかってほんの少しむせた。やっぱりこの味はあまり好きではない。

サトシはフッと笑うと、

「お前、この味忘れんなよ」

そうポツリとつぶやいた。

忘れられるわけがなかった。彼女をあんな風に傷つけたことを。

「あの子なぁ。別れても今まで通り友達でいてって、めっちゃ明るく言うねんで」

サトシはふーっと大きく煙を吐くとこう言った。

「ちぃちゃんらしいな」

「うん」

胸の奥から自分でも消化できないような、どうしようもない想いがこみあげる。

オレはずるい。彼女を傷つけておきながら、ひとりでいることもできずサトシに頼って、タバコで気をまぎらわそうとしてる。

あの子はどうしてるかな？　今もどこかで肩を震わせてひとりで泣いてるのかな？

そんなこと考えてもどうしようもないのにな。

煙が入ったせいか、目の奥が痛くなった。
オレには涙を流す資格もないのに……。

夢の跡　＊ちぃちゃん＊

そう。きっとあれは夢だったんだ。そして、夢は覚めた。

またいつもの生活が始まる。ただそれだけのこと。それだけのことだ……。

「これは安佐川かしら？」

わたしの絵をさっきから眺めていた女性に声をかけられた。年はわたしのお母さんより少し上って感じ。

文化祭が始まった。昨日の嵐がウソのように、今日は雲ひとつない快晴。

出展するつもりだった絵を差し替えるために、今朝はいつもより早く登校した。

山田先生は少し驚いていたけど、理由はなにも聞いてこなかった。すでに壁に飾ってあったあの絵を取り外し、代わりにこの安佐川の風景画をはめた。

「あの……？」

いつまでもなにも答えないわたしを、その女性は不思議そうな表情で見つめていた。

「あ、すみません！　ぼんやりしてて。え……と、そうです。安佐川です」

「そう。ここは……蛍がキレイなのよね」

その言葉に、前に美術室でシィ君と話した記憶がシンクロした。

『知ってる？　安佐川って、蛍がおるねんで』

『知らない。夜、行ったことないから……』

『そうなん？　じゃ、今度一緒に行かなあかんな』

とたんに、目の前の景色が滲みそうになった。

「あ。そうなんですか。昼間しか行ったことがなくて、蛍は見たことないんです……。あの、すみません。失礼します」

ペコリと一礼して、その場を去った。

誰にも気づかれないように、下を向いたまま廊下を走ってトイレへ駆けこむ。個室のドアを閉めた瞬間、涙腺が緩んで涙がポタポタと落ちた。

ダメだ……。ちゃんとしなきゃ。

涙を拭ってドアを開けると、目の前にマリちゃんが立っていた。

心配して追いかけてきてくれたのかな。

マリちゃんはきっと気づいている。急に差し替えられた絵の意味を。黙っているほうがヘンだよね。ちゃんと言わなきゃ。

蛇口をひねり、わたしは手を洗いながら話した。

この角度なら、表情を見られなくてすむから。

「昨日シィ君と別れてん。一ヵ月しかもたんかった。あっけないやろ？　前みたいに友達に戻っただけっ……」

そこで限界だった……。さっき我慢したばかりの涙がまたあふれる。

「ちぃちゃん……」

マリちゃんが抱き締めてくれた。

「……うっ……ぐすっ……」

わたしより背の高いマリちゃんの腕の中で、子供みたいに泣きじゃくる。

「早く忘れてしまいたいよぉ……」

「うん……うん……」

蛇口から流れる水がどこかへ行ってしまうように、この想いも涙と一緒にすべて流れて消えてくれたらいいのに。


そして、二日間の文化祭が終わった。

「ちぃちゃん、後夜祭始まったよ？　どうする？」

最終日である今日は、グラウンドで後夜祭が行われている。

「うん。もうちょっと片づけてから行く。先行ってて」

「わかった。じゃ、先に行っとくね」

そう言ってマリちゃんは出ていった。

ひとり残された美術室。窓からは、グラウンドで騒ぐ生徒達の声が聞こえる。

ファイアストームのオレンジ色の明かりが、ここからも見える。外の騒がしさとはまるでちがう、物音ひとつしない静かな部屋にいると、急にこの世界でひとりぼっちになってしまったような気がしてくる。

――ピシャンッ。

胸に湧いた不安をかき消すように、窓を閉めた。

部屋の隅に置き去りにされている、結局展示されることのなかったシィ君の絵を取り出す。そして、その絵を伏せたまま、急いで棚の一番奥へしまいこんだ。

もう誰の目にも触れないように、封印した。

スクバを持って、電気を落とし、美術室を出る。

相変わらず続くグラウンドでのお祭り騒ぎを横目に、わざと大回りした。できるだけ人ごみに近づかないようにしながら、校庭の隅へ向かう。

そこはゴミ捨て場。文化祭で出た大量のゴミが積みあげられている。

スクバの中からスケッチブックを取り出す。手に取った瞬間、また涙があふれてきた。

シィ君を何枚も描いたあのスケッチブック。わたし達が付き合うきっかけにもなった。

たもの。

ついこの間までは、宝物のように大事にしていた。だけど、もう終わりにしなきゃいけない。

最後に一度だけ、それをギュッと抱き締める。叶わなかったわたしの想いを、せめて慰めてあげたかった。

それからそっと、ゴミの山の間に入れた。

もうお祭りは終わり。明日からはまた当たり前の日常が続く。

キンモクセイの香りがどこからか漂ってきた。冷たい風が頬を刺激して、自然と背筋が伸びる。

わたしは前を向いて歩き出した。

友達でいることの意味　＊ちぃちゃん＊

いつもの食堂で過ごすお昼休み。

いつものメンバーに、いつものたあいない会話。

ひとつだけ変わったことは、シィ君のとなり。そこにわたしが座ることはなくなった。

そんな些細なことなのに。その現実に気づかされるたびに、まだ胸が痛む。

わたし達が別れたことは、もちろんみんなわかっている。けど、誰もそのことには触れてこない。

そんなみんなが大人だと思う一方で、ドライに感じて少し寂しくもあった。

だけど今は、そんな風に以前と変わらずに接してくれることが、ありがたかった。

「ちぃちゃん、見て。これ、新しい彼氏やねん！」

ユカリちゃんの言葉にその場の空気が変わった。

「昨日、やっと告ってくれてん」

うれしそうに、わたしにスマホの画面を見せてくれるユカリちゃん。

そこに写っていたのは、他校の制服を着たちょっと派手な感じの男の子。以前、正門前でユカリちゃんと一緒にいた男の子だ。

そしてたぶん、佐々木さんと別れることになった原因の彼なのだろう。

「A高の子やねん。バイト先で仲良くなってん」

照れくさそうに、でもうっとりとスマホを眺めるユカリちゃん。だけどわたしはシィ君が気になって、思わずそちらを見てしまった。

シィ君はユカリちゃんの声などまるで耳に入っていないかのように、左手で頬杖をつきながら食事を続けていた。

聞こえてないはずない……。

ユカリちゃんを想うシィ君の気持ちを考えると、胸が痛かった。

――ガタンッ！

そのとき、イスが荒々しく引かれたような音がした。

「あたし、もう行くわ」

見るとカナコちゃんが席を立っていた。そして、そのあとを追うように、ヤマジ君も出ていってしまった。

休憩時間はまだかなり残っているのに、珍しいなぁ、なんて考えていると、ふいに思い出した。

ハッ！　そう言えば、今日、日直だった！　次の授業の準備を先生に頼まれてたんだった。

「わたしも行かな。日直やった！　ごめん。ユカリちゃん、先行くね」

食堂を出ると、急ぎ足で廊下を進む。

階段を上ろうと足をかけた瞬間、誰かが踊り場で話す声が耳に届いて、思わず動きが止まった。

「もう、我慢できへん！」

カナコちゃんだ。なにかに怒っているみたい。

興奮気味に文句を言っていて、それをヤマジ君が黙って聞いているようだった。

「なんであんなに無神経なん？　アサミのときもそうやった。他人の気持ちなんて全然考えてへん。ユカリは世界中の男が自分のものやとでも思ってるんちゃうん？　だいたい、シィがちぃちゃんと別れたんかって……」

「おい……！」

階段の下にいるわたしに気づいたヤマジ君が、カナコちゃんの言葉を制止した。

カナコちゃんは、踊り場からわたしを見下ろす。

「ちぃちゃんも……。なんであんな状況でヘラヘラしてんの？　お人好しもいい加減にしたら？　見ててイライラする」

そう言うと、プイッと背を向けて去っていった。

「ごめんな……」

ヤマジ君が片手で顔を覆いながら、階段を下りてきた。

「アイツ、マジ気ぃつぇーし」

「ううん」

首を横に振った。

「わたしもホントはちょっとだけユカリちゃんに腹がたっててん。カナコちゃんは、わたしが言いたかったことを代弁してくれた」

冗談っぽくそう言うと、ヤマジ君はフワリと優しい顔で微笑んでくれた。

うわぁ……。この人ホント、キレイな顔してるなぁ……。なんて、ヤマジ君の整った顔をマジマジと眺めてしまった。

「あんな言い方しかできないけど。アイツなりに、ちぃちゃんのこと心配してんだよ。あれでも」

「うん。わかってる」

カナコちゃんは人一倍、正義感が強い。

だから、あいまいにすませることが嫌いなんだ、きっと。

「オレからすれば、ユカリは不器用すぎるよ」

「え？」

ヤマジ君の意外な言葉に興味が湧いた。

「誰だってさ。『人から嫌われたくない』、『良く見られたい』って思うもんじゃない？　〝いい人〟って言われてるヤツだって、大抵どっかで計算してんだよ。わざわざ敵作るようなことしてさ。もっと賢くやる方法はいくらでもあんのに。ホント不器用だなって」

すごい……。ヤマジ君って普段あまりしゃべらないけど、ちゃんと見てる。しかも冷静に。そして、なんかスッキリしてきた。

色々あってもわたしがユカリちゃんを嫌いになれない理由。それはきっと彼女の中にある、そんな不器用な部分をわたしも感じているからだ。

「ヤマジ君ってすごいね……」

思わず無意識のうちにつぶやいてしまった。

そんなわたしの顔をのぞきこむヤマジ君。

「ところで時間いいの？　急いでんじゃなかったの？」

「ぎゃ！　そうやったー！　日直ー‼」

慌てて叫ぶと、ヤマジ君はまた天使みたいな極上の笑顔でクスクス笑ってた。

それからしばらく経ったある日のお昼休みのこと。

シィ君はレーズンパンを食べていた。だけど、なぜかレーズンを指でほじっては、それをわたしのお弁当箱に入れている。

「あ、あのさぁ……。これ、なにかの罰ゲーム？　てゆうか、嫌がらせ？」

「ちゃうよ。『これ食べておっきなってね』っていうオレの愛情」

さらに入れようとするので、わたしはシィ君の手をつかんだ。

「もぉ！　やめてよ！」

「じゃ、いい」

プィと顔を背けるシィ君。スネたふりしてもダメ。そんなの、わたしだっていらないもん。

「レーズンが嫌いなんやったら、レーズンパンなんか買わなきゃいいのに……」

ボソッとつぶやきながら過去の記憶がよみがえる。

あれ？　前にもこんなことがあったような。たしかあのときはグリーンピースだったよねぇ……。

なんてことを考えるわたしをよそに、シィ君は相変わらずスネたふりしながら話す。

「わからんかなぁ……。レーズンは嫌いやけど、レーズンが包まれたあたりのパン生地がおいしいねん。ほんのり甘くて。この微妙な味わいは、ちぃちゃんにはわからんかもな。お子ちゃまやからな」

シィ君は、あたかも自分の言ってることが正論だと主張するように、呆れた感じでそう言った。

ムキー！〝お子ちゃま〟って、どっちが‼

「ぜっんぜん、わからへん。てゆうか、シィ君て何気に好き嫌い多いよね」

「多くないよ。豆関係がアカンだけ」

「ブブー！　レーズンは豆じゃありませーん。ブドウでーす。果物でーす」

ヤッタ！　勝った！

わたしはフフンって鼻を鳴らして、勝ち誇《ほこ》った顔をした。

シィ君はというと、レーズンを豆だとまちがえてしまったことがよっぽど悔しかったのか、それとも照れ隠しのつもりなのか、「イーダッ」って感じでヘンな顔を作ってわたしに見せた。

この人ってホント子供だよね……今さらだけど……。

シィ君と別れてから三ヵ月が経った。

別れた当初はぎこちなかった関係も、最近ではこんな風に自然に話せるようになった。

もう誰もわたし達が付き合っていたことすら忘れてるんじゃないかってぐらい、

〝友達〟として仲がいい関係。

なんだか、あのころよりも居心地がいい気がしてる。

以前は、お互い余計な気を遣いすぎていたのかな。

シィ君とはこんな風に友達でいるのが一番いいのかもしれない。……そんな風に思いはじめていた。

「シィ君！」

そのとき、突然頭上から響いたその声にみんなが注目する。

テーブルのすぐ横に女の子が立っていた。たしかシィ君と同じクラスの佐藤《さとう》さんだ。

「シィ君、今ちょっといい？」

佐藤さんは返事も待たずにシィ君のとなりの空いている席に座った。

「ええよ。どうしたん？」

「今日の委員会の件やねんけど……」

佐藤さんは手に持っていたノートをシィ君の前に広げて、なにか説明しはじめた。

シィ君はそれをのぞきこむ形になって、ふたりの距離は必然的に近くなる。

佐藤さんはシィ君と一緒にクラス委員をやっているらしい。最近ふたりでいるところをよく見かける。こうしてお昼休みに話しかけてくることもたびたびあった。

客観的にふたりを眺めていると、なんだかすごくお似合いに見えてしまう。

佐藤さんはユカリちゃんとはまたちがった雰囲気だけど、すごく大人っぽくてキレイな子だ。背が高くてほっそりとしていて、清楚《せいそ》なやまとなでしこって感じ。

そんなふたりを見ていると、胸がモヤモヤとして苦しくなってきた。

こんなこと、いい加減慣れなきゃいけない。

わたしは友達なんだから。平気でしょ？　これまでも何度もそう言い聞かせてきた。

そう〝友達〟。

それがわたしとシィ君を結ぶ唯一の細い糸。

それに必死にしがみついている自分が、どうしようもなく滑稽《こっけい》に思えた。

北から吹く風が、凍えそうなほどの冷たい空気を送りこんでくる。そんな季節が訪れていた。

その日、わたしとユカリちゃんは放課後に廊下で話しこんでいた。

「雪降らへんかなぁ……？」

ユカリちゃんが空を見上げて、窓から手をかざした。

「あー。めっちゃ寒いー！　こんだけ寒いんやったら、いっそのこと降ってほしいわー！」

誰に向かって言っているのか、窓の外に向かって叫ぶユカリちゃん。

「ほんまやなぁ。雪って降りそうで降らへんもんなぁ」

って、わたしもつぶやく。

そうなのだ。わたし達が住む街では、雪が降るのは本当に珍しい。年に五回降れば多いほうだ。

そのせいか、わたし達は雪が降るとほんのちょっとテンションが上がる。

あー、それにしても寒いよぉ。

「寒いー。ユカリちゃん、もう窓閉めてー！」

そうお願いしてみるものの。わたしの声が耳に入らないのか、窓はいっこうに閉まる気配がない。

「ユカリちゃん……？」

不思議に思って横を見ると、ユカリちゃんは窓枠に手をかけたまま動きを止めていた。窓の外の一点をじぃっと見つめて。

わたしもその視線の先を追う。

シィ君だ。

ひとりではなく、女の子とふたりで歩いていた。例のクラス委員の佐藤さんだ。

一緒に帰るところなのか、自転車を手で押しながらふたりで並んで校門を出ようとしていた。

最近では、ふたりが一緒にいる姿をますます頻繁《ひんぱん》に見かけるようになった。付き合ってるんじゃないかと、ウワサになっているぐらいだ。

『友達のままでいい』

本気でそう思っていた。だけど、こうして女の子と仲良さそうに歩いている姿を見ると、やっぱり胸が痛い。

友達でいれば、そばにいられる。だけどそれは、いつか彼が誰かを好きになるのを、目の前で見ていなければならないということ。その覚悟がいるってことだ。

ふと、となりに立っているユカリちゃんのほうへ視線をやった。彼女の横顔を見た瞬間、わたしは言葉を失った。

ユカリちゃんは泣いていた。大きな瞳から涙をポロポロと流して。

その表情にわたしは見覚えがある……。あの表情、あの目は……誰かを……。

ひょっとして……そうなの？　ユカリちゃん。

わたしは思いきって頭の中の考えを口にした。

「ユカリちゃん、シィ君のこと、好きなん？」

ユカリちゃんは涙を拭いもせず、窓の外を見ながら首を振る。

「わからへん……。自分でもわからへんねん」

そして、ゆっくりと自分の気持ちを話しはじめた。

「幼稚園のころからずっと一緒やってん。そばにいるのが当たり前やと思ってた」

「うん……」

「ナオはわたしにとってスーパーマンみたいなもんやねん。困ったときはいつも助けてくれた。みんなから嫌われても、ナオだけはいつも味方でいてくれてん」

「うん……」

「ちぃちゃんとナオが付き合ったとき。心のどこかで、『それでも、ナオにとっての一番はわたし』みたいに思っててん。口ではちぃちゃんのこと応援してたくせに。わたしって最低やろ？」

「ユカリちゃん……」

「けど、あのとき初めて、ナオに拒否されてん。『もうオレに甘えんな』って。幼なじみは結局、幼なじみで……〝彼女〟とはちがうんやなって、やっと気づいてん」

それは、わたしが見かけた、公園でふたりが抱き合っていたときのことだと思う。ユカリちゃんはあのとき、そんな風に思っていたんだ……。

「ユカリちゃん……」

自分でもバカだと思った。こんなこと言うなんて。

「シィ君はユカリちゃんのことが好きやと思うよ」

こんなだから、カナコちゃんに『お人好し』なんて怒られるのかな。

　ユカリちゃんは相変わらず窓の外を見つめながらポツリとつぶやいた。その言葉は、わたしが想像していたものではなかった。

「知ってた……」

「え……？」

　シィ君の気持ちに気づいてたの？　じゃ、なんで？

「わたしなぁ……。初めて男の子と付き合って、それから別れたときに思っててん。付き合うっていうのは、必ずそのあとに別れがやってくるんやなぁって。当たり前のことやねんけどな。誰かを失うっていうのは、めっちゃツラかってん。もとの関係になんて、簡単には戻られへん」

　うん……。そうだね……。わたしもそうだった。

　忘れようとすればするほど、絡みついて逃れられなかった。

　こんなにツラいなら、最初から付き合わなければ良かったとさえ思うこともあった。

「そのとき、思ってん。ナオとだけは付き合わんとこって。ナオを失うのだけはイヤやってん」

　ユカリちゃん、それって……。

「誰と付き合っても、わたしにとって一番大切なんは、ナオやった。幼なじみでいたら、ずっと近くにいられるから。それで良かった。この関係を壊すのが怖かってん」

もう、わたしも涙で顔がぐしょぐしょだった。

ユカリちゃん。それって最上級の愛情だよ。

そばにいたいから、今の関係を壊したくない。わたしも、今そうやって〝友達〟を演じている。けどユカリちゃんは、そんな想いを何年もずっとかかえていたんだ。

わたしは片想いだからしょうがない。だけど、ふたりはちがう！

「ユカリちゃん。そのことシィ君に言わなあかんよ！　シィ君は、ユカリちゃんのそんな気持ち、全然気づいてへんと思う」

ユカリちゃんは力なく首を横に振る。

「わたしなぁ、彼氏ができるたびに、わざとナオの前でノロケたりしててん。自分でもよくわからへんねん。ナオの気を引きたかったのか、それとも逆に、ナオと一線を引いておきたかったのか……。けど、そのせいでナオのこといっぱい傷つけた」

そしてゆっくり窓を閉めると、涙を拭ってわたしのほうを見た。

「もう今さら遅いねん。わたしらは、何度もタイミングを逃してる……。だから、もういいねん」

「ユカリちゃん」

「ちぃちゃんにこんな話してごめんな。このことは、忘れて」

そう言うと、ユカリちゃんはにっこり微笑んでわたしの頭をポンポンと撫でた。

キャラメルミルクティー　＊ちぃちゃん＊

――『このことは、忘れて』

ユカリちゃんはそう言ったけど。わたしの頭の中では、さっきからユカリちゃんの言葉がぐるぐると回り続けていた。

帰宅したものの、いてもたってもいられず、行くあてのないまま外に出た。

なんで？　両想いなのに。このままでいいの？　このことを知っているのはわたしだけ？

とりあえず入ったレンタルショップで、まったく興味のないCDを棚から取り出しては眺めたりしていた。

「なぁ……。……へん？」

背後からそんな声がしたけど、わたしに声をかけているとは思わず、聞き流していた。

するとポンポンと肩を叩かれた。

「お茶飲まへん？　ってば！」

へ？　わたしのこと？

ピクンと肩を震わせて振り返る。そこに立っていたのはサトシ君だった。

「び……びっくりしたぁ……」

学校以外で彼の姿を見たのは初めてだった。

サトシ君は、目を丸くして驚いているわたしの様子に吹き出した。

「ブッ……。そんな驚かんでもええやん。さっきからずーっと見てんのに、全然気づかへんし。えらい、ぼけっとしてるけど、なんか考え事？」

「えぇ？」

なんだか見透かされているような気がして動揺してしまう。

「そ、そんなことないよ！　ＣＤ借りにきただけ。あ。これ借りよっ！」

さっきから手に持っていたＣＤをサトシ君に見せながらひらひらと振った。

そのＣＤを見つめながらサトシ君がポツリとつぶやく。

「昭和歌謡《かよう》ベストヒット……」

「えっ、ぎゃっ‼」

よりによってなんでこれ？

「渋いな……。くっくっくっ……」

サトシ君は肩を震わせて笑っている。

がーん……。はずかしい。

まっ赤な顔でアワアワしているわたしに、サトシ君はにっこり微笑んだ。

「オレほんまに喉、渇いてんねん。お茶すんの付き合ってよ」

そう言って、わたしの手からCDを抜き取って、棚に戻した。


サトシ君が連れていってくれたのは、レンタル屋さんから歩いてすぐの、小さなカフェだった。

いかにも女の子が喜びそうな内装のお店。家具や食器はアンティークなのか、すごく落ち着く雰囲気。店内には静かにフレンチポップスがかかっていた。

細くてスタイルのいいかわいい店員さんが、テーブルまで案内してくれた。サトシ君とは顔見知りなのか、仲良さそうに話している。

この人って、ホント女の子の知り合いが多そうだな、なんて思わずにはいられない。

「なに飲む？」

そう言って、サトシ君はメニューを差し出してくれた。

なににしようかな。こんなにあると迷っちゃうなぁ……。

メニューには、紅茶だけでもたくさんの種類が書かれていた。

もしかしたら邪道《じゃどう》かもしれないけど。わたしはその中のある飲み物がすごく気になった。

「サトシ君！　すごい！　これ！」

「ん？」

サトシ君もメニューをのぞきこむ。

「〝キャラメルミルクティー〟やって！」

キャラメルフレーバーのコーヒーは飲んだことがあるけど、キャラメル味のミルクティーなんて初めて見た。

甘いのが大好きなわたしは、想像しただけで、うっとりしてしまう。

「ミルクティーだけでも、めーっちゃ幸せな気分になるのに。そこにキャラメルの甘さが加わるねんでー。うわぁ、めっちゃおいしそう。わたし、〝キャラメル〟って言葉に弱いねん」

なにがおもしろいのか、サトシ君は興奮気味のわたしの言葉にクスクス笑ってる。

オーダーを取りにきた店員さんまで笑っていた。

「じゃ。ラテとキャラメルミルクティー」

サトシ君はわたしのオーダーを聞きもせず、店員さんに注文した。

まぁ実際、聞かれなくてもわたしの心は決まってたからいいんだけど。

店員さんと話すサトシ君の横顔をそっと盗み見る。この人が女の子に好かれるのは、こういうとこかもしれないなぁ。

なにも言わなくても、先回りして女の子の気持ちを理解して行動に移してくれる。

女の子ってそういうスマートな行動に弱いんだよね。なんか頼りになるっていうか、甘えられそうっていうか。

「で。なんかあったん？」

店員さんが去るやいなや、サトシ君はわたしに質問する。

「ううん、べつに……」

否定しかけて言葉が止まった。彼なら、なにかいい案を出してくれるかもしれない。

恋愛についてくわしそうだし。なによりシィ君とユカリちゃんのことをずっと近くで見てきた人だ。

「あのね……」

わたしはユカリちゃんから聞いたことをサトシ君に打ち明けた。

「ふーん。で、ちぃちゃんはどうしたいわけ？」

ひと通り話を聞いたサトシ君は、わたしの目をじっとのぞきこむ。

改めてそう聞かれると返事に困る。いったい、わたしはどうしたいんだろう。自分に確認するかのように、ポツリポツリと言葉を紡《つむ》ぐ。

「ふたりが両想いなら……このままじゃダメな気がする。なんとかしなきゃって思う」

サトシ君はふーっと大きなため息を漏らして言った。

「あのさぁ……。前から気になっててんけど。ちぃちゃんのその〝自己犠牲《じこぎせい》の精神〟は、どこからくるわけ？」

「え……」

「ちぃちゃんだって、まだふっきれてないんちゃうの？　ふたりにうまくいってほしいなんて、本気で思ってるん？　そういうの、オレからすれば偽善にしか見えへんけど？」

「…………」

「それとも、〝悲劇のヒロイン〟気取ってる……とか？」

そう言われて言葉に詰まった。

ホントだ……。サトシ君の言う通りだ。なんで、わたしは、ふたりを応援するようなことを言ってるんだろう。

わたしだって、まだシィ君が好き。それは否定できない。だけどこのままでいいはずがない。なんで、わたしはそう思うの……？

そのとき、目の前のサトシ君が急に慌て出す。

「ちょっ……」

無意識のうちに、わたしは涙を流していたみたい。

こんな場所で泣くなんて最低だ。これじゃ、いかにもサトシ君に泣かされましたって感じじゃない。

「ごめん……ごめんね。ぐすっ……」

なんとか涙を我慢しようとするんだけど。そうすればするだけ、またあふれてくる。

わかった。わかってしまったんだ……。

「一パーセントでも……」

「え？」

「シィ君が……わたしのことを好きになる可能性が一パーセントでもあるんやったら、きっとこんな風には思わへん。でも、ちがうから……。どんなにがんばっても実らないってわかってるから……。だから……」

それなら、両想いのふたりにはうまくいってほしい。シィ君もユカリちゃんも、わたしにとっては大切な人だから。

サトシ君は黙って聞いていてくれた。

「お待たせしました」

なんとも居心地の悪い空気を感じているのか、バツが悪そうに、店員さんがカップをテーブルに並べる。

ごめん、サトシ君。わたしが泣いたりしたから、誤解されちゃってるよね。

でも、サトシ君はそんなこと気にしていないかのような優しい口調で言った。

「ちぃちゃん。お待ちかねのキャラメルミルクティーやで」

「ずずっ……」

思わず鼻をすすったせいで、ヘンな音が出た。

はずかしぃ……。

そんなわたしの様子に、サトシ君はクスッて笑う。

「ごめんな、いじめて。これ飲んで機嫌直して？　オレ、こう見えて涙に弱いねん」

「うん」

まだ涙は乾いてなかったけど、わたしも精一杯の笑顔を作ってみせた。

両手で包みこむようにカップを持って、口に近づけた。

立ちのぼる湯気に乗って、甘い香りが漂う。

ひと口飲んでみる。

「甘い……。めっちゃ幸せ……」

思わず笑みがこぼれる。それは無理に作ったものではなく、ホントの笑顔だった。

「さっきまで泣いてたのに、えらい幸せそうな顔するなぁ。女の子ってほんま甘いもん好きやなぁ」

サトシ君は頬杖をついてニコニコ笑っていた。

「ところで、サトシ君はなにしてたん?」

「オレ? 今夜から滑りに行くねん。ゴーグル、新しいの買いにきてん」

そう言って、スポーツ用品店のものらしい紙袋を見せてくれた。

そっかぁ……。サトシ君、ボードやるって言ってたもんなぁ。

「どこまで行くん?」

「んー。まだ決めてへんけど。岐阜方面かな」

「あっちのほう、今夜は降りそうやね」

「うん。そやな」

それからふたりで「もうすぐ三年生やなぁ」とか「受験イヤやー」とか、とりとめのない話をした。

外は雪が降り出しそうなぐらい寒いのに、この中は暖かくて……。

ミルク色のガラスでできたアンティークランプの明かりが店内をオレンジ色に照らして、サトシ君のカフェラテとわたしのキャラメルミルクティーの香りが、この空間を優しく包みこんでいた。

不思議と、涙は自然に乾いていた。

ちぃちゃんは雪　＊シィ君＊

サトシの兄貴に車を出してもらって、サトシとオレはスノーボードにやってきた。

深夜に到着し、車の中で仮眠を取っていると、空の色が少しずつ変わりはじめ、テンションが上がる。夜明けを待ちきれないオレ達は、「もうちょっと寝る」と言うサトシの兄貴を車に残してゲレンデに向かうことにした。

「やりー！　一番乗りー！」

山頂にはまだ人の気配はなく、まさにオレ達だけで独占って感じ。昨日から降り積もった雪のせいで、まだ誰も滑っていないゲレンデには一本の筋すらついていない。

「なぁ。この雪見てたら、ちぃちゃん思い出さへん？」

ふいにサトシが妙なことを言い出したものだから、オレは思わず吹き出した。

「はぁ？　なんやねん、それ？」

すでにバインディング装着ずみのサトシは、ゴーグルを額に上げると、まぶしそうに目を細めてゲレンデを見渡していた。

東の空がだんだんと明るくなり、少しずつ姿を現した太陽に斜面の雪が照らされて、キラキラと輝いていた。

「なんつーの？　まっ白っていうか、けがれを知らんっちゅうか……」

「なんやねんそれ。お前が言うとなんか卑猥《ひわい》な意味に聞こえるねんけどー」

「ああ、そっちの意味でもやな。たしかに……まだまっさらやな、あの子は」

「はは……」

オレはサトシのエロトークに呆れてた。つか、彼女に対してそういうエロなイメージって、なんか湧かない。

「しかし、あの子はなんであんなにまっすぐなんやろうなぁ。オレ、あの子見てたらまぶしいわ。どんな家庭で育ったら、あんなにまっすぐ育つかねぇ」

サトシはひとりでブツブツ言いながらゴーグルを下ろすと、まだもたもたしているオレを置いて動き出した。

「じゃ。先行くでー」

そう言って滑りはじめると、あっという間にその姿が小さくなっていった。

さっきまでなにもなかったゲレンデには、サトシが描いたラインがくっきりと浮かびあがって見える。

太陽に映し出されたその白い世界は、たしかに美しかった。

「ちぃちゃんは雪、か……」

オレはポツリとつぶやいた。なんやねん。わけわからん。

オレは立ちあがって、斜面を滑り出した。

サトシがヘンなこと言うからだ……。

ゴーグルを通してでもわかるまっ白に輝く雪を見ながら、なぜか彼女の顔がちらついてしょうがなかった。

背中を押す　＊ちぃちゃん＊

二月。真冬の中庭は見るからに寒そう。

わたしは窓の外をぼんやり眺めていた。

今日の天気予報は雪マークだった。この冬一番の寒波が訪れるらしい。

空には灰色の雲が重そうに垂れ下がっていて、雪を降らせる準備を着々と進めているような気がした。

窓際の席から、教室を見渡す。

六限目の授業。もうみんなの集中力もすっかり切れてしまい、誰も先生の話など真剣に聞いていないような気がする。午後の気だるい空気が流れる中、さっきから先生の単調な言葉だけが、静かな教室に響き渡っていた。

そのとき、突然沈黙を破るような、乱暴にドアを開ける音がして、教室内の全員が注目する。

そこには、ちがう学校の制服を着た男の子が立っていた。

彼は注目を浴びる中、しばらく教室内を眺めたあと、なにくわぬ顔をして中に入ってきた。

「おい！　キミ！　なんや！」

先生が慌てて声をかける。だけど彼は、そんな言葉を無視して、どんどん足を進める。

あ……。あの制服……ってたしかA高のだ。

わたしがそう思った瞬間、彼はある場所で立ち止まった。

それはユカリちゃんの席だった。

誰もがこの状況についていけず、声を出すことも動くこともできずにいた。

――パシンッ！

静かな教室に、響き渡る音。それは、ユカリちゃんがその男の子に頬を殴られた音だった。かなり強く殴られたのがその音からわかった。

ユカリちゃんはうつむいたまま動かないでいる。そして、そんな彼女を彼は冷たい目で見下ろす。

「男ナメんのもたいがいにせーよっ‼」

吐き捨てるようにそう言うと、彼はそのまま教室を出ていった。

とたんに教室内がざわめき、先生がユカリちゃんに声をかける。

「大丈夫か？」

ユカリちゃんは、なにもなかったかのような涼しい顔をして、そのまま前を向き、それから殴られた頬を隠すように、手で頬杖をついた。

目の前で起こった出来事に、生徒達のざわめきはなかなか収まらない。

「おい！　授業続けるぞ！　静かにしなさい！」

先生のその言葉を合図に、また授業が再開した。

長い髪と頬杖に隠されて、わたしの席からだと彼女の表情は読み取れない。

ユカリちゃん……大丈夫？　あの男の子は誰？

いろんなことが頭を巡り、もう授業どころじゃなかった。

チャイムが鳴ると同時に席を立つ。

荷物をまとめてさっさと教室から出ていこうとするユカリちゃんを慌てて追いかけた。

「ユカリちゃん！」

廊下まで出て、やっと声をかけることができた。

教室から出てきたクラスメイト達がジロジロと見ていく。みんな、あの男の子とユカリちゃんになにがあったのか、興味津々なのだろう。

「ちぃちゃん、ちょっとこっち来て」

ここではなにも話せないと思ったのか、ユカリちゃんはわたしの手を引いて歩き出す。廊下のつき当たりにあるひとけのない視聴覚室の前まで行くと、立ち止まり、手を放してくれた。

ユカリちゃんは黙ったまま、ずっと背を向けている。

わたしは彼女の前へ回った。

うつむき加減だったけど、背の低いわたしからは、逆に彼女の顔が良く見えた。頬が痛々しく赤くなっている。

「ユカリちゃん……」

その頬に手をかざそうとしてやめた。

触れたら余計に痛そうな気がしたから。ユカリちゃんの心の傷にまで触れてしまいそうだと思った。

ユカリちゃんは、なにかを決心したように顔を上げた。

「さっきの人、彼氏の友達やねん」

そうなのか……。だからA高の制服を着てたんだ。

「彼氏っていっても、昨日、別れてんけど」

「え……」

「彼氏……浮気しててん」

「浮気？」

そうだったんだ……。だとしても、なんでユカリちゃんが殴られるの？

ユカリちゃんはわたしから目をそらすと、窓の外をぼんやりと眺めながら言葉を続けた。

「うん。めっちゃ腹がたって……。それでわたし……」

一瞬、口ごもって、それからスーッと息を吐き出すように言う。

「……あてつけに、彼氏の友達と寝た。ちょっと気のある素振りしたら、すぐにこっち向いてくれた」

情けないけど、わたしには言葉を発することができなかった。浮気のあてつけ……彼氏の友達と……気のある素振り？　ユカリちゃんのセリフが頭をぐるぐると巡る。

ひょっとして、彼氏の友達っていうのが、さっきの男の子？

「あの人、わたしとのこと彼氏にしゃべったみたいで、そのこと全部バレてん。それで、彼氏から昨日振られた」

まだなにも言えずにいるわたしをよそに、ユカリちゃんは相変わらず遠くをぼんやり見つめている。

「べつに本気じゃなかった。でも、あの人、マジになってしまったみたいで。彼氏と別れたこと知って、昨日何度も連絡があってん」

「うん……」

「正直、ウザくて……。それで全部拒否っててんけど、最後に一回だけメッセージ送ってん。『二度寝たぐらいで彼氏気取りせんといて』って」

すべてを話したとたん、ずっと我慢していたのかユカリちゃんの目から涙があふれた。

「わたしって……ほんま最低っ。なにやってるんやろ」

「ユカリちゃん……」

わたしはどうすればいいかわからず、ユカリちゃんの肩にそっと手を回した。

「ぐすっ……ちぃちゃん、ありがとう。こんなわたしにいつも優しくしてくれて。わたし、ずっとちぃちゃんに憧れてた。初めて会ったときからずっと……」

「え……？」

思いがけない言葉に驚いた。

「ちぃちゃんは、いつもまっすぐで、一途で、純粋で……。それやのに、いつの間に、自分はこんなに汚れてしまったんやろうって……。こんな自分が大嫌いやった。もしも、生まれ変われるなら、ちぃちゃんになりたい。ちぃちゃんみたいな子に……。うぅ……」

ユカリちゃんはもう言葉にならないほど泣きじゃくっている。

わたしも目の縁に涙がたまって、目の前の景色が歪んで見えた。

ちがうよ、ユカリちゃん。ずっと憧れてたのは、わたしのほう。薔薇《ばら》の花みたいにキレイで、彼女がいるだけでその場がパァッて華やぐ。太陽みたいに笑う笑顔に誰もが魅了されるんだ。

ユカリちゃんは、前に踏み出す勇気のないわたしを、励ましてくれたよ。

そしてなにより、ユカリちゃんはシィ君に想われてる。ホントはずっとうらやましかった。ユカリちゃんになりたいって、何度もそう思ったよ。

「ごめんな……ちぃちゃん。今日はもう帰るわ」

ユカリちゃんはそう言ってハンカチで涙を拭うと、歩きはじめた。

そのうしろ姿を見つめながら、今すぐ追いかけて、慰めてあげたいって心から思った。

だけど、きっと今それができるのは、わたしじゃない。

わたしは今来た道を戻り、廊下を走り出した。そしてある教室の前で足を止めた。

シィ君のクラスだ。

中をのぞきこんでも、彼の姿はなかった。

シィ君、どこにいるんだろう。そうだ、電話してみよう。

スマホを取り出して電話をかけてみる。お願い、出て。

でもいつまでたってもシィ君は出てくれない。

わたしはスマホをしまうとまた走り出した。廊下を曲がったとき、誰かとぶつかりそうになった。

「うおっ」

「ごめんなさい」

顔も見ずに走り去ろうとするわたしに、その人は声をかけた。

「ちぃちゃん！」

振り返るとサトシ君が立っていた。

「どうしたん？　えらい急いでるみたいやけど」

「シィ君知らない？　教室にもおらんねん」

「部活行くって言ってたで。このクソ寒いのに。部室に向かってる途中ちゃう？」

「ありがと！」

わたしはサトシ君の言葉を聞き終えるなり、また走り出した。

校舎を飛び出した。想像していた以上の冷たい風が頬を刺す。その風に乗っている白いものに気づく。

雪だ……！

目の前の景色が、雪のせいでずいぶん遠くに感じる。

目指すのは、各運動部の部室が並ぶ、校庭の隅。進むにつれて、人影が見えてきた。

その中には彼の姿もあった。

「シィ君……！」

声に反応して振り返るシィ君。

「先、行っといて」

一緒に歩いていた人達にそう言うと、立ち止まってわたしが来るのを待ってくれてる。

「シィ君……」

ずっと走ってきたから、息が上がっている。

寒さのせいで吐く息がやけに白く目立つ。

「どうしたん？」

シィ君はいつもの優しい声でわたしの顔をのぞきこむ。

この声が大好きだった。低くて優しいこの声が。

だけど今、その声をかけてあげるべきなのは……。

「シィ君……ユカリちゃんが……」

「ユウ？」

「うん。すごくツラいことがあって、めちゃくちゃ落ちこんでるねん。それで……」

シィ君はじっと次の言葉を待ってくれてる。この期に及んで、わたしの中にもまだ迷いがある。

言葉にすれば、もうこれで完全に終わってしまうかもしれない。『言いたくない』ってそんな気持ちもある。

だけど……。

そのとき、フッとユカリちゃんの泣き顔が頭に浮かんだ。

「慰めてあげて？　ユカリちゃん、出ていったとこやから。今なら間に合う。追いかけてあげて！」

「オレが？　オレはアイツになんもしてやれへんよ」

「ちがうよ！　シィ君にしかできへん！　シィ君はユカリちゃんのスーパーマンやねん！　だからそばにいてあげて！」

もう、わけわかんないこと言ってる。

でも、伝わって。お願い。

「シィ君！　行って！」

わたしはシィ君の背後に回って背中を押した。

「ちぃちゃん……」

シィ君はわたしを振り返った。

雪はどんどん激しくなって、彼の髪や肩に降りかかる。

こんなときなのに、わたしの好きなまっ黒の髪に触れたいなんて思ってしまう自分がいた。そんな気持ちをかき消すように、さらに強く彼の背中を押した。

「早く！　それから、ちゃんとシィ君の気持ち、ユカリちゃんに伝えてあげて！」

シィ君はしばらく考えこんでいて、それからなにかを決意したような顔をわたしに向けた。

「ありがと。ちぃちゃん……」

そして前を向いて走り出した。その背中が小さくなっていくのを、ただ立ちすくんで眺めることしかできなかった。

「うっ……ぐすっ……」

わたしはその場でうずくまって泣き出した。

自分で決めたこと、自分でやったことなのに、なんで泣くの？　これでいいんだよね？

ふたりのために、わたしができること。

どれぐらいそうしていたのか。ひとしきり涙を流したころ、誰かの声が聞こえた。

「アホやなぁ……」

その声に驚いて慌てて顔を上げると、いったいいつからいたのか、すぐそばにサトシ君が立っていた。

「サトシ君？　ええっ！　いつから……？」

サトシ君もその場にしゃがみこんで、わたしの顔をのぞきこむ。

「全然気づいてなかったん？　オレずっとちぃちゃんのうしろ追っかけてきててんで。まぁ、ちょっと離れたとこにおったから、シィも気づいてないと思うけど」

「え……そうやったん？」

全然気づいてなかった。ひょっとして、わたしがシィ君に言ったことも聞いてたのかな。

「ほんまにアホやな……」

がーん。アホって二回も言われた……。

「けど……」

サトシ君は、わたしの髪についた雪を手で払いながら、

「ようがんばったな」

そう言ってにっこり笑った。

「しっかし寒っ！　ちぃちゃん、一緒に帰ろう！　あったかいお茶でもおごるわ」

サトシ君の顔をじぃっと見つめた。

もしかして、慰めてくれようとしてるのかな。

「ん？」

サトシ君は首を傾げた。

そんな彼に、わたしはまだ目に涙を浮かべながらも、にっこり微笑んで言った。

「じゃ。キャラメルミルクティーで」

その雪は結局ひと晩中降り続いて、わたし達の住む街を絵の具みたいに白く染めた。

塗りつぶす　＊ちぃちゃん＊

あの雪の日から二週間が過ぎた。

「あのふたり、付き合いはじめたらしいね」

廊下の窓から外を眺めながら、マリちゃんがそうつぶやいた。

「うん」

わたしはコクンとうなずく。

ここからはちょうどふたりの様子が見えた。

シィ君とユカリちゃん。シィ君は自転車を押していて、徒歩通学のユカリちゃんはそのそばを寄り添うように歩いている。

シィ君の想いも、ユカリちゃんの想いも叶った。

目立つふたりだから、付き合いはじめたというウワサはあっという間に広まった。

『また友達の彼氏を奪ったらしいよ』なんて陰口を言う人もいるらしい。友達っていうのはわたしのことだと思う。

だけど、正確には彼氏ではなく元カレだ。

それに、なによりも決して〝奪った〟わけじゃない。ふたりの想いが通じ合っただけ。

そして、それに手を貸した張本人はわたしだ。

人のウワサなんていい加減なもんだな。なんて、つくづくそう思う。事実はたったひとつなのに。

「マリ！」

マリちゃんの彼氏が少し離れたところからマリちゃんを呼ぶ声がした。

「ちぃちゃん、ごめん。わたしも帰るわー」

「うん。バイバーイ」

手を振って、仲良さそうに帰っていくふたりを眺めた。

それからもう一度窓の外を見る。

また雪が降り出した。寒いはずだなぁ……。

わたしは廊下を歩き出した。

向かったのは美術室。誰もいない部屋は静かで、廊下よりもさらに気温が低いような気がした。

棚の奥にしまいこんでいた一枚のキャンバスを取り出す。シィ君を描いたあの絵。

わたしの想いが詰まった絵。

だけど、彼に見てもらうことも叶わなかった。

キャンバスをイーゼルに立てかける。それから白い絵の具を用意した。

刷毛《はけ》のような一番太い筆で、キャンバスに白を塗りこめていく。

ひと筋引くごとに、絵が消えていく。絵の中のシィ君も、やがて消えた。

――ポタッ。

頬を温かいものが伝い、落ちていく。それでも手を休めずに、白く塗りつぶしていく。

「……ひぃ……っく」

もう、こらえられなかった。ずっと我慢していたけれど、口もとが震えて、という声が漏れてしまった。

涙はとめどなく流れる。

ポタッ……ポタッ……ポタッ……。

彼を想うこの気持ちも、この絵みたいに、白く塗りつぶすことができたらいいのに。

まっ白になって、すべて最初からなにもなかったかのように。

「うっ……ぐすっ……」

誰もいない美術室に、ただわたしの泣き声が響いていた。

白雪　＊シィ君＊

「今日、ナオんち、寄っていい？」

ユウが腕を絡ませて、上目遣いで問いかける。

「うん」って、オレはうなずいた。

どうしてもほしかった、たったひとつのもの。今は、すぐそばでオレだけに微笑んでくれてる。

ずっと勇気が持てなかった。

失敗するのが怖かった。

どうせうまくいくはずないって、最初からあきらめていた。

だからどうしても、一歩が踏み出せなかったんだ。

けど……キミはそんなオレの背中を押してくれた。

あの日……。

『シィ君にしかできへん！　シィ君はユカリちゃんのスーパーマンやねん！』

息を切らしながらそう言って、小さな手で背中を押してくれた。

「あ……雪……」

ユウの言葉に、オレも空を仰いだ。

サトシの言葉が頭に浮かんだ。

『ちぃちゃんは雪……』

心の中でつぶやいてみる。

あの意味がなんとなくわかった気がした。

きっと、何年か経って、いつか大人になっても。雪が降るたび思い出すんだ。

あの日、オレを追いかけてきたキミの吐く白い息と、キミの髪にかかったまっ白な雪のこと。

オレに勇気をくれた、キミのことを……。


―color 2 白 End―

color 3
オレンジ色

ときどき、どうしようもなく不安になる。
わたしが存在する意味はあるのかな。
わたしの居場所はどこにあるんだろう。

シンデレラ　＊ちぃちゃん＊

明日から三年生になるという春休み最後の日。いつものメンバーでサトシ君の家に集まっていた。サトシ君の家の庭には大きな桜の木があって、夜桜を眺めながらお花見パーティをやろうということになったのだ。

だけど、さっきから誰も桜には目もくれず、結局リビングで宅配ピザやポテトなんかをつまんで、いつものようにたあいない話をしている。

シィ君はテーブルに置いてあったオレンジを、繰り返し放り投げてはキャッチしている。

わたしはその姿をぼんやり眺めていた。

シィ君はこの春休み中に髪型を変えた。色はそのままだけど、少しカットして緩めのパーマをかけたみたい。いつものサラサラヘアではなく、ワックスで無造作に散らしていた。

たぶんそれは、ユカリちゃんが好きな髪型なんだと思う。

そんな些細なことでふたりが恋人同士であることを連想して、また胸が苦しくなる。

でも、もうこれで最後。食堂に行くのはもうやめようと思っていた。

三年生になれば、クラスが替わる。ユカリちゃんとちがうクラスになれば、一緒にご飯を食べる理由はなくなる。

新しいクラスの友達とお昼を過ごせばいい。そうすれば、ふたりの姿を見ずにすむ。

そしていつかは、シィ君と関わることもなくなる。それでいい。そうすれば、きっと忘れられるから……。

シィ君の手から浮きあがるオレンジを見つめながら、そんなことを考えていた。

ふいに、目の奥が痛くなる。一瞬でもまぶたを閉じたら、目の縁にうっすらとたまった涙がこぼれてしまいそう。

どうしよ……。そう思った瞬間、

「ちぃちゃん！　こっちおいで」

キッチンにいたサトシ君に声をかけられた。

涙をこぼさずにすんだことにホッとしながら、キッチンへ向かった。

「ちぃちゃん、なにか飲みもん作ったろうか？」

サトシ君はそう言うと、食器棚の中からシェーカーを取り出した。ドラマなんかで見たことがある。あれって、カクテルを作るときに使うものだよね。

わたしは振り返って背後の棚を眺めた。そこにはいろんなお酒がずらりと並んでいて、まるでどこかのお店みたいだ。

サトシ君の言ってる飲み物っていうのは、きっとお酒のことだ。など、どうしよう……。お酒なんて飲んだこともないよ。もちろんカクテルの名前なんて知るわけがない。

なんて答えたらいいんだろう。ジュースが飲みたいなんて言ったら、しらけちゃうのかな。

「じゃ。オレにまかせてくれる？」

いつまでも返事をしないわたしにサトシ君がそう言った。

「お願いします……」

「冷蔵庫から、レモンとパイナップルジュースを出して？」

ホントにお酒を作るつもりなのかな、なんてドキドキしながら、パック入りのジュースとレモンを取り出した。

サトシ君はレモンを半分に切って、スクイザーでしぼった。さらにリビングでくつろいでいるシィ君に声をかける。

「シィー！　そこにあるオレンジ、こっちに投げてくれ！」

と同時に、シィ君の手から放たれたオレンジがまっすぐにこちらへ飛んでくる。

オレンジは、どんどん大きさを変え、近づいてくる。あれ？　わたし？　わたしのほうに向かってくる？　な、なんで？　きゃぁあああああ。

無我夢中でとりあえず手を伸ばす。

「お。ナイスキャッチ！」

となりでサトシ君が楽しげに言う。

あは……。良かった。どうにかキャッチできた。

ってゆうか、なんでわたしに投げるの？　普通こういう場合って、サトシ君に向かって投げるもんでしょ？

口を尖らせて、めいっぱい抗議の目でシィ君のほうを見ると、シィ君は舌を出して〝アッカンベー〟をしていた。

なにあれ？　わざと？　わざとわたしに投げつけたの？

シィ君ってホント、わけわかんない。

サトシ君はクスクス笑いながら、わたしの手からオレンジを抜き取ると、それも半分に切ってしぼった。

そして、パイナップルジュースと、しぼったばかりの果汁と氷をシェーカーの中に入れ、慣れた手つきで振る。

やがてそれを小さなグラスに移すと、スッとわたしのほうへ動かした。

「ハイどーぞ。お酒入ってないから大丈夫やで」

「あ……ありがと」

なにも言わなくても、お酒が飲めないってこと、ちゃんとわかってくれてたんだ。

「キレイ……」

グラスを持ちあげて、その飲み物を眺めた。

オレンジとレモンとパイナップル。三つの色が交ざり合ったキレイな黄色。

天然の持つ色には、やっぱりすごい魅力がある。

「シンデレラ」

「へ？　シンデレラ？」

サトシ君のつぶやいた言葉に、間抜けな反応をしてしまった。

「うん。そのカクテルの名前。ノンアルコールやけど、それも一応カクテル」

「そうなんやぁ」

「『シンデレラは十二時までに帰さなあかんから、お酒は飲ませないよ』ってこと」

「へぇ……。そんな意味があるんやぁ。なんかロマンチック」

「って、今オレが適当に考えてんけどな。ほんまは、『お酒を飲めない女の子でもパーティに出て、幸運をつかめますように』ってのがそのカクテルの由来。それにしても」

サトシ君はプッて吹き出した。

「ちぃちゃんて、ほんま単純っていうか、人の言うことすぐ真に受けるよな。あはは」

なにそれ？

あははって。なんだかバカにされてるみたい。

サトシ君との会話って、なんかいつも肩すかしをくらっている気がする。

「ちぃちゃん、せっかくやから庭で桜でも眺めながら飲もうや」

サトシ君は自分の飲み物も作ると、庭にわたしを連れ出してくれた。


庭にはテーブルセットが置かれていて、わたし達はそこに腰かけた。春とはいえ、夜はまだ肌寒い。

柔らかな風に乗って、桜の花びらが舞っている。サトシ君のほうを見ると、髪がサラサラと風に揺れていた。

ちょっと長めの柔らかそうな茶髪が彼のトレードマーク。シィ君のまっ黒でハリのある髪質とは対照的だ。

その色は派手すぎない自然な栗色で、染めているような気がしない。

ぼんやり眺めていると、サトシ君がその視線に気づいた。

「なに？」

「あ……えーと。その髪って地毛？」

「うん。そうやで」

「え？　ホント？　すごいキレイ！　なんかハーフみたい」

「うん。だって、オレ、ハーフやもん。オヤジがフランス人」

ええええええ！　初耳だよー！　そうなの？　サトシ君ってハーフなの？

でもそう言われてみれば、なんとなく納得。日本人にしては彫りの深い顔立ちに、瞳も茶色がかっている。

そうなんだぁ。ハーフなのかぁ。なんて納得していると、

「ぶはっ……」

って、サトシ君がまた吹き出した。

「本気にしたん？」

「ほぇ？」

思わず、ヘンな声出しちゃった。どういうこと？

「まただまされてるし！　ウソに決まってるやん。純粋な日本人やで！　両親とも、バリバリ日本人！　髪も染めてますー」

「………」

「ほんまに、ちぃちゃんてだまされやすいなぁ……」

サトシ君はくっくって肩を揺らして笑っている。

がーん……。またからかわれた？　もう、ヤダ。

この人ってなんか苦手。つかみどころがないっていうか。どこまでが本心なのか、全然読めないよ。

「どうせわたしは単純ですよ！」

プイッと膨れて、窓のほうに目をやった。明々と電気の灯ったリビングの様子はここから丸見えで、楽しげに会話をしているシィ君とユカリちゃんの姿が目に入った。

ひょっとして、サトシ君はわざとわたしを連れ出してくれたのかな。ふたりを前にして、ずっと作り笑顔をしていたことに気づいてくれたのかもしれない。

もう一度、チラッと彼のほうを見る。そして……。

「ありがと」

そうポツリとつぶやく。

「んー？　なにがー？」

「おいしいカクテル作ってくれたから」

面と向かって言うのはなんだか照れくさくて、わたしは適当な理由をつけた。

「んー」

サトシ君はそれ以上なにも言わず、桜の木を見上げていた。

今日で最後。今だけ我慢すれば、終わる。

新しい学年になって、生活が変われば、もうふたりの姿を見ないですむ。

シィ君のこと、早く忘れられますように……。そう思いながら、〝シンデレラ〟を飲みほした。

なのに……。どうして?

新学期。わたしはクラス表が貼り出された掲示板の前で、呆然とたたずんでいた。

クラスメイト　＊ちぃちゃん＊

わたし達は三年生になった。ついこの間入学したばかりのような気がするのに。

真新しい制服を着た下級生達とすれちがうたびに、なんだかうらやましく見えた。

すっかりなじんだこの制服に袖を通すのも、見慣れたこの廊下を歩くのも、あと一年だ。

「ちぃちゃーん！」

教室に入ると、アカネちゃんが抱きついてきた。アカネちゃんと同じクラスになったのは一年生のとき以来。

わたし達はきゃーきゃー言いながら喜び合っていた。

「うぃーす！」

頭上からそんな声がしたかと思ったら、頭をポンッと叩かれた。頭をさわりながら、声のするほうへ振り返る。

「一年間よろしくな」

シィ君だ。そして、そのうしろにはヤマジ君がいた。

考えてみれば、ありえないことじゃなかった。

たとえユカリちゃんとクラスが離れたとしても、あのメンバーの中の誰かと同じクラスになる可能性は十分にあったわけで。

でもよりによって、なんでシィ君なの？

シィ君はヤマジ君とふたりで、教室のうしろのほうの席でしゃべっている。

彼が去ったあとも、彼の手の感触がいつまでも頭に残っているような気がした。ただ頭をさわられただけなのに、なんでこんなにドキドキしてしまうんだろう。

「ちぃちゃん？」

ぼんやりしているわたしにアカネちゃんが声をかけた。アカネちゃんはわたしの視線の先に気づき、不満げに言う。

「わたし、本田さんも香椎君も嫌い」

「え？」

じっとシィ君をにらみつけるアカネちゃん。

「だって……。ちぃちゃんの気持ちわかってて、なんでふたりは付き合えるん？」

アカネちゃんは、わたしの立場になって考えてくれてるんだ。でも……。

「ちがうよ、アカネちゃん。ふたりとも、わたしのこと気にしてくれてるよ」

実際にそうだった。ふたりはわたしの前では必要以上にベタベタしたりはしない。

わたしを気遣ってのことだということは、わかっていた。

そしてそのことが、余計にわたしを居心地悪くさせていたのも事実。

仲良くされれば嫉妬《しっと》して、気を遣われると惨めに感じた。

自分の中にある複雑な感情が苦しかったし、そんな自分がはずかしかった。それから逃れるためにも、早くふたりから遠ざかりたかった。

わたしは言葉を続けた。

「それに、ふたりがうまくいくように願ったのは、わたしやねん。だから、アカネちゃんはふたりを嫌ったりせんといて?」

「ちぃちゃんがそう言うなら……」

アカネちゃんはそう言って、納得してくれたようだった。

高校生活最後の一年間を、わたしはこのクラスでシィ君と過ごす。どうか、これ以上心が乱されませんように……。


三年生になって、二週間が経った。

新しいクラスメイトとの親睦《しんぼく》を深めるため、という理由から、うちの高校はこの時期に遠足に行く。

遠足といっても、行き先はクラスごとにちがっていて、生徒が自由に決める。

うちのクラスは遊園地に行くことになった。

明日が遠足だという日の休み時間のこと。

「お菓子なに買おっかなぁ……」

「うーん。わたしはポッキーは絶対買うなぁ。つぶつぶいちご」

わたしとアカネちゃんは、遠足に持っていくお菓子について話し合っていた。そのとき、ふと視線を感じて顔を上げる。

実は、新学期早々ちょっとした出来事があったんだ。それは……。

「アカネちゃんっ。タケル君、こっち見てるよ」

わたしはアカネちゃんに耳打ちした。

「え？」

アカネちゃんは、さっきから彼女のほうへ熱い視線を送っているタケル君という男の子のほうを見た。とたんに、まっ赤になってうつむく。

タケル君までが、ほんのちょっと赤くなってる。

ふたりが付き合いはじめたのは、三日前のこと。

タケル君は二年のときからアカネちゃんのことをひそかに想っていて、同じクラスになったのをきっかけに告白し、ふたりは付き合いはじめた。

照れながらまっ赤になってうつむいているアカネちゃんは、すごくかわいい。

半年ほど前に失恋して泣いていたのが、ウソみたい。

恋って不思議だなぁ……。突然やってきたかと思えば、うまくいくときは、なんの障害もなくあっさりとまとまる。

こういうものなのかもね。

うまくいかない恋は、やっぱりいくらがんばってもダメで、それは神様が『あきらめなさい』って言ってくれているのかもしれない。

翌日の遠足。

「ちぃちゃんっ！　お願い！」

朝一番にアカネちゃんにそう言われた。

両手を顔の前に合わせてお願いのポーズをしてる。

そう言われてもなぁ……。

「うーん」

わたしは返事を渋る。

アカネちゃんはタケル君から『一緒に行動しよう』って誘われた。だけど、付き合いはじめたばかりだし、アカネちゃんとしてはいきなりふたりきりで一日を過ごすのは緊張しそうだから、わたしについてきてほしい。

そう言っているのだ。

「だって……。付き合いはじめのカップルの付き添いなんて、どう考えてもおジャマやん？」

申し訳ないけど、三人で行動することを考えただけでめまいがしてきそう。

「じゃさ。もうひとりいればいい？」

アカネちゃんが打開策《だかいさく》を提案してきた。

「うんまぁ……それなら」

そうだな。誰かあとひとりでもいてくれたらいいかも。

「うぃーす！」

アカネちゃんと向き合っているわたしの頭を、通りすがりにシィ君が叩いていった。

なんだかわたしの頭を叩くのが、最近のシィ君の日課になっている気がする……。

「あれ？　ヤマジ君は？」

「あー。アイツはサボり。学校行事、嫌いやもん」

ああ、たしかに、そんな感じするなぁ……。

なんてしみじみ納得していたら、目の前のアカネちゃんがまるで獲物でも見つけたかのように目を輝かせて、スタスタとシィ君のほうへ歩いていった。

そして、とんでもないことを彼に言った。

「香椎君。良かったら一緒に回らへん？　わたしとタケルとちぃちゃんの三人で回る予定やってんけど。ちぃちゃんがヘンに気ぃ遣ってイヤがってるねん。誰かもうひとりいてくれたらいいねんけど」

「ちょ、ちょっと！　アカネちゃん！」

わたしも慌てて駆け寄った。

なに言ってんのよ。三人も困るけど、四人目がシィ君っていうのも困るよ。

なんて、いくら心の中で訴えたところで、〝恋する女〟アカネちゃんには伝わりそうもない。タケル君と一緒に過ごすためなら、どんな手段でも使ってやるという気迫《きはく》すら感じてしまう。

でもシィ君だって、きっとイヤがるよ。一応これでも、わたしは〝元カノ〟なんだよ？

そういうのって……ねぇ……？

なんか気まずいじゃない。なんて思っていたのに。

目の前のシィ君はいともたやすく答えた。

「うん。いいで」

は？　いいの？

シィ君ってホントよくわかんない。

きっとなにも考えてないんだろうな。わたしと付き合っていたことすら忘れてるんじゃないか、なんて思ってしまう。

いつまでも過去を引きずっているのは、わたしだけなのかもしれない。

結局わたし達はその日を四人で過ごした。最初はどうなることか心配していたけど、意外に平気だった。

わたしも彼を意識することもなく、楽しく過ごせた。

やがて帰る時間が近づき、わたし達は最後に観覧車に乗ろうということになった。

最初にアカネちゃんとタケル君がゴンドラに乗りこむ。続いて乗りこもうとしたわたしの腕を、シィ君がグイッと引っぱった。

そして、驚くわたしをよそに、ふたりを乗せたまま扉が閉められた。

「最後ぐらい、ふたりきりにさせてあげよーや」

その提案に納得した。そうだよね。わたしったら、全然気が利かなかったな……。

なんて思って反省していたら、次のゴンドラがやってきた。

その瞬間気づいた。てゆうか、これって。アカネちゃん達をふたりきりにしたってことは、必然的にわたし達もふたりきりになるわけで……。

無理無理無理無理！　絶対気まずいって！　シィ君！　あなたはいったいなにを考えているの？

たぶん、なにも考えてなかったんだろうな。観覧車の中でわたしと向かい合って座る彼を見ながらそう思った。

おそらく、乗ってから気づいたのだろう。今になって『しまった……』って感じのバツが悪そうな顔してる。

この人ってホントわかんない。

子供なのか大人なのか。天然なのか計算なのか。

でも、なんだかそういうところが、かわいいなって思ってしまう。

「クスッ」

「なんやねん？」

「べっつにー」

照れたような顔でわたしをにらむシィ君。

わざとからかうようにそう言うと、スネた子供みたいにそっぽを向いてしまった。

ゴンドラがゆっくりと高度を上げてゆく。

「なぁ。もう食堂で飯食わへんの？」

シィ君からふいに質問された。

「うん……。アカネちゃんと一緒にご飯食べてるから」

三年生になってから、わたしがあのメンバーと食堂で過ごすことはなくなった。

アカネちゃんとっていう言い訳は、それを断るには都合のいい理由になっていた。

シィ君はそれ以上なにも聞いてこなかった。

それから観覧車は大空を渡り、わたし達の位置もどんどん高くなっていったけど、そのあとはほとんど会話もなかった。

「あ……」

頂上まで登りつめ、下りはじめたそのとき、背後の窓から外を眺めていたシィ君がなにかに気づいた。

「なに？」

わたしは立ちあがって、シィ君の席のほうへと向かう。

「なんでもないって！」

必死にごまかそうとするシィ君。そう言われると余計に気になるんだよねぇ。

わたしはさっきまで彼が見ていた窓の外をのぞきこんだ。

「あ……」

さっきのシィ君と同じ反応をしてしまい、さらに体が固まった。

下がりはじめたわたし達のゴンドラからは、ひとつ前のゴンドラが丸見えだ。そしてその中の光景に、わたしは動揺する。

「ちょっ、向こうから見えるって！　座って！」

シィ君に腕を引っぱられ、そのまま彼のとなりにストンと座らされた。

どうしよ……。ドキドキしてる……。

付き合ってるんだもん。当たり前なんだけど。なんていうか……。

わたし達が見てしまったもの。それは、ひとつ前のゴンドラにいる、アカネちゃんとタケル君のキスシーンだった。

「……大丈夫？」

放心状態のわたしに、シィ君が声をかけてくれた。

「う……うん」

とりあえずそう答えたものの、心臓はまだバクバクしている。

ふと、腕に違和感を感じた。

「シィ君、手……」

「え？　うわっ……ごめんっ」

シィ君の手は、まだわたしの手首をつかんだままだった。

慌てて手を引っこめる。

ひょっとして、シィ君も動揺してたのかな、なんて思ってしまう。ゴンドラの中には、明らかにさっきまでとはちがう空気が漂っている。

相変わらず心臓はドキドキしてる。だけどそれは、さっき見たキスシーンのせいなのか、すぐ横にいるシィ君のせいなのか、わたしにはわからなくなっていた。

ふたりの距離は五センチぐらい。ほんの少しでもゴンドラが揺れれば、触れてしまう距離。

シィ君がユカリちゃんと付き合いはじめてから、わたしの中にあるシィ君の存在が変わった。

今わたしにとってシィ君は単なる〝友達〟ではない。〝友達の彼氏〟だ。

ただの友達よりも、もっと遠い人。

だから、こんな風にドキドキするだけでも、いけないことをしている気がしてた。

でも、どうしても止まらない……。

わたしは膝の上でギュッと両手を握り締めた。

どうか……今だけ許してください。

あと少しだけ……。このゴンドラが地上に降りるまで。それまでは、ほんの少し彼を感じていさせて……。

球技大会　＊ちぃちゃん＊

「うーん……」

わたしはさっきから渋い顔をして、黒板とにらめっこしている。

クラス対抗の球技大会が行われるのだ。数種目のうちのどれかひとつには出なければならない。

正直、この球技大会っていうのが嫌いだった。運動が苦手なわたしにとっては、少なくとも楽しめるものではない。

黒板には種目が書かれていて、各自が希望の欄に名前を記入していく。

だけど、なかなか手を動かすことができない。

ど……どうしよ。得意なものがなにもない……。

チョークを持ったままウロウロしていたそのとき……。

横から手が伸びてきたかと思ったら、ひょいとチョークを奪われた。

「シィ君！」

なんか、イヤな予感がする……。

「悩みすぎ！」

シィ君はニッと笑うと、わたしから奪ったチョークで黒板に書きこんでいく。

「ちょ……勝手に……！」

抵抗しようとジタバタするわたしを片手であしらいながら、バレーボールの欄に〝松本千春〟と大きく書いてしまった。

「ひどいー！　勝手に書かんといてよー！」

「もたもたしてるほうが悪いねん。ほんまトロいな」

ムカッ。

ぷぅと頬を膨らませてにらんでみたものの、シィ君は悪びれる様子も見せない。そんなわたし達のやりとりに、周りにいた子達がクスクス笑っている。

なんか最近思うんだけど。わたしって、シィ君にいじめられてない？

そして球技大会当日。わたしが出たバレーボールは、わたしが足を引っぱったせいで、一回戦敗退という無残な結果に終わった。

早々に出番を終え、アカネちゃんとグラウンドの隅にある、屋根付きのベンチで休憩していた。

すると、

「もう！　こんなとこで、なに、のん気に休憩してんのっ」

クラスメイトから声をかけられた。

なに？　とポカンとしてるわたし達に、彼女は興奮気味にしゃべり続けた。

どうやら、うちのクラスのソフトボールが、今まさに、優勝をかけた試合をしている最中らしい。

ソフトボール……？　そう言えば、シィ君はソフトボールに出るって言ってたなぁ。

「早く、早く」と急かされ、ベンチから腰を上げた。

そして最短コースを通ろうとグラウンドを横切ることにした。

試合が行われている外野側を大回りで通りすぎているそのとき……。遠目からでもわかった、今バッターボックスに立っているのは、シィ君だ。

なぜかそのまま足が止まってしまった。

そこから先の映像を、スローモーションのように記憶している。

ピッチャーがボールを投げ、シィ君のバットがそれをとらえた。とたんに歓声が湧き起こる。シィ君の打ったボールは、高く高く舞いあがった。

打球はレフト側で立ち止まって見ていたわたしのほうに向かってくる。やがてその白いボールは大きくなり……。

「きゃ……。あぶないっ！」

アカネちゃんの悲鳴が耳に入ると同時に、目の前がまっ暗になった。

気が付くと白い天井が見えた。

あれ……？　ここどこ……？

「ちぃちゃん！」

心配そうにわたしをのぞきこんでいるふたつの影に気づく。

わけがわからないまま、とりあえず起きあがる。

ズキッ……て、頭には鈍い痛み。

「ちぃちゃん、大丈夫？」

「ユ……カリちゃん……？」

そばにいたのがユカリちゃんだということが、やっとわかった。そして、さらにそのうしろには……。

「ちぃちゃん……。ごめんな」

シィ君がひどく申し訳なさそうな顔をして立っている。

「え……なにが？」

わたしはまだこの状況がつかめていない。

「オレが打った球が……ちぃちゃんの頭を直撃してん」

あ……そう言えば。目の前に白いボールが近づいてきた光景を覚えている。

「それで、ちぃちゃん気ぃ失って、保健室に運びこまれてんよ?」

ユカリちゃんが付け加えてくれた。

そうだったのか。

「うん。大丈夫」

ベッドから立ちあがろうとしたわたしにシィ君が言った。

「ちぃちゃん。今日、家まで送るわ。一緒に帰ろう」

「え……。いいよいいよ。大丈夫やし」

わたしは慌ててシィ君の申し出を断った。

頭をブンブンと勢いよく横に振りすぎたせいか、またためまいがする。こめかみのあたりを手で押さえていると、ユカリちゃんが顔をのぞきこんできた。

「あかんて。ナオに送ってもらって? これでも責任感じてるみたいやから」

「でも……」

「ほんまにそうしてもらって。ね? これ、ちぃちゃんの制服やから……」

ユカリちゃんは、わたしの制服とスクバを持ってきてくれていた。

「ありがと」

コクンとうなずいた。

「じゃ。わたしはバイトあるし、これで帰るね」

「オレ、用事があるからいったん部室に戻るけど、迎えにくるから。ちぃちゃん着替えてここで待ってて？」

そう言ってふたりは出ていってしまった。

ひとり残された保健室。ベッドの上でしばらくぼんやりしていた。気を失うなんて初めてで、まだうまく頭が働かない。

どのぐらいの時間そうしていたのかもよくわからなかった。だけど、シィ君が迎えにくることを思い出し、とりあえず着替えることにした。

ユカリちゃんが持ってきてくれた制服を手に取る。

スカートに履き替え、Tシャツを脱ごうと両手をクロスさせて、裾《すそ》をつかむ。

まだぼんやりしているせいか、どうにも素早く動くことができない。なにをするにも、いつもの倍ぐらいの時間がかかってしまう。

わたしはゆっくりと少しずつシャツを持ちあげた。脇の下あたりまでめくりあげた瞬間。

――ガラッ。

ドアが開く音とともに、誰かの声が保健室に響いた。

「お待たせ！」

声の主と目が合った。みるみるうちにその人の顔がまっ赤になっていく……。
「き……きゃぁぁああっ……」
「ごっ、ごめん！」
わたしの叫び声と同時に、ドアがすごい勢いで閉められた。
ある意味、ようやく目が覚めた気がする。
心臓がバクバクいってる……。
なに？　なに、今の？　シィ君……だったよね？
恐る恐る自分の姿を見下ろした。
大丈夫。スカートはちゃんと履いている。
でも、上は……。
シィ君にお腹と、それから下着姿をさらしてしまった。
その事実を確認したとたん、顔から火が出そうになった。
いくら頭がはっきりしていなかったとはいえ、カーテンを閉め忘れるなんて。
うわーん。ヘンなもの見せちゃった。なんか申し訳ないぐらいだよ。どうしよう。
とりあえず着替えたものの、どうにも保健室から出る勇気がない。しばらくすると、
廊下から遠慮がちな声が聞こえた。
「ちぃちゃん……もう着替えた？」

ガラガラとまるでそれ自体が躊躇しているかのように、ドアがゆっくりと開けられた。

そこには、茹《ゆ》でダコみたいにまっ赤な顔をしたシィ君が立っていた。

「ごめんね……」

なぜかどうしようもなく申し訳ない気分になり、あやまってしまう。

「え？　なんでちぃちゃんがあやまるん？」

「なんとなく……」

「プッ……」

うつむいてもじもじしているわたしの様子に、シィ君が吹き出した。

「じゃ、帰ろっか？」

「うん……」

シィ君はまたケンちゃんと交換したのか、荷台つきの自転車を用意していた。

「ハイ。うしろ乗ってや」

荷台をポンポンと叩いている。でも、わたしはそれをかたくなに拒《こば》んだ。

だって、シィ君はユカリちゃんの彼氏だ。友達の彼氏とふたり乗りなんて、絶対で頑《がん》として譲《ゆず》らないわたしに、シィ君はしぶしぶあきらめてくれた。

「じゃぁ……歩くかぁ」

そう言ってわたしの肩からスクバを抜き取ると、前カゴに乗せた。

家の前についても、わたし達はまた揉めていた。シィ君はどうしても怪我のことをうちの親にあやまりたいと言ってきかない。

「そんなんいいよー。もう、ホント大丈夫だから。それに、あれはシィ君のせいじゃないやん。ぼけっとしてたわたしが悪いねんもん」

気持ちはうれしいけど、そこまでしてもらうのは、なんだか申し訳ない。あんな場所で立ち止まっていたわたしが悪いのに、シィ君は引こうとしない。

「あかんて。それに、念のためちゃんと病院にも行ってもらいたいねん。だから、ちぃちゃんの親にオレから事情を説明させて？」

そう言って顔をのぞきこんでくる。

きっとすごく責任感じてくれてるんだと思う。でも、本当にそこまでしてもらうわけにはいかないよ。

わたし達が家の前で言い合っていた、そのとき……。

玄関の扉が開き、中からお母さんが顔を出した。

「話し声がするから、どうしたんかなぁって思ってんけど」

不思議そうな顔をしていたお母さんは、すぐにシィ君に気づいた。

「あら。お友達……？」

「同じクラスの香椎君」

しょうがないので、わたしはお母さんに紹介した。

シィ君はペコリと頭を下げた。

「あの、オレ……」

シィ君がなにか言いかけたそのとき、お母さんが口を開いた。

「こんなとこでしゃべってないで！　うち、入んなさい！」

「えっ」

その言葉にひどく焦る。

ちょ……ちょっとおおお。お母さん！　ダメだってば！

そう、目で訴えてみるものの、まったく伝わらない。

結局、シィ君はうちに入ることになってしまった。なんかイヤな予感がする……。

カテゴリー登録　＊シィ君＊

「ホントわざわざごめんなさいねー。どうせ、この子がぼけっとしてたんでしょ？　そんなこと全然気にしなくていいのに。ボールぶつけたぐらい、どーってことないんだから」

　オレがひと通り事情を説明して頭を下げると、ちぃちゃんのお母さんは、そう一気にまくし立てた。

　そして、まだ口をつけていなかった紅茶の入ったカップに目をやった。

「あ、冷めちゃったね。おかわり入れるね」

「あ……いえ。あの……大丈夫です」

　いや、ホント。あやまったらすぐに帰るつもりだったし。つうか、ホントお茶とか飲む気分じゃないし。

「んー。香椎君は、コーヒーのほうが好き？」

「は……？」

　いや、だからそういう問題じゃなくてさ。

「うんうん。〝コーヒー〟って感じだもんね。じゃ、入れてくるねー」

有無を言わさず、さっさとカップを下げて、キッチンへと行ってしまった。

絶対、人の話聞かないタイプだな……。

どうやらちぃちゃんのお母さんは、とてもマイペースな人のようだ。丸顔でクリッとした大きな目は彼女にそっくり。

彼女の将来の顔が容易に想像できた。

ちぃちゃんの家のリビングは、カントリーっぽいシンプルな木の家具で統一されていた。

窓辺には家族の写真。メガネをかけた優しそうなお父さんと、お姉さんだと思われる人も写っている。

なるほどね。

以前、サトシが言っていた言葉を思い出していた。

『どんな家庭で育ったら、あんなにまっすぐ育つかねぇ』

こういう家庭で育てば彼女ができあがるってわけか。

この家で、末っ子の彼女が大事にかわいがられている光景が目に浮かぶようだった。

「ごめんね」

ちぃちゃんが申し訳なさそうな顔でオレを見た。

「え？　なにが？」

「うちのお母さん、テンション高いやん？」

たしかに……。オレは唇を噛み締めて笑いをこらえた。

ちぃちゃんのお母さんはキッチンへ入ったきり戻ってこない。誰かと電話でもしているのか、ボソボソと話し声だけが聞こえる。

そのとき突然、

「ただいまー」

という声が玄関のほうから聞こえてきたと思ったら、その声がどんどん大きくなる。

「えー？　千春の彼氏？　マジでー？　イケメンなん？　やるなぁ……あの子……いつの……間……に」

その女性はオレの顔を見るなりまるでお化けでも見たかのような表情で、リビングの入り口で立ち止まった。通話中だったのか、耳にスマホを当てたままだ。

彼女はおそらく、さっきオレが写真で確認した、ちぃちゃんのお姉さんなのだろう。

そう予想したとき、ちぃちゃんがまっ赤な顔をしてソファから立ちあがった。

「お、お姉ちゃん！」

その声が聞こえたのか、キッチンからお母さんが慌てて戻ってきた。手には受話器を握りしめたまま。

「ぶはっ……！」

その光景を見たオレはこらえきれずとうとう吹き出した。

すげー。この親子。最高。

おそらくお母さんがキッチンで電話していた相手はお姉さんだったのだろう。もちろん話題はオレのこと。

勝手に〝ちぃちゃんの彼氏〟だと思いこんで、そのことを報告してたんだ。

さらに、お姉さんは今オレがここにいることも知らず、大声で話しながら入ってきたのだ……と推測される。

「い……いらっしゃいまへ」

お姉さんは引きつりながら、オレに挨拶をしてきた。

「まへ」って……。

「くっくっくっ……」

もう笑いが止まらなくなっていた。

おそるべし、松本家。天然一家。

翌朝、昇降口でちぃちゃんに会った。

「おはよ。頭……大丈夫？」

顔をのぞきこんでそう尋ねると、一瞬「えっ！」と驚いたような顔をして、それから「うん」と小さくうなずいた。

オレの顔をまともに見ようとしない。耳までまっ赤だ……。

そのあからさまな反応に、消えかけていた昨日の記憶がよみがえってきた。それは、保健室でのあの光景。

とたんに、オレまで顔が熱くなる。

ちぃちゃんはまっ赤な顔のまま、パタパタと廊下を駆けていってしまった。

「なんかヘンじゃね？　お前ら、なにかあったん？」

すぐそばでオレ達の様子を眺めていたサトシに声をかけられた。

「なんもないよ！」

「ほんまに？」

サトシはニヤニヤと笑いながらオレの顔をのぞきこむ。

「ほんまにないって！」

「ふーん。じゃ。ちぃちゃんに聞いてこよーっと！」

そう言って彼女のあとを追いかけていきそうになったサトシの襟首を、グイッとつかむ。

「わかった。全部言うから……」

オレはサトシを連れて屋上へ向かった。

「なるほど……。ちぃちゃんの裸見て、純情なお前はうろたえてるっちゅうわけね」

オレの説明を聞き終えたサトシは、腕を組みながらそう言った。

「裸とか言うなっつの！」

懸命に否定した。

「スカートは履いてたし……上は……」

とたんに、耳まで熱くなる。あの光景をまた思い出してしまった。

彼女の抜けるような白い肌と、柔らかそうな箇所を包みこむ小さな布と……。

うわあああああ……。思わず両手で顔を覆った。

「いや。あんまし覚えてない。一瞬やったし……ちゃんと見えてなかったっつうか」

気持ちを悟られないように必死でごまかした。

「シィ君、かわいいね」

サトシはそんなオレの様子を見て、鬼の首を取ったようにおもしろがっている。

「でも、ちぃちゃんやろ？　ゆーても、色気ないやん。子供みたいやし。胸もなさそーやし」

「それが意外に……。胸あるし……」

って、うわあああああ！　オレ、なに言ってるねん！

「ふーん。で、何色やった？　ブラは？」

「……白」

「お前、ばっちし見てるやん！」

サトシはゲラゲラ笑ってた。完全にオモチャにされてるな、オレ。くそぉ……。

でも、ホントヤバい。

なんていうか、今までちぃちゃんはオレの中で、〝ちぃちゃん〟というキャラクターみたいなもんだった。だから彼女に対して、エロいイメージとか抱くことは、まったくなかった。

でもなんか……まずい。ちぃちゃんがオレの中で〝女〟というカテゴリーに登録されてしまった。

はぁ……。

空を見上げてため息をついた。

まっ青な空に地平線へと続く大きな入道雲が浮かんでいる。

どこからか蝉の声が聞こえてきて、この季節特有の湿っぽい匂いが鼻につく。

いったいこの胸のざわつきはなんだ……？

夏が近づいてきているせいかな。そう思うことにした。

青少年の悩み　＊シィ君＊

夏休みのある日。

「勉強教えて？」

そう言って、ユウが朝からオレの部屋にやってきた。なのに、さっきからベッドに寝転がって漫画ばっか読んでる。

「ちゃんと、勉強せーよ」

彼女の手から漫画を奪った。

「ひどーい」

ムクッと起きあがる彼女。そして、そのままオレの腕をつかみ、小首を傾げ、なにかをねだるような上目遣いでオレを見つめる。

ヤバい……。

ちょっと潤んだ大きな瞳に吸いこまれそうになる。軽いめまいを起こしそうだ。

その目で見つめられたら、オレがこうするしかないってわかってるくせに、やるんだから……。

顔を近づけ、ユウの唇にオレのそれを重ねた。唇から漏れる吐息を感じた。

ユウの手がオレの首に回ろうとしたその瞬間、オレは彼女から体を離した。

「飯でも食いにいくか？」

ユウは唇を軽く噛んで、なにか言いたげな瞳でオレを見つめる。

彼女が望んでいることを薄々感じてはいるんだ。だけど付き合って半年、オレ達はこれ以上先に進めないでいた。


それから数日後、オレはサトシと街をブラついていた。

もうそろそろ夕方にさしかかる時刻だというのに、強い日差しが容赦なくオレ達を襲う。街路樹の蝉達が、拡声器でも使って鳴いてるんじゃないかってぐらい、けたたましく金切り声を上げている。

都会の雑踏のほうが蝉の声が気になるのは、いったいなぜなんだろう……。

「ふーん。お前、まだユカリに手ぇ出してへんの？　好きな女がそばにおったら、普通したくなるやろ？」

サトシにからかわれ、焦るオレ。

「好きやけど、べつにすぐにしたいとか、そんなんちゃうし……」

今にも溶け出しそうなぐらい熱を帯びたアスファルトを眺めながらつぶやいた。

気のせいか視界が揺れるような錯覚に陥る。

「は？　なにそれ？」

「なんでみんな〝付き合う〟イコール〝ヤル〟みたいな感じになるねん。べつにそれだけちゃうやろ？」

サトシは「フッ……」とため息をつくと、呆れたような顔を向けた。

「お前なに、〝夢見る乙女〟みたいな発言しとんねん。ヤッて初めて伝わる感情ってのもあんねんで。肌で気持ちをたしかめあう……みたいな？」

「だからって、べつに急がんでもええやん。なんか、急かされたら〝ヤリたい〟だけなんかな、とか思うし……それに……」

「そういうことちゃうやろ？」

サトシはオレの言葉をさえぎった。立ち止まってじっとこちらを見すえている。

「べつにユカリは、ただ〝ヤリたい〟わけとちゃうやろ？　不安なんちゃうの？　お前のそういう態度が。ヤル、ヤラへんは自由やけどな。安心させてあげろや」

サトシの言葉は、オレの心臓のどまん中を貫いた。

薄々感じていた。オレの煮えきらない態度がユウを不安にさせていたこと。

「それとも……」

サトシはすべてを見透かすような鋭い眼差しで、ゆっくりと口を開いた。

「お前がユカリを抱けへん理由は他にあるんか……？」

「べつに……ないよ」

そう、理由なんて他にない。オレはそうつぶやくと、再び歩き出した。

しばらくして、休憩しようということになり、近くにあったファーストフード店に入った。

「あ……ちぃちゃんや」

席につくなり、サトシは少し離れた席に座っている彼女の姿を見つけた。オレ達がいることにはまったく気がつかないのか、同じクラスのアカネとおしゃべりに夢中になっているようだった。

オレの座っている席からは彼女の表情は見えないけど、笑うたび肩が震え、その柔らかそうな髪が揺れた。

コットン素材の白いノースリーブのシャツからは、生まれてから一度も日焼けしていないんじゃないかって思うぐらいの白く華奢な腕が出ている。

その腕に髪がかかって、彼女の動きに合わせて揺れる。

いつの間にかちぃちゃんの髪はずいぶん伸びていた。

そのせいか、最近なんとなく雰囲気が変わったと感じるのは、オレの気のせいかな？

「最近……かわいくなったと評判」

サトシのその言葉にハッと我に返る。

「誰が？」

一応、尋ねてみたものの、サトシの目線からそれが誰のことを言っているのかはわかっていた。

「つか、いったいどこで評判なん？」

「ん？　うちのクラスで」

サトシはオレ達のとなりのクラス。選択科目によっては一緒に授業を受けることも多いから、彼女がとなりのクラスの男の目に留まるのは自然なことだった。

「けど……あれは相当ガード固いな」

サトシはフライドポテトをつまみながら言った。

「オレのクラスのヤツがな、ちぃちゃんに『メアド交換しよ』っていきなり言ったらしいねん」

えらく無謀なことするな……って思った。そんな強引な行動は、彼女には逆効果だろう。

「そしたら、『まっ赤な顔して逃げていった』って。それ以来、さりげに避けられてるらしい」

ぶ……。やっぱりな。いきなり男に言い寄られた彼女の、戸惑う表情が目に浮かぶようだった。

そしてサトシはアイスコーヒーのストローを口にくわえながら、

「けど……オレはそういうの……」

ごく自然にいつものバカみたいな会話のノリで、ものすごく重大な発言をした。

「……そそられるけどね？　落としがいあるやん？」

はい？　今……なんて……？

ジュースの入った紙コップを持ったままポカンと口を開け、間抜けな顔をしているオレ。一方サトシはトレーに敷かれた紙をクシャクシャと丸めはじめた。

そして、

「こっち見ろ、こっち見ろ……」

と呪文のようにつぶやくと、丸めた紙を彼女に向かってポーンと投げた。

それは、彼女の白い二の腕に命中。

その瞬間、ビクッと体を震わせたかと思うと、腕を押さえながら紙が飛んできたほうへ向く。

そして、オレ達の存在に気づくと、一瞬驚いたような顔をして、「もぉー」とつぶやき、頬を膨らませてにらむ。

その仕草や表情を見て、たしかに男心をくすぐるはずだと納得してしまった。

「どうもー！」

そんな軽い挨拶とともに、いつの間にか、サトシはちぃちゃん達のいる席へ向かっていた。

そしてちゃっかり彼女の横に腰かけると、オレに『おいでおいで』と合図する。

はぁ……。

ため息をひとつついて、オレも席を立った。

四人で一時間ほどくだらない話で盛りあがり、店を出た。

歩道を歩いていると自然にふた組に分かれてしまった。

オレとアカネが前を歩き、そのうしろをサトシとちぃちゃんがついてきている。

アカネがなにかと話題を振ってくれるものの、オレはうしろの会話が気になってしょうがない。さっきのサトシのセリフが頭の隅に引っかかったままだった。

サトシはいつもよりほんの少しテンション高めで、彼女に話しかけていた。

「ちぃちゃん。今度、夏祭り行かへん？」

行くわけねーだろ。

オレは心の中でつぶやいた。なのに……。

「……うん。いいよ」

は？　ウソやろー？

なんで、そんな簡単についていくねん。

オレはなんの罪もない彼女に対して、なぜか妙にイラ立っていた。

「じゃ。連絡先交換して？」

「あ……うん」

サトシはいともたやすく彼女のアドレスをゲットした。

さすがだな……なんて感心せずにはいられなかった。

かなりベタなんだけど……。

今オレの頭の中では、赤ずきんちゃんの格好をしたちぃちゃんが、狼の着ぐるみを着たサトシと楽しそうに会話している図が浮かんでいた。

おいおい……。大丈夫か？

浴衣　＊ちぃちゃん＊

キッチンで夕飯の準備をしているお母さんに声をかけた。

「今日、夏祭り行くから、ご飯いらなーい。あんまり遅くならないようにする……から……」

言葉は途中で途切れた。お母さんがキッチンからすっとんでやってきたから。

心なしか、目がランランと輝いている。そして次々と質問が飛び出す。

「誰と行くの？　もちろん男の子？　あ！　ひょっとして香椎君？」

お母さんはシィ君のことがよっぽど気に入ったのか、あの日以来、ことあるごとに彼の名前を出す。

彼氏じゃないって言ってんのに。なんか勘ちがいしてるんだよね。

「もー！　シィ君じゃない人やって！」

「ってことは、男の子だ！」

気がつくと、ニヤニヤ笑っているお姉ちゃんがすぐうしろに立っていた。

しまった。前とうしろではさまれてしまった。

もう逃れられないと感じて、素直に白状することにした。

「うん。……男の子。でも、友達やで？　彼氏とかじゃないから……」

そのとたん、ヤッターとお母さんとお姉ちゃんは声を上げて大はしゃぎする。

「ここは、やっぱ浴衣でしょ？」

「えっ！　いいよ！　浴衣なんて、暑いし……」

お母さんのうしろについていきながら、必死に断った。

だって浴衣なんか着ていったらさ、いかにも気合い入ってますって感じじゃない？　はずかしいよ。

そんな抗議も虚しく、お母さんとお姉ちゃんはきゃーきゃー言いながら浴衣を出しはじめた。

そして結局、強引にふたりに着付けられた。

落ち着いた色合いの水色地に白の朝顔模様。花のまん中のあたりだけ、うっすらと紫色や朱色が入っている。

帯はモダンな印象の赤のチェック柄。

髪はお姉ちゃんが結《ゆ》ってくれた。

頭のトップでフワフワのお団子にして、アンティークっぽいビーズでできたお花の髪飾りをつけた。

鏡の前でくるりと回ってみる。うん。我ながら、なかなか似合ってるかもしれない。

ふと鏡の中の自分に問いかけてみる。

あのとき、なんでサトシ君からの誘いを受けたんだろう。シィ君のこと、早く忘れたい。そのためにも他の男の子とも、もっと積極的に関わらなきゃって思ってる。

誰でも良かったのかな……。それとも誘ってくれたのが、サトシ君だったからなのかな……？

「千春ー？　待ち合わせ時間、まだ大丈夫なん？」

お姉ちゃんのその言葉に我に返る。

慌てて家を出て、慣れない浴衣と下駄に苦労しながら、待ち合わせ場所へと急いだ。

待ち合わせ時間を少し過ぎて到着すると、先についていたサトシ君を発見した。わたしには気づかずに片手でスマホをいじりながら、壁にもたれかかってタバコを吸っている。

サトシ君はそんな風に、ただそこに立っているだけでさまになる人だ。さっきから、近くにいる女の子の集団がチラチラと彼を見ている。

どうしよ……。彼からほんの少し離れた場所で足がすくんでしまった。

今になって浴衣を着てきたことを後悔してしまう。

やっぱりヘンだよ……。なんかはりきりすぎだって思われないかな。

それでも、いつまでも悩んでいてもしょうがないので、おずおずと足を進める。

下駄の音が聞こえるぐらい近づいた時点で、やっとわたしに気づいたサトシ君がハッと顔を上げた。こっちを見て、呆然としている。

「ごめんね……。遅れて……」

彼の顔をまともに見ることもできず、うつむいてそう言った。

──カランッ。

下駄の音だけがやけに響く。

それでもサトシ君はまだなにも言わず、わたしをじっと見つめているようだった。

下を向いていても、視線を感じる。どうしようもなくいたたまれない気分になって、顔が火照り出す。

呆れているのかな。やっぱ、おかしいよね……。

「あ……あの……ごめんね。ヘンやんね？　浴衣なんか着てしまって。えと、お母さんがどうしても着ていけってうるさくて、それで……あのっ」

焦りすぎて、しどろもどろになってしまった。

うわーん。もう、帰りたい。

手にしていた巾着袋《きんちゃくぶくろ》の紐《ひも》をギュッと握ったその瞬間……。

「かわいい」

「え？」

「めっちゃかわいい。似合ってんで、浴衣」

思いがけない言葉に、思わず顔を上げてしまった。

男の人から褒められることなんてめったにないから、こんな些細なことにもいちいち動揺してしまう。

サトシ君のほうはと言えば、とくに照れた様子もなく、いつもと同じような笑顔で笑ってる。

こんなセリフもサラッと言えちゃうなんて、ホントこの人って女の子の扱いに慣れてるんだろうな。

「じゃ。行くか」

サトシ君は手に持っていた吸いかけのタバコを地面に落とすと、足で火を揉み消す。

「ちょ……ちょっと！」

そのまま行ってしまいそうになる彼を呼び止めた。

「サトシ君！　あかんやん！　吸殻こんなとこに捨てたら！」

しゃがみこんで吸殻を拾う。

「だいたい、高校生がタバコなんか吸ったらあかんやん！　体に悪いねんよ……」

じっと見つめていた。

と話しながら、急に我に返った。わたしなに、マジメにお説教なんかしちゃってんの？サトシ君はそんなわたしに呆れているのか、驚いたような複雑な表情でこちらをじっと見つめていた。

そして、フッと頬を緩めると、

「すみません」

ペコリと頭を下げて、わたしの手から吸殻を取って、近くにあったゴミ箱に捨てにいった。

戻ってきたサトシ君は、体をかがめてわたしの顔をのぞきこんだ。

「ごめんな？　りんご飴《あめ》おごるから、許して？」

近いっ。顔、近いよ……サトシ君。

戸惑いを隠したくて、わざとスネたように言った。

「ベビーカステラも……」

「ええよ、ええよ。なんでも買ったる」

サトシ君は楽しそうに笑ってた。

どこからかお囃子《はやし》の音が聞こえはじめた。

夏祭りが始まる。

夏祭りの出来事　＊シィ君＊

あつ……。

――ポーン。

あづいいいいいい。

――ピン……ポーン……。

暑いねんてば……。

――ピンポン、ピンポン、ピンポン。

だあああああああ！　なんやねんて！

勢いをつけて起きあがった。Tシャツはぐっしょり。髪も濡れ、額や首筋からも汗が噴き出している。

オレは部屋の壁についた役立たずのエアコンを、恨めしそうににらんだ。それは昨日、突然故障し、まったく動かなくなってしまったのだ。

いったいこの夏をどうやって過ごせと……？

まだ半分寝ぼけた頭でじりじりと動き出し、とりあえずベッドの端に腰かけた。

覚えているのは、昼飯を食ったあと、横になって参考書を読んでいたこと。どうやら、いつの間にか眠っていたようだ。

いったい今何時なんだ？　それすらわからない。

——ピンポン、ピンポン、ピンポン！

さっきから、なんの音かと思ったら、来客を知らせるチャイムが鳴っていたらしい。

オカン出てくれ……。心の中でつぶやいてみるものの、いっこうに音は鳴りやまない。

——ピンポン、ピンポン、ピンポン！

オカン、いないのかな？　つうか、こんだけ鳴らしても出ないのに、あきらめないってどうよ？

オレは重い体に「よいしょ……」と気合いを入れて、立ちあがった。

「ハイハーイ」

誰に言うでもないダルそうな返事をしながら玄関へ向かう。

その間も鳴り続けるチャイム。ここまでしつこいと、来客が誰であるかの予想がなんとなくついてきた。

インターホンの画面を確認もせずに、ドアを開けた。

「もぉ！　遅いー！」

ユウが不満げに口を尖らせ、中に入ってきた。

「おはよ……」

寝起きのオレは、ついそんな挨拶を口にしてしまった。

「『おはよ』じゃないよー。何時やと思ってんの?」

「何時?」

「もう四時過ぎてるよ?」

「マジで……?」

かれこれ三時間は昼寝をしていたらしい。どう考えても寝すぎだろ。

リビングのソファにドサッと体を預けた。

あれだけ眠ったのに……いやむしろ眠りすぎたせいか、異常に気だるい。軽く頭痛もするし、できればもう一度横になりたいぐらいだ。

「さっき、おばさんに会ってん」

ユウは勝手に冷蔵庫を開けて中をのぞきこみながらそう言った。

「そうなん?」

「うん。今日、友達と食事会なんやって。すっごいオシャレしてたよー」

そういや、そんなこと言ってた気がする。

「ナオがまだ寝てるから起こしてあげてって頼まれてんよ?」

それでしつこいぐらいチャイムを鳴らしてたってわけか。

ユウは麦茶をふたつ用意すると、そのうちのひとつをオレに差し出した。

「サンキュ……」

「なぁなぁ。今から出かけへん？　今日、夏祭りやねんて。花火も見れるって！」

子供みたいに目をキラキラと輝かせてる。

「オレ、パス。人ごみ苦手やもん」

「えー？　行こうよー？」

オレのシャツの裾をグイグイと引っぱりながら、ねだるような甘えた声でせがむ。

「んー……」

オレは返事を渋った。この体調で人ごみを歩くのはちょっときつい。

「じゃ。も、いい」

ユウは、シャツの裾からパッと手を離すと、頬をプーと膨らませて、顔を背けた。

わかりやすいぐらいスネてる姿が、妙にかわいらしかった。そういや、夏休みだというのに、受験勉強を理由に、デートらしいデートもしてやれていない。

家が近いのをいいことに、しょっちゅうお互いの家を行き来してはいるが、そんなのデートのうちに入らないよな。

うん、と決意を固め、オレは腰かけていたソファから立ちあがった。

「なに？」

急に立ちあがったオレにユウは不安そうな顔を向けた。

「シャワー」

「え？」

オレの言葉をすぐには理解できないのか、ポカンとした表情のユウの頭をクシャクシャッて撫でた。そして少しかがんで彼女の顔をのぞきこむと、音を立てて頬に軽くキスをした。

「行くんやろ？　夏祭り。でも、その前にシャワー浴びさせて？」

ある程度の覚悟はしてきたものの、やはり想像以上の人ごみに、一瞬ひるみそうになる。屋台が立ち並ぶメイン道路を歩いていると、あちこちから、食欲をそそる匂いが漂ってきた。

「ナオ、あれ買っていい？」

ユウがそう言って指差した先にあったものは、ベビーカステラだった。

「ああ。いい……よ」

言いながら、視界に入ったある光景のせいで体が固まった。

「あれ？　サトシ？　女の子連れてるし」

オレの視線の先を見て、サトシに気づいたユウがおどけたように言った。

ユウはまだ気づいていないようだが、オレにはわかっていた。サトシが連れている浴衣姿の女の子が誰であるか。やがてユウにもそれが理解できたようだ。

「ちぃちゃんっ！」

よっぽど驚いたのか、かなり大声でそう言うと、ふたりに駆け寄っていった。ユウとちぃちゃんは偶然の出会いをきゃーきゃー言いながら飛び跳ねるように喜んでいる。

「よう」

サトシがオレに声をかけた。

「ふたりで来たん？」

オレは見ればわかるはずの質問をした。

あの日、ファーストフード店からの帰り道、サトシがちぃちゃんを誘っていたのは、聞こえていたけど。

こうして目の当たりにすると、ホントにふたりで来たんだな……なんて、そんなことを改めて実感していた。

オレ達は流れで、しばらく四人でブラついていた。

ユウの希望により、女の子ふたりはヨーヨー釣りをすることになった。こういうのが得意なユウは、さっさと自分の分を釣りあげる。

ちぃちゃんはというと、まさに予想通りって感じで、すぐにこよりが切れてしまっていた。

プッ……。鈍くさ……。

しょんぼりする彼女にユウが声をかけた。

「ナオにやってもらい？　めっちゃうまいねんで」

は？　オレ……？

「ハイ。どーぞ」

オレは釣りあげたオレンジ色のゴム風船を、ちぃちゃんに手渡した。

「ありがと……」

彼女は一瞬うれしそうな表情をしたかと思ったら、すぐにうつむいてしまった。

それにしても、浴衣っていうのは、露出が少ないにも関わらず、女の色気を最大限にいかす服装だな。

うつむいた細いうなじにはおくれ毛がかかっていて、彼女の抜けるように白い肌をさらに際立《きわだ》たせていた。

いつもの見慣れた制服姿や、彼女らしいナチュラルな私服姿ともまたちがう一面を見たような気になる。

「おい……ちょっと。シィ」

ふいに、サトシに肩を組まれ、女の子達から少し離れた場所まで連れていかれた。

「そろそろ別行動せーへん？」

サトシはなぜか小声でそう提案してきた。

そして……。

「ハイ。プレゼント。良かったら使って」

そう言って、オレのジーンズのうしろポケットになにかを入れた。

「は？　なにこれ？」

オレはポケットに手を入れ、中を探る。

「コンドーム」

耳もとでそうささやかれ、慌ててサトシの顔を見る。

「これっ……」

「お前、いい加減男見せろよ？」

どうにも言葉が出てこないオレに、サトシは不敵な笑みを浮かべた。

「オレも……今晩キメさせてもらうから」

はい？　キメる……ってなにを？

呆然とするオレをよそに、サトシはさっさとちぃちゃんのほうへ戻ると、

「ちぃちゃん。あっち行こう」

そう言って彼女の細い肩を抱いて、あっという間に人ごみにまぎれていった。

その直前、一瞬だったけど、彼女は振り返ってオレを見たような気がした。少し不安げな表情で。

その顔が、なぜか妙に目に焼きついた。

サトシのヤツ……。おい……。マジかよ……。

「わたしも浴衣にすれば良かったな……」

ユウはそう小さくつぶやくと、オレの指に自分の指を絡ませるようにして、手を握ってきた。

赤ずきんちゃん気をつけて　＊ちぃちゃん＊

「サトシ君……どうしたん？　疲れた？」

戸惑いながらサトシ君に尋ねる。

急にわたしの肩にもたれるようにしてきたから、もしかして具合でも悪くなったのかなって思った。

「え？」

一瞬、ポカンとするサトシ君。

「あーそうきたか」

とか、ブツブツ言ってる。そしてさらにわたしのほうに体を寄せると、突然顔をしかめる。

「あーそうそう！　そうやねん……実は朝から、調子悪かってんけどな。ちょっとヤバいかも……」

見るからにツラそうな表情。

「大丈夫？」

彼の額にそっと手を当てた。

熱はそれほど高くはなさそうだけど。でもツラいんだったらしょうがないよね。

「じゃ、もう帰ろうか」

「ん……。あのさぁ……。頼みがあんねんけど」

「え？　なに？」

「家まで一緒に来てもらえる？」

ひとりで家に帰れないほどひどいのかな。だとしたら、連れて帰ってあげなきゃ。

「うん。いいよ。家までわたしが送ってあげる」

「あ……いや。そうじゃなくて」

サトシ君は、なにか言いにくそうに口ごもり、それからわたしの表情を確認するかのように、ゆっくりと話した。

「ちぃちゃんさえ良ければやねんけど……。少しの間だけでいいから、そばにおってくれへん？」

ええっ……？

「それって、わたしも家に上がるってこと？」

「うん……。こういうときって、すっげぇ心細いし」

サトシ君の家を思い返してみる。あの大きな家にお母さんとふたりっきりで住んでるんだよね。

たしか、お母さんは夜のお仕事をしてるって言ってた。きっと今夜もいないんだろうな。

たしかに、体が弱っているときに、あの家にひとりぼっちでいるのは不安かもしれないな。

「あかんかな……？」

サトシ君はわたしの顔をのぞきこむ。やはり熱があるのか、長い前髪の向こうからほんの少し潤んだ瞳が揺れる。

いつもの冗談ばかり言っている表情とは別人みたい。

なんだか捨てられた子犬みたいに見えてしまった。こんな表情されたら、ほっとけないよ。

「うん……わかった。一緒にいる」

それぞれの夜　＊シィ君＊

結局、オレ達は最後まで花火を見ることなく家に帰った。

まだ母親は例の食事会から帰ってきていないようで、家には誰もいなかった。

キッチンで冷えたジュースを用意すると、オレの部屋で待っているユウに持っていった。

ユウはベッドに腰かけて、いくらスイッチを押してもつかないエアコンのリモコンを、首を傾げながらカチカチとさわっていた。

「あ、そやった。今故障しとんねん。この部屋暑いやろ?　あっち行く……か……」

ユウは、黙って首を横に振り、手からリモコンを放すと、ベッドに腰かけたまま
じっとオレを見上げている。

やがて、目の前に立つオレの手からグラスを抜き取ると、それをベッドサイドのチェストの上に置いた。そしておもむろにオレの腕をつかんで、引き寄せる。

「ユウ……?」

オレは少しずつ体を傾けた。ユウは腕をオレの首に絡ませて、そして、耳もとで消

え入りそうな声でつぶやいた。

「ナオ……エッチ……しよ……」

その瞬間、なにかが全身を駆け巡り、顔がカッと熱くなった。

とうとう言わせてしまった。

オレの心臓の音もユウの心臓の音も聞こえてきそうな錯覚に陥る。ユウの表情から、勇気を振りしぼってその言葉を口にしたのがわかる。

誘いの言葉を女に言わせるなんて、最低だな、オレ。

そのまま崩れるように、彼女をベッドに押し倒した。そして唇を重ねた。

いつもとは、ちがう。ユウの中にあるものすべてを求めるように彼女の唇をこじ開けた。

「……んっ……」

ユウの口から漏れる声で、さらに体が熱くなっていくのを感じた。

自分のTシャツを脱ぎ捨て、彼女の体に再び覆いかぶさる。首筋に唇を這《は》わせながら、服の中に手を入れた。

鼓動が今まで味わったことのない速さで脈打つ。

ただでさえ暑いこの部屋の気温が、ふたりの熱気でさらに上昇していく。

初めて触れたユウは、想像していたよりもずっと柔らかかった。

力ずくで抱き締めたら折れてしまいそうなぐらい華奢なのに、いっそ彼女のすべてをめちゃくちゃにしてしまいたい衝動にかられる。

ふたりの汗が混じり合い、呼吸が荒くなる。

「……んっ……ナオ……」

ユウの口から漏れる切ない吐息。オレを見つめる潤んだ瞳。なぜか一瞬、オレの頭にはある光景が浮かんだ。

それは、あの子の白いうなじと、振り返ったときに見せた不安げな表情。

くそっ。なんでこんなときに……。

その映像をかき消そうと、夢中でユウの体を貪《むさぼ》った。

ユウの声がますます高まり、さらにオレの感情を揺さぶる。

あの子も今、サトシの腕の中でこんな声を出しているんだろうか。

ふとそんな考えが頭をよぎった。

好きな女を抱きながら、他の子のことを考えていた。

オレは最低だ。


翌日。

相変わらず容赦なく降り注ぐ午後の日差しに、目を細めた。壊れたエアコンのせいもあって、今日の目覚めは最悪だった。

家にいても、頭の中を巡るのは同じことばかり。気晴らしにと、とりあえず家を出たものの、結局行きつく先は……。

オレはこのモヤモヤを解消すべく、ある場所へ向かった。

「あら。シィ君」

家の前まで来たもののインターホンを鳴らす勇気が出ず、その場で立ちすくんでいると、家の主が顔を出した。久しぶりに会うサトシのお母さんだった。

今から出勤なのか、和服を着て化粧も完璧に仕上がっている。あまりくわしくは知らないが、クラブを経営しているらしい。

「久しぶりやね。カッコよくなっちゃって」

さすがと言うかなんというか、お世辞もさらりとこなす。

サトシにそっくりな魅力的な口もとを緩ませると、フフフと笑った。

「サトシ……いますか？」

「あの子、まだ寝てるねん。いい加減起こしてあげて」

そう言い残して、運転手つきの車に乗りこみ、去っていった。

遠慮がちにドアを開けた。

サトシの家は相変わらずガランとしている。

掃除は週に三日、通いの家政婦がやってくれているらしい。

ピカピカに磨かれたフローリングを歩き、二階のつき当たりの部屋へと向かった。

――コンコン。

ノックをしてみるものの、返事はない。

熟睡してるのかな……。

悪いと思いながらもドアをそっと開けた。とたんにオレの体は冷気に包まれる。

オレの部屋とは雲泥《うんでい》の差だな。いったい設定温度を何度にしてるんだ。

地球の温暖化なんて、気にするわけないか、こいつが。

ブラインドが下ろされた部屋は薄暗い。オレが開けたドアからの明かりで、まだベッドで眠っているサトシの姿が確認できた。

スースーと寝息を立てている。布団が腰のあたりまで下がっていて、上半身は裸のままうつぶせで寝ていた。

ひょっとしたら、このベッドで昨夜……なんてよからぬ想像をしてしまう。その考えを頭から追い出そうと、窓辺に近づいて、勢いよくブラインドを上げた。

ジャッ……という音とともに、西日が窓から差しこみ、部屋は一瞬にして照らし出された。

そのまぶしさに、思わず目を細めてしまう。

「……う……ん……」

サトシもようやく目覚めたようだった。

「……なんで……お前がおんの？」

サトシはいつもより二トーンぐらい低いかすれた声で聞いてきた。

「ああ……もう最悪や。せっかくええ夢見てたのに。なんで目覚めにシィの顔見なあかんねん……。昨日はひと晩中寝てへんし……。オレ、もう一回寝るっ」

そう言って、もう一度枕に顔を沈めた。

ひと晩中寝てないって？　どういうことやねん。

「おい！　二度寝すんなっつの！」

サトシの耳もとで声を上げた。

オレがここに来た理由はたったひとつだ。

〝サトシはちぃちゃんとヤッたのか〟

そのことが気になって、確認したくてしょうがなかった。

だけど、声が出せない。

……ヤッたのか？

その言葉がただ頭の中でぐるぐると回るだけだった。

「ヤッたんか？」

「え？」

今まさに言おうとしたセリフをそのまんま言われたことに、飛びあがるほど驚いた。

いつの間にかサトシは目を開け、枕から顔を上げてニヤニヤしながらオレのほうを見ていた。

口を開けたままなにも言えないでいると、さらに続けた。

「オレのプレゼント、役に立ったか？」

「……うん」

「ハハハ！　マジで！」

サトシはムクッと起きあがると、ベッドの上であぐらをかいて座った。

良かった、下はちゃんと履いてた。

そんなことにホッとしたりして……。

「で……。お前はどうなん？　ちぃちゃんと……」

「ああ。もちろん……したよ」

冷や汗が背中を伝った。サトシの鋭い目に、まさに心臓を貫かれたような気分だった。

「ふーん……」

心を読まれないように、できるだけ冷静に言葉を返した。

「……なんてね」

サトシはクスクス笑いながら言った。

「ウソに決まってるやん」

「は？」

「ヤルわけないやろ？　つか最初からヤルつもりなんてないし」

はぁ？　オレの頭にクエスチョンマークが飛びかう。

十年来の付き合いだけど、オレはサトシっていう人物がいまだによくわからないときがある。

こいつ……ひょっとして、オレを煽るためにわざとあんなことを言ったのか？

「だって、あの子、浴衣着てんねんもん」

サトシはなにかを思い出すかのように楽しそうに話す。

「いくらオレでも浴衣の着付けなんかできへんし。ちぃちゃんが自分でできるんなら話は別やけど」

なるほど。浴衣だと脱がせたあとが大変だってわけか。まったく、そこまで計算できてるなんて、ホント余裕だよ。

「けど……。あの子はほんまガード固いな。あれ天然なん？　まいるわ」

サトシは昨日の出来事を話して聞かせてくれた。

オレらと別れたあと、サトシは仮病を使った。それはちぃちゃんをこの家に連れこむため。

といっても、サトシいわく、ホントにエッチな目的があったわけではないらしい。この家のルーフバルコニーからはちょうど花火を見ることができるので、ふたりでそれを眺めながら、なんとなくいい雰囲気に持ちこもうって計画だった。

サトシは彼女の優しさにつけこめばうまくいくと確信していた。案の定、彼女はいとも簡単に家までついてきた。

ところが。

「ついたらな……家の前におんねん」

「は？」

「アイツが……」

「誰？」

「……ケンジ」

「ブッ……」

その漫画みたいな展開に思わず吹き出した。ケンジを見たときのサトシの顔を想像しただけで、おかしくなる。

サトシの話はこうだった。

ちぃちゃんはサトシの家に来ることを了承したあと、スマホでどこかに電話をかけたらしい。サトシはそれを『遅くなるから』と家に電話しているもんだとばかり思っていた。

ところが、電話の相手は実はケンジだった。

ケンジを見て呆然とたたずむサトシに、彼女はこう言った。

「いくら看病のためでも、こんな時間に女の子を家に入れるなんて、サトシ君のお母さん、気にするかもしれへんやん？　だからケンちゃんにも来てもらってん」

にっこり笑ってそう言う彼女に、サトシは返す言葉も見つからなかったらしい。

「あの子、マジすげーよな。天然であれやもん。ほんまは全部見透かしてるんちゃうか……って深読みしてまうわ」

サトシはケンジに目で〝帰れ光線〟をビシビシ送るものの、ケンジもなにか感づいているようで、ちぃちゃんを必死にガードしていた。

「アイツ、なんやねん。ちぃちゃんの保護者か？」

結局、三人で屋上に上がって花火を眺め、そのあとちぃちゃんを送り届けると、サトシはケンジのノロケ話に朝まで付き合わされた。

オレはサトシの話に腹をかかえてゲラゲラ笑ってた。

「オレ、女の子とあんなに健全に花火を見たん、いつぶりやろ。手も握ってへん」

サトシは頭をかかえてうめいていた。

オレはまだ引き笑いしながら言った。

「だから、あの子はやめとけって。お前が相手にするような子ちゃうやろ？」

「んー……」

サトシは頭をかきながら、YESともNOとも取れないような返事をした。

「ちぃちゃんは遊びで付き合うようなタイプちゃうやん？　本気ならまだしも……」

「うーん……」

しばらく考えこみ、それから顔を上げてにっこり微笑むとこう言った。

「じゃ。本気ならええんや？」

へ？

サトシは近くにあったタバコを口にくわえて、火をつけようとした。そして、

「あ……やっぱ、やめとこ。あの子に怒られるから」

そうひとり言のようにつぶやくと、なぜかうれしそうに微笑んで、タバコを箱ごとゴミ箱へ投げ入れた。

オレはその光景をただぼんやり眺めていた。

サトシが……ちぃちゃんに本気って……。マジ？

サトシ警報発令　＊ちぃちゃん＊

三年生の夏休みは少し短い。他の学年より一週間早く、補講という形の授業がスタートするからだ。

それは補講三日目のことだった。

「ちぃちゃん！」

授業を終えて廊下に出たところで、ケンちゃんに呼び止められた。

シィ君とヤマジ君も一緒にいて、三人はなにか深刻そうな顔をしている。

「ちぃちゃん、サトシから連絡、入ってる？」

ケンちゃんが眉間にしわを寄せてそう言った。

「ううん。なんで？」

三人は顔を見合わせる。いったいどうしたんだろう。

「アイツ、ここんとこ連絡取れへんねん」

「え？」

わたしは驚いて、そう言うシィ君のほうに顔を向けた。

「この三日間、補講にも出てきてないみたいやし。ひょっとして、ちぃちゃんには、なにか連絡してんのちゃうかなって思ってんけど」

首を横に振った。

「そっか……」

シィ君がそう言った瞬間、ポケットの中でスマホが震えた。

届いたメッセージを確認する。

え……。これって……。

メッセージのあとに添付されていた画像が目に入った瞬間。

「えええええええ！」

横を通りすぎる人達が振り返るほどの大声で叫んでしまった。そんなわたしの反応に驚いている三人に、スマホの画面を見せる。

じっと凝視するシィ君、ケンちゃん、ヤマジ君の三人。その目線に合わせて画面をスクロールしていく。

そして、最後の画像を見た瞬間。

「え！」

さっきのわたしの声をはるかにしのぐ絶叫が、廊下に響き渡った。

【ちぃちゃん元気？
オレは今旅に出てます。
いわゆる……自分探しの旅ってヤツ？
帰ったらひと回り大きくなった
オレを見てやってください。】

そんなメッセージの下には、砂漠を背景にラクダにまたがり微笑むサトシ君の画像が添付されていた。

「アイツ……なにやっとんねん」

とシィ君。

「一応受験生だよね……」

とヤマジ君。

「……つか、ここどこ？」

とケンちゃん。

「……なんでラクダ？」

とわたし。

それぞれがポツリとつぶやいていた。

「お前なにやっとってん！」

九月に入り、本当の新学期が始まった。

ようやく登校してきたサトシ君は廊下でみんなに絡まれていた。

「まぁまぁ。これお土産の〝ラクダせんべい〟」

「ラクダて……。お前どこ行っとったん？」

呆れ顔でシィ君が尋ねた。

「んー。色々。ちなみにこれは鳥取《とっとり》で買ってきてん。鳥取砂丘《さきゅう》、マジ最高」

「つか、連絡ぐらいせーよ」

「すまん、電源切っとってん」

あ……。目、合っちゃった。

サトシ君はわたしに目線を合わせるとにっこり微笑んだ。

思わず目をそらしてしまう。

昨日の夕方、部屋で勉強をしていたら、お姉ちゃんがバタバタと二階に駆けあがってきた。

「千春！　お客さん！　男の子！　しかも、めっちゃイケメンやんか！」

「えっ……？」

誰だろう。まさかシィ君……なわけないか。シィ君ならお姉ちゃんも会ったことあるしな。ちょっとドキドキしながら玄関のドアを開けると、そこに立っていたのは、サトシ君だった。

「ただいま」

呆然とするわたしにサトシ君は顔をクシャッて崩して笑いかけた。

「お……おかえり」

なにから聞こう。

目の前に現れたサトシ君には、聞きたいことが山ほどあった。まずは……。

「サトシ君、髪……」

「あ。うん、今切ってきてん」

トレードマークの長めの茶髪はバッサリと切られていて、短くした髪をツンツンに散らして、まるで別人みたいだった。そして、さっきからなによりも目立っているのは、サトシ君の背後にある大きなバイクだった。

「いいやろ？　これ、オレの相棒」

わたしの視線に気づいたのか、サトシ君のほうから説明してくれた。

これって、大型だよね……。いつの間に？

「十八になって、実はこっそり教習所通っててん。んで、やっと免許取れたから、どうせなら遠くまで行ってみよかなぁって思って」

「それで〝自分探しの旅〟……?」

ブッ……。吹き出して笑ってしまった。もう、ホントこの人ってなにしでかすか、てんでわかんない。

「笑うな」

サトシ君はそう言うと、手のひらに乗った小さな箱をわたしの目の前に差し出した。

「はい。これお土産」

「ええっ。わたしに……?」

「うん。たいしたもんちゃうねんけどな」

「開けていい?」

「いいよ」

ゆっくりと丁寧に包みをはがして、箱を開けた。

「うわぁ。キレイ……」

箱の中に入っていたのは、グラスだった。ぽってりと丸みを帯びた形。底からサイドにかけてオレンジの濃淡《のうたん》のグラデーション模様が入っていた。

「サトシ君、ありがとう。なんか、うれしい……。わたし実は今日、誕生日やねん」

「え? マジで?」

サトシ君は一瞬驚いたような顔をして、それから、

「そっか……。おめでとうな」

はにかむように、そう小さくつぶやいた。


家に入って、さっそくもらったグラスにサイダーを注いだ。パタパタと階段を駆けあがり自分の部屋に入ると、机の上にグラスをそっと置いて、頬杖をついて眺める。

シュワシュワと炭酸の泡が弾ける音が響く。

視線を横にやると、少ししぼんで小さくなったゴム風船が目に入った。夏祭りの日にシィ君が取ってくれた、ゴム風船だ。

それをグラスの横に並べた。偶然にも、どちらもオレンジ色をしていた。

そう言えば去年の誕生日にシィ君と付き合うことになったんだよね。付き合うっていっても、結局片想いで終わっちゃったけど……。

あれから一年。なにか、変わったのかな。少しは大人になれたかな。

——カランッ。

そのとき、ふいにグラスの中の氷が鳴った。

それはまるで、なにかの終わりを告げる合図のような気がした。

もう夏は終わる……。

月明かりの下で　＊ちぃちゃん＊

わたしは今、明日からの文化祭に向けての準備に追われている。うちのクラスはお化け屋敷をすることになり、わたしはその背景の絵をまかされてしまったのだ。

今日は徹夜覚悟で学校に居残り。

模造紙を繋げた背景画はサイズが大きいので、普通の廊下よりも広い渡り廊下でひとりで作業している。

教室には衣装や大道具担当の子達がたくさん残っているんだろうけど、ここにはわたししかいない。

さっきまではアカネちゃんが一緒に手伝ってくれていたんだけど、急に体調を崩して帰っちゃったのだ。

只今の時刻は、午後八時過ぎ。薄暗い廊下での作業はちょっと心細い。

今描いているのは、武家屋敷の血塗られた一室。破れた障子の向こうから、血まみれの手がはみ出し、無数の目がこちらを見ている。そんな絵。

やだな……。ホントに怖くなってきた。

そのとき、廊下の向こうからなにかの音がした。

ダメだと思っても、その音に耳を澄ませてしまう。

誰かの足音……？　その音はだんだん近づいてくる。

やがて廊下の角を曲がり……柱の影から誰かが顔を出した。

「き……きえあえーー!!」

思わず、声にならないような叫び声を上げてしまった。

「お。こんなとこにおったんか。探してんで？」

シィ君……？　現れたのはシィ君だった。

ニコニコしながらこちらに近づいてくる。

「あれ？　アカネは？」

「帰った。体調悪いって……」

やだ……まだ声が震えてる。

「そうなん？　それやったら、言わなあかんやん。手伝いよこしたのに」

「う……ごめんなさい」

シィ君はしゃがみこみ、腰を抜かしてペタンと床に座りこんだままのわたしに目線を合わせた。

「プッ……ベソかいてるし。ビビりすぎ」

う……。慌てて目尻を拭った。

そんなわたしの様子にクスクス笑いながら、シィ君はビニール袋を差し出す。

「はい。差し入れ」

あったかくて、ソースの匂いがする。シィ君が持ってきてくれたのは、たこ焼だった。

まだ座りこんでいるわたしの横にドカッと座ると、シィ君は自分の分のたこ焼を食べはじめた。

「ごめんな……。こんな遅くまで残ってもらって」

シィ君は文化祭のクラス実行委員を務めている。

この人って、断れない性格なのかな。なんだかんだで、いつもいろんな役を引き受けちゃうんだよね。

「ううん」

首を横に振りながら答えた。

「こういうの好き。みんなで残ってなにかやるって。なんか、〝青春〟って感じがして」

「そっか……」

シィ君はたこ焼を頬ばりながら、ニコニコ笑ってた。

「なぁ……ここ何色?」

結局シィ君は、食べ終わっても教室に戻ることなく、そのまま手伝ってくれた。

「えと……赤かな」

わたし達は一緒に作業をしながら、ときどきポツリポツリと話した。

そう言えば、シィ君とこうしてふたりきりで話すのって、久しぶりかもしれない。

シィ君は理系でわたしは文系。そのせいか、会話がないのはもちろんのこと、ほとんど姿を見ない日もある。

だから、こんな時間が、ちょっとうれしい……。

そんなことを考えていたとき、さっきまで雲に隠れていた月がふいに顔を出した。

今夜は満月。廊下の窓から差しこむ月明かりは、まるでスポットライトのように、わたし達を照らし出した。

「プッ……」

シィ君が突然吹き出した。

「え?　なに……?」

わたしの顔をじっとのぞきこんでる。

「ほっぺたに絵の具ついてんで」

「えっ!　ウソ……!」

慌てて手で頬を拭った。

でも、その手にも絵の具がついていたから、余計に頬を汚してしまった。

「ぎゃ……！」

「あはははは。鈍くさっ！」

月明かりの下……ふたりで仕上げた絵。

お月様だけが知っているわたし達の会話。

またひとつ……シィ君との思い出ができた。

若気の至り　＊ちぃちゃん＊

文化祭も終わり、すっかり秋も深まったころ。

誰もがエンジン全開って感じで、受験に向けてスパートをかけはじめた。……はずなんだけど。

「今日、帰り、どっか行かへん？」

この人は、なんでいつもひとりだけこんなにマイペースなんだろう。

わたしは目の前でニコニコ笑っている彼に向かって小声で言った。

「サトシ君……授業は？」

「ええやん？　だって自習中やもん」

そう。今は自習時間。のん気な二年生のころとちがい、さすがにこの時期になると、自習時間も貴重な勉強時間になる。

みんな静かに勉強に集中している。

うん。たしかに自習時間なんだけど……。それはうちのクラスの話なわけで……。

となりのクラスである、サトシ君はちがうはず。

要するにサボってるんだ、この人は。

そして、さっきからわたしの前の席に、イスをわたしのほうへ向けて座り、なにかと話しかけてきている。

「オレ……ジャマ？」

サトシ君は顔を傾けて、〝キュン〟て、今にも鳴き出しそうな子犬みたいな目で訴えかけてくる。

ダメ……。この目に弱いんだよね……わたし。

そんなことないよ……って否定しようとしたそのとき。

「思いっきりジャマ」

すぐそばで聞きなれた低い声が響いた。

驚いて見上げると、シィ君がわたしのすぐ横に立っていた。

シィ君は最近また雰囲気が変わった。コンタクトをやめて、メガネをかけはじめたせいだ。

本人いわく、受験モードに突入するのに、メガネのほうがやる気が出るんだって。

案外、形から入るタイプだったんだね……。

中学のころはメガネ姿が普通だったらしい。それでも、その姿はわたしにとっては新鮮で、やっぱりこんな風に近づかれると今でもドキドキしてしまう。

ダメだな、わたし。全然進歩してないよ。

「お前……なにやってんねん」

シィ君は上から見下ろし、ため息まじりにサトシ君に言った。

「受験するんやろ？」

「するよ。けど……今年はもうええわ。あきらめた。一浪ぐらいどうってことないやん？」

サトシ君は能天気にそう答えた。

「今から一浪する言うてるようなヤツは絶対二浪するね」

シィ君はそれだけ言って去っていった。

「アイツ、嫌味やな。オカンか」

サトシ君は顔をしかめてから、わたしにこっそり耳打ちした。

でも、シィ君はなにしに来たんだろ？　まさか本当にサトシ君に嫌味を言うために来たのかな？

「なぁ……。今日帰り付き合ってよ？　ちょっとだけ息抜き。な？」

サトシ君は顔の前で両手を合わせて、イタズラっぽい瞳でわたしに訴えてくる。

彼は女の子に甘えるツボをちゃんと押さえている。

そんな目で見つめられたら、断れないよ。

「はいはい」

お母さんみたいに優しく答えると、サトシ君は満足そうに微笑んでいた。

サトシ君とわたしは、ファーストフード店でたあいない話をしながら過ごしていた。

「ちぃちゃんて美術部やんなぁ。卒業アルバム、美術部のとこに載るんやろ?」

「うん。そうやで」

「オレも探してや。バレー部」

「え?」

思わずジュースのストローを口から外してしまった。

バレー部? サトシ君てバレー部だったの?

初耳だぁ……。

てっきり、部活なんてやってないと思っていた。

「あ。今、『らしくない』って思ったやろ?」

「えっ? うーん……まぁ。なんかサトシ君が汗をかいてる姿って想像できへんもん」

「なんやねん、それ。失礼やな。まぁ、サボってばっかやったけどな。写真撮影んときだけ久々に行ってきた。オレだけユニフォームまっさらやねん。一年よりもキレイやったし」

「あはははは！」

部員の中でひとりだけ浮いているサトシ君を想像するだけでもおかしくて、お腹をかかえて笑ってしまった。

あ……でも。バレー部ってことは。

「エミコ。バレー部って、エミコいるでしょ？　小西英美子《こにしえみこ》」

エミコとは一年生のときに同じクラスで、アカネちゃんとマリちゃんとエミコとわたしの四人でいつも一緒に過ごしていた。

だけど、クラスが変わってからというもの、ゆっくり話す機会もなく、最近では廊下ですれちがうときに挨拶する程度の仲になっていた。

「ちぃちゃん……エミコと仲いいん？」

急にサトシ君の表情が変わった。なぜか険しい顔をしている。

「うん。そうやけど？」

そのとき、入り口のほうでガヤガヤと声がしたかと思うと、わたしと同じ制服の女の子が数人やってきた。

すごい偶然だと思った。その中には、まさに今話していたエミコの姿があったから。

「エミコ！」

驚いたわたしはなにも考えず、とっさに彼女に声をかけてしまった。

「ヤベッ……」

サトシ君はそう小さくつぶやくと、まるでなにかから顔を隠すかのように頬杖をついて窓のほうへ顔を向けた。

わたしに気づいたエミコが近づいてくる。そしてテーブルの横に立ち、彼女はなぜかわたしではなくサトシ君のほうへ視線を落とした。

「サトシ……？」

「おおっ！ 久しぶりー！ 元気？」

サトシ君はエミコの声に反応して振り返ると、わざとらしいぐらいの笑顔を彼女に向けた。

「ふーん。そうなんや……」

なにを納得したのか、エミコはなにかを含んだような言い方をして、その場を去っていった。

一方、サトシ君はバツの悪そうな顔をしている。

そんなふたりの態度は、どう見ても不自然だった。

翌日、廊下ですれちがいざまに、エミコに声をかけられた。

「ちぃちゃん……ちょっといい？」

人の少ない渡り廊下まで移動すると、そこで立ち止まりエミコは振り返った。

「あのさぁ……」

「うん、なに？」

「ちぃちゃんて、サトシと付き合ってんの？」

「ええ！　ちがうちがう！」

わたしは首をブンブンと横に振った。

驚いた……。そっか。ふたりでいたら、そんな風に見られちゃうんだ。でも、なんでそんなことをエミコが……？

「それなら、いいねんけど。ひとつだけ忠告しとくわ」

エミコは腕を組み、ひと呼吸置いてから口を開いた。

「アイツ、めっちゃ手、早いよ？　ヤルことしか考えてないから」

「………」

わたしはエミコの言葉をうまく消化できずにいる。そんなわたしにエミコは続けた。

「あたし、サトシと付き合っててん。一年のとき」

え……？

そのとき、わたしの中で二年前の記憶がよみがえってきた。それは放課後の教室に残って、みんなで恋バナをしていたときのこと。

わたしとアカネちゃんには好きな人はいなくて、マリちゃんは付き合い出したばかりの彼氏の話をしてくれた。

そして、たしかエミコは……。

『バレー部の男の子に告白された』

と言っていた。あれはひょっとして、サトシ君だったの？

そのことを尋ねると、エミコはコクンとうなずいた。

「正直迷っててん。めっちゃ軽そうやったし」

一年のころから軽そうだったのか。

「でも、つい口車に乗ってしまったというか……。まぁ顔も悪くないし」

ああ……なんかわかるなぁ。サトシ君て、ホント口がうまくて、人を自分のペースに巻きこんじゃうんだよね。

「付き合ったって言っても、一日だけやねんけどね」

「え？　たった一日……？」

「うん。付き合うのオッケーしたその日に、家に連れていかれてん」

「うん」

「まぁ……のこのこついていったあたしも悪いねんけど……。アイツ……付き合った初日やで」

まさか……。

「部屋入るなり、いきなり押し倒されてん」

やっぱり……。

「あたし初めてやねんで。そんなん、心の準備とかあるやん?」

そりゃそうだよね。

「で、思いっきりひっぱたいて、家出てきた。それで終わり。追いかけてもこーへんし。あやまらへんし。ホント、ヤリたいだけやったんやなぁって思った」

サトシ君、それはないよ……。目の前にいるエミコに同情してしまう。

「とにかく」

エミコはまっすぐにわたしの目を見つめて、忠告した。

「アイツには気をつけたほうがいいよ。ってゆうか、はっきり言って、ちぃちゃんみたいな純な子とは合わへんと思う」

エミコが立ち去ったあとも、しばらくその場から動けなかった。

わかんない……。サトシ君ってよくわかんない。

最近やたらとかまってくる。学校ではもちろん、メッセージや電話もしょっちゅうくれる。放課後お茶しに行ったり、休みの日に一緒に出かけたこともある。

旅のお土産のグラスは、わたしだけにくれたってこともあとから知った。

だけど、サトシ君はなにも言わない。「好き」とか「付き合って」とか、そんな言葉を。だから、彼の本心がわからなくて、いつも戸惑ってしまう。

サトシ君の存在が、わたしの中で大きくなってきているような気はする。だけど、これが恋なのかと言われたらちがうような。

だって、わたしは今でも……。

わたしはその考えをそっと胸にしまった。

ダメ。もういい加減、忘れなきゃ。

いくら想ってもこの気持ちがシィ君に届くことはない。ひょっとしてわたしは、サトシ君に甘えてるのかな？　サトシ君がなにも言わないのをいいことに。

ホントは、彼がなにも言い出さないことに、どこかホッとしてるんじゃないの？

もしも、なにか言われたら、今度こそ変われる？

そのとき……わたしはどうするんだろう。

枯葉と恋と　＊シィ君＊

放課後、オレはなんとなく中庭に足を向けた。

一年のころ、よくみんなでつるんでいたベンチがそこにはあった。

近くまで行って気づく。すでに先客がいたらしい。

サトシだ。

サトシはベンチに足だけ外に出して仰向けで寝そべっていた。

近づいていって顔をのぞきこむ。眠ってるのかな……。

いつからここにいるのか、枯葉がサトシの頭や体に降りかかっていた。

「おい……風邪ひくで？」

ペチペチとサトシの頬を叩いて起こした。

「んー……」

サトシは目をこすりながら起きあがり、ベンチに座りなおした。オレもその横に腰かける。

こいつ、なんか変わったよなぁ……。

サトシの横顔を見ながらそう思った。

「なぁ……シィ？」

サトシは、どこに焦点を合わせているのか判断できないような目で、ぼんやり中庭を眺めながらつぶやいた。

「オレ……ピンチかも」

「はぁ？　急になんやねん」

「あの子にバレたかも……」

「なにが？」

「〝若気の至り〟」

は？　なんやねん。ほんまわけわからん。

「……ックシュン！」

て、今度はくしゃみしてるし。こいつって、こんなに手ぇかかるヤツだっけ？

「おいー。大丈夫か？　こんなとこで寝てるから風邪ひくねん」

「んー。ズズ……。つか、もうかなり重症」

「はぁ？」

「〝恋の病〟」

そうおどけて言うサトシをマジマジと見つめた。

こいつはホントに変わった。

髪を切ったのも、最近女っ気がまったくなくなったのも、タバコを吸わなくなったのも……たぶん、彼女のせいだ。サトシなりに、ケジメみたいなもんをつけたかったんだろう。

それにしても……。

「お前にしたら、えらく手こずってるやん？」

そうだ。いつもは女なんかもっと簡単に口説き落としてるのに。

「あの子はな、ゆっくりでええねん。オレは今、ゆっくり愛を育んでんねん」

こういうのをとろけそうな笑顔っていうんだろうか。

サトシはうれしさとはずかしさの交じり合ったような顔で、そう言った。

サトシの言いたいことは、なんとなくわかる。

なんだろう……彼女独特の空気感。彼女の周りはなぜかそこだけゆっくりと時間が流れているような感じがする。

そばにいるだけで居心地が良くて、ずっとこのままでいたい気分になるんだ。

だけどこっちが焦って追い求めたら、するりとどこかに逃げていってしまうんじゃないかって、そんな気にさせる。

「シィ……？　オレ、ほんまにあの子、もらっていい？」

「は？　なんやねん。ちぃちゃんはべつにオレのもんちゃうし。っつか、それを言うなら、ケンジに聞いたほうがええんちゃう？　アイツ、ちぃちゃんの保護者かなんかのつもりやで」

冗談みたいに笑い飛ばした。なのに、サトシは急に真顔になって、オレをじっと見つめた。

「ほんまにええんか？」

「ああ……。がんばれよ」

サトシの目をまともに見ることもできずに、オレはうつむいてそう答えた。

忘れさせて　＊ちぃちゃん＊

十二月。街のあちこちでクリスマスソングが流れるころ。

だけど受験生のわたし達には、そんな浮かれたムードは漂っていなかった。

「ちぃちゃん！」

アカネちゃんと一緒に校門を出て歩いていると、うしろから声をかけられる。

振り返ると、サトシ君とシィ君がいた。

「ちぃちゃん、今からオレん家、来うへん？」

「え？」

サトシ君のその言葉に、一瞬体が固まった。

この間エミコから聞いた話が頭をよぎって、つい警戒態勢に入ってしまう。

そんなわたしの様子に気づいているのかどうかわからないけど、サトシ君は話を続けた。

「シィとオレん家で勉強すんねん。ちぃちゃんとそれから、アカネちゃんも一緒にどう？」

そっか。四人で……ってことか。それなら、べつにかまわないかな。

シィ君もアカネちゃんも頭いいし、あわよくば教えてもらえるかもしれない。

結局、今から塾だと言うアカネちゃんと別れて、三人でサトシ君の家に向かうことになった。

ダイニングテーブルで、わたしのとなりにはサトシ君が座り、その正面にシィ君が座った。

三人揃うと話がそれちゃって勉強どころじゃなくなるんじゃないかと心配していたけど、サトシ君までもが意外にもマジメに取り組んでいた。

さすがにこのままじゃまずいって気づいたのかも。

一時間ほど経ったころ、シィ君のスマホが鳴った。

「ああ……うん。わかった。今から行くから……」

静かな部屋に、スマホから漏れる女の子の声。たぶんユカリちゃんだ。

「わりぃ。オレもう、行かなあかんわ」

そう言うと、シィ君は荷物をさっさとまとめて出ていってしまった。

結局、サトシ君とふたりきりになっちゃった……。

え？　ふたりきり？

この静かな部屋にふたりきりだということに気づいたとたん、急に意識してしまう。

サトシ君はなにも話しかけてこない。さっきから、ページをめくる音と、シャーペンで字を書く音だけが響いている。

どうしよ……。またエミコの言葉が頭をよぎる。

わたしの緊張はピークに達して、ギリギリのところで踏んばってる……そんな状態のときだった。

カサッ……。

サトシ君の服の音がしたと思ったら、わたしの目の前にスッと腕が伸びてきた。思わず体がビクンと反応する。

「消しゴム……貸して？」

「え？　あ……うん」

なんだ。消しゴムが取りたかっただけか。

消しゴムを手にして、サトシ君に手渡そうとした。

そのとき一瞬、彼の手に触れてしまい、慌てて手を引っこめてしまった。

その拍子に消しゴムはテーブルを転がり、床に落下。

サトシ君はなにも言わずに座ったまま腰を曲げて床に手を伸ばす。

今度は彼の手がわたしの足に近づく。それに反応して、足がビクンと動いた。

もうー……。なに意識してんの？

エミコの言葉を意識しすぎだよ。

サトシ君は、消しゴムを拾うと、ゆっくりと体を起こした。

そして……。

「なぁ……。そんなに警戒せんといて？」

そう優しく言って、わたしをじっと見つめる。

彼独特の切ない眼差し。男の人なのに色気があるって、こういう人のことを言うんだと思う。

サトシ君は女の子をドキドキさせる、いろんな表情を持ってる。

「警戒なんて……」

言いかけて言葉に詰まる。サトシ君の顔がまともに見れない。〝警戒〟というその言葉に余計に意識してしまう。

どうしよ……助けて。

「……な……んで」

「ん？」

「なんでわたしにかまうの？」

気がつくと勝手に言葉が出ていた。

声が震える。なんでこんなこと聞いてるの？

でも知りたい。サトシ君の本心が読めなくて、ホントはずっと怖かった。

サトシ君は、一瞬フッとため息をついて、わたしの顔をじっと見つめながらゆっくりと言った。

「そんなん……今、言わせせんの？　ちぃちゃんは、ずるいな……」

サトシ君はわたしに魔法でもかけたのかな。だって体が硬直して動けない。

サトシ君の顔が近づいてくる。

間近で見ても欠点がひとつも見つからないぐらいの整った顔に、見とれてしまう。

長いまつ毛が影を落としている。

彼の息がかかる。

そしてわたしは目を閉じた。

……サトシ君、全部忘れさせて。

カッコ悪い　＊シィ君＊

サトシの家を出てしばらくしてから、忘れ物をしたことに気づいた。

明日にでもサトシに持ってきてもらおうか。いや、戻ってもたいした時間のロスはないか。

そう判断したオレは今来た道を戻った。

チャイムを鳴らすまでもないと思い、そのまま玄関のドアを開けた。

バタバタという足音が聞こえて、廊下の向こうからちぃちゃんが走ってきた。

「ちぃちゃん……？」

彼女はオレの声に反応して一瞬顔を上げ、すぐに伏せた。

無言のまま玄関で靴を履くと、オレの横をすり抜け、そのまま飛び出していってしまった。

なんだ……？　今の表情……。

まっ赤な顔をして……。泣いてたよな？

その瞬間、頭にカッと血が上るのを感じた。

靴を乱暴に脱ぎ、家に上がる。急いで廊下をつき進んだ。

ダイニングテーブルには、サトシがさっきと変わらない位置で座っていた。

オレに気づいているはずなのに、うつむいたまま顔も上げない。

そのままドカドカとサトシの前へ進んだ。

「なにがあったん？」

できるだけ冷静に言ったつもりだったけど、自分の中に湧き出る感情に気づいていた。

なんだ？　なんでオレはこんなに怒ってる？

「……なんもしてへんよ」

サトシは力なくそうつぶやいてそっぽを向いた。

「んなわけないやろ？　……泣いてたで」

オレの言葉に一瞬体をビクリと反応させたが、相変わらずこっちを見ようともしない。

「だから……なんもしてへんって。キスしただけやん」

「なっ……」

怒りともイラ立ちとも区別のつかない感情が、さらに膨れあがるのを感じていた。

「なんでやねん。ゆっくりって言ってたやん。あの子の気持ちもたしかめんと、そんなんしたんか？」

もう、オレの声は自分でも驚くほど、感情的になっていた。

――ガタンッ。

サトシが勢いよく立ちあがり、その拍子にイスが倒れた。

「なんやねん……お前」

オレを見すえる鋭い眼差し。今にも殴りかかってきそうな気迫すら感じる。

サトシがこんなにも自分の感情を表に出すのを見るのは初めてかもしれない。

「お前もちぃちゃんも……なんやねん。オレの気持ちもいい加減、察してくれっ！そんなにあの子が大事なんやったら、お前がなんとかしたれや！　あの子の気持ち、お前が一番わかってるんちゃうんか！」

サトシは静かに部屋を出て、そのまま二階へ上がった。

おそらく自分の部屋に入ったんだろう。パタンとドアを閉める音が階上から響いた。

このイラ立ちの原因。オレだってもう薄々感づいている。

オレは今、ちぃちゃんのためにサトシを責めるような言い方をしたけど、そうじゃない。オレ自身が、サトシを問い詰めたかった。このどうしようもない感情のせいで。

これは嫉妬だ。サトシに嫉妬していた。彼女の唇に触れたサトシに……。

優しい日　＊ちぃちゃん＊

あの日以来、サトシ君とは気まずくなってしまった。

学校で顔を合わせることはあったけれど、どちらともなく避けていた。

シィ君はなにも聞いてこない。

どう思ったかな……シィ君。

あのとき、一瞬、このまま流されてもいいって思った。サトシ君なら、すべてを忘れさせてくれるんじゃないかって。

だけど、頭よりも先に体が拒絶した。気づくと、勝手に涙が頬を伝っていた。

そして、ただひたすらに、「ごめんなさい。ごめんなさい」って、サトシ君にあやまっている自分がいた。

サトシ君はなにも言わなかったけど、きっとすごく傷つけてしまったよね。

部屋の空気を入れ替えようと立ちあがった。

今日はクリスマスイブ。ＦＭからは定番のクリスマスソングが流れていた。

こんな夜、恋人達は幸せな時間を過ごしているのかな。

窓を開けると、冷たい空気が流れこんできた。自己嫌悪でどうにかなってしまいそうな頭を冷やしてくれるようで、ほんの少し心地良かった。

今夜は雪が降り出しそうなぐらい寒い。急いで窓を閉めようとしたそのとき、道路にいる人影に気づいた。

ウソ……。

「よっ」

二階にいるわたしを見上げて、満面の笑みでその人は言った。

わたしは部屋を飛び出し、階段を駆け下りた。

いったい、いつから？　ずっと外にいたの？

「サトシ君！」

バイクに寄りかかって立っていた彼に声をかけた。

「なんで？　電話してくれたら良かったのに！」

「たまたま通りかかっただけやねんて。今、来たとこやで」

そう言って微笑む彼の鼻はまっ赤だった。

そこで会話は途切れた。

お互いに言葉が見つからない。どうしよ……。

わたしは目の前にあるバイクに話題を求める。

「バイク、大きいね」

我ながら、なんて間抜けな発言だろう……。

「え？　うん、でかいやろ？　免許取んの、結構苦労してんで」

「そうなんやぁ……。バイクって高いの？」

もう……なに、ヘンな質問しちゃってんだ、わたしってば。

「そやなぁ。高いな、コレは」

ずっと不思議だった。サトシ君はバイトもしていないのに、免許取って、バイク買って、旅行に行って。いつもお金はどうしてるんだろう。

「うちなぁ……いらん金が山ほどあんねん」

「え……」

「オレのオヤジって、政治家やねん。あ、オヤジっつっても認知もしてもらってへんけど」

初めて聞いた。サトシ君のお父さんの話。そんな事情があったのか……。

「たぶん、ちぃちゃんも名前聞いたら知ってるぐらい大物やで。うちのオカン、オレを身ごもったときに、手切れ金として大金積まれたらしいわ」

「そんな……」

「最低やろ？　えらそうに教育問題がどうとか演説してるくせにな……。オレは金で解決されたんやで」

「サトシ君……」

「けど、オカン気ぃ強いから、その金には手ぇつけてへんねん。だから、代わりにオレが使ってる。アイツの金なんか、全部使いきったる」

サトシ君は悔しそうな顔でそう言った。

「……ちぃちゃん？」

気づいたら、わたしの頬には涙が伝っていて、慌てて拭う。

「ごめん。わたしが泣いてどうすんのって感じやんね……」

つらい思いをしているのはサトシ君なのに。

「プッ……」

頭上でサトシ君が吹き出した。

え？

「まただまされてる。本気にしたん？」

背の高い彼のことをキョトンと見上げる。

どういうこと？

「ウソやって。全部ウソ。もう、そのだまされやすい性格なんとかせーよ」

サトシ君はケラケラ笑ってた。だけど、その目はほんの少し潤んでいるような気がした。

　それがホントかウソかなんてどうでも良くて、ただ、この人はもしかしたら、いろんなことをかかえて生きてるんじゃないかって、そう思った。

　だからいつも仮面をかぶって、そんな自分の弱い部分を見せまいと、必死に取りつくろっているんじゃないだろうか。

「あ……そや」

　サトシ君は小さな袋を出した。

「ハイ。クリスマスプレゼント」

「え……わたしに？」

　そんなの受け取れないよ。

「特別な意味はないよ。なんていうか……おわび？」

「おわび……？」

「今まで色々……振り回してごめんな。もう、ちぃちゃんのこと困らせへんから」

　そう言って、わたしの手に袋を握らせるサトシ君。

　なんでこんなに優しくしてくれるの？

　わたしはずるい。

　傷つけたのはわたしのほうなのに、また泣きそうになってきた。

「あぁっ。あやまらんといて。オレ、振られるの、慣れてへんから」

サトシ君はほんの少し寂しげに微笑むと、手袋とヘルメットをつけ、バイクに乗って去っていった。

「サトシ君……ごめ……」


部屋に入って、プレゼントの包みを開けてみた。

それは小さなドーム型のオルゴールだった。

ドームの中には天使がいて、賛美歌でも歌っているように口を開けている。

逆さにして、底のネジを回し、そっと机に置いて眺める。

ドームの中に雪が降りはじめ、静かなメロディが流れた。

それは〝ハッピークリスマス〟という曲だった。

たしかジョン・レノンという人が、平和を祈って作った歌だって聞いたことがある。

クリスマスはやっぱり特別な日だ。

大切な人を想う日。誰かの幸せを願う日。いつもより優しい気持ちになれる日。

どうかサトシ君の心も、いつか優しい誰かに包まれて、そして解きほぐしてもらえますように。

そんなことを願いながら、雪降る小さな世界を眺めた。

好きになる理由　＊シィ君＊

大晦日。深夜零時を過ぎてしばらく経ったころ、スマホが鳴った。ユウから新年の挨拶を告げるメッセージだった。

返事を打とうと手にしたら、今度は通話の着信音が鳴った。

ケンジだ。

「もしもし」

『あけおめっ。初詣行かへん？』

「は？　いつ？」

『今から。窓の外見てみ』

まさかと思って部屋の窓を開ける。

「おーすっ」

ケンジが二階にいるオレを見上げてニカッて感じで笑いながら手を振っていた。

その横にはヤマジと、それからそっぽを向いて立っているサトシがいた。

オレ達は散歩がてら、歩いていける地元の神社に行くことにした。でも、さっきからなんとなく気まずい空気が流れていて、会話が続かない。

原因はオレとサトシ。

サトシがちぃちゃんにキスをしたあの日以来、オレ達はなんとなくお互いを避けていた。

ケンジとヤマジはそんな様子に気づいていたんだろう。

今日誘ってくれたのは、こいつらなりの配慮なのかもしれない。

「喉渇いた。ジュース買ってくる」

近くにあったコンビニを指差すヤマジ。

「ケンジ、行こ」

そう言ってケンジの肩を叩く。

「えー。なんで？　オレも？」

「いいから……来いって」

ヤマジはケンジの腕をグイッとつかんで引っぱる。

まだブツブツ文句を言いながら引きずられるように去っていくケンジのうしろ姿を眺めていると、ふいに背後からサトシの声がした。

「なぁ……シィ？」

「ん？」

オレは振り返る。

「オレなぁ……ちぃちゃんに、親父のこと、話してん」

サトシの父親の話はオレも聞いたことがある。

サトシは私生児で、ずっと父親の存在を知らずに過ごしてきた。

母親から事実を聞かされたのは中学に上がったころ。

父親は有名な政治家だということ。そして、サトシの母親には多額の手切れ金が渡されたこと。

中学のころ、仲間内でもオレだけに話してくれたサトシの出生の事実。

「そっか……」

「なんであんな話したんやろ？　あの子、自分のことみたいに傷ついた顔してた」

この話を聞いたときの彼女の表情はオレにも容易に想像できた。

「なぁ？　オレ、なんで、あの子に惚れたんやろって、ずっと考えててん」

サトシの口から吐き出される白い息をぼんやり眺めながら、オレはただ話を聞いていた。

「色気なんかまるでないし。特別キレイってわけでもない。はっきり言って、他にいい女なんかいくらでもおるやん？　それやのに、なんであの子なんやろうって」

「うん……」

「ちっこくて子供みたいで、鈍くさくて、その上アホちゃうかって思うぐらい健気《けなげ》で。なんかほっとかれへんやん？　守ってあげたくなるっつうか」

たしかに、彼女はそういうタイプだ。

「最初は、そのせいで気になってるんかなって思ってた。けど……逆やってん」

「逆？」

いつの間にかサトシはなにかを思い出すかのように、うれしそうな表情をしていた。

「うん。あの子の愛情って、なんかめっちゃ深ない？　なんつーの……ときどきオカンみたいなこと言うしな。ほんまは、オレ自身が彼女に包まれたかってん。あの子の優しさに甘えたかった」

「サトシ……」

「って、オレ、ひょっとしてマザコン？」

サトシはいつもの彼らしい表情でおどけたようにそう言った。

「そうかもな」

オレも冗談っぽく笑って、サトシの言葉を受け流した。

けど、言いたいことはなんとなくわかる。

カッコつけて、自己主張して……だけど、どんなに虚勢を張っても結局ガキで。

オレ達男は、心のどこかに女性に甘えたいって感情があるような気がする。

いや、甘えたいっていうと語弊《ごへい》があるかもしれない。

優しく包まれて、癒される存在。そんな存在を求めている。

ちぃちゃんには、本人はそんなこと意識しちゃいないんだろうけど、男がそんな風に感じてしまうなにかがある。

サトシの言葉で言えば、それは母性に近いものなのかもしれない。

一見子供みたいで頼りなげなのに、実は芯がしっかりしていて、彼女は揺るがない。

振り返ればいつもそこにいて、優しく微笑んでくれるような気がするんだ。

小さな会話　＊ちぃちゃん＊

三年生の三学期なんて、あるようでないようなものだ。

すでに推薦《すいせん》入試で合格した生徒達はのん気なものだし、そうでない生徒達にとっては、なによりも目の前の受験が第一で、学校の授業なんて卒業さえできれば、あとはどうでもいいといった雰囲気が漂っている。

これが最後だと思われる日直の仕事を片づけて、わたしはひとり、放課後の教室に残っていた。

ふと思いついて、スクバの中からスケッチブックを取り出した。

受験勉強に追われて、最近はあまり絵を描いていなかった。

それでもいつも持ち歩いてしまうんだよね。

スケッチブックを開き、ペンを握る。

そして、教室の一番うしろの席から眺める風景を描く。

お世話になった机やイス、黒板に教卓。

この場所にたくさんの思い出が詰まってる。

わたしだけじゃない。

きっと生徒ひとりひとりにドラマがあって、みんながいろんな想いをかかえて、この教室で過ごした。

目を閉じて耳を澄ませば聞こえてくるような気がする。

みんなの笑い声や、先生の授業、チョークの音、それから……。

「ちぃちゃん?」

その声に振り向くと、シィ君がドアのところに立って、こちらを見ていた。

「シィ君……。どうしたん?　忘れ物?」

「うん」

シィ君は教室に入り、わたしの横にやってくると、スケッチブックをのぞきこんだ。

「教室、描いてたんや」

「うん。記念になるかなって思って」

「そっか。オレ、ちぃちゃんは美大に進むんかと思ってた」

そう言いながらシィ君は、わたしのとなりの席の机の上に座った。

「まさかー。そんな才能ないもん」

わたしは地元の大学の文学部を希望している。

「才能とかってオレよくわからんけど。ちぃちゃんの描く絵、好きやねん」

「え？　ほんま？　ありがとう」

「うん。なんかあったかいっていうか。ほのぼのっていうか。ちぃちゃんそのものって感じがする」

褒めてくれてるんだよね。なんだか照れてしまう。

「そう言えば、あそこ行った？」

「え？　あそこ？」

「うん。安佐川。前に絵、描いてたやん？　あのとき、蛍、見たことないって言ってたやろ？　あれから見にいった？」

シィ君のその言葉に、わたしは驚く。

それは一年以上も前の、美術室での何気ない会話だった。

シィ君、覚えてくれてたんだ。

わたしは首を横に振る。

「ううん。この夏も結局、行かれへんかった」

「そっか……。じゃ……行かなあかんな」

「うん。そうやね」

シィ君がわざとその言葉を避けたのかどうかはわからないけど、今度はあのときみたいに『一緒に』とは言ってくれなかった。

「あ……」

シィ君は窓のほうを見つめながら、急になにかを思い出したような顔をした。

「オレ、ちぃちゃんを初めて見た日のこと覚えてんで」

「え？」

「オレ、一年のとき、昼休みはよく中庭におってん。そしたらある日、ちぃちゃんが窓から身を乗り出して、黒板消しパンパン叩いてて……」

カァッて顔が熱くなる。シィ君、そんなことまで覚えてたんだ。

「あれ、めっちゃ強烈に印象に残っててん。ちぃちゃん、ときどき黒板消し叩いてたやろ？　なんであの子はクリーナー使わへんのかなぁっていつも不思議に思ってた」

「それは……クリーナーが壊れてて、しょうがなくて……」

ブツブツつぶやくわたしに、シィ君はニヤリと笑ってから「プッ」って吹き出した。

「そう言えば、オレ、ちぃちゃんが黒板消し落としたの、目撃したな」

「ええっ？」

うう……。もう、はずかしすぎる。

「もぉ。そんなこと、早く忘れてよ」

ぷぅとむくれて抗議すると、

「忘れへんよ」

シィ君はじっとわたしの目を見つめてそう言った。

メガネの向こうのその瞳があまりにも優しくて、わたしの心臓はトクトクと勝手に早く動き出す。

「オレ、ちぃちゃんが出てくるの、いつも楽しみにしててん」

「え……？」

「うん……楽しみにしてた」

シィ君は誰に言うでもなく、ひとり言みたいに、ポツリポツリとつぶやく。

「なんでかな。不思議やな。あのころは名前も知らんかったのにな」

シィ君、わたしもだよ。

黒板消しはシィ君の姿をこっそり見るための大事なアイテムだった。名前も知らないシィ君のこと、あの窓からいつも探してた。

見ていたのはわたしだけだと思ってたけど、そうじゃなかったんだね。あのころからシィ君もわたしの存在にちゃんと気づいてくれてたんだね。

「あ……でも……」

「ん？」

あることを思い出して言いそうになったけど、やめた。

シィ君はあのことには気づいてないのかな。

わたし達が本当に初めて出会ったのは、入学してすぐのころだ。

一階の渡り廊下でぶつかって、落としたスケッチブックを拾ってくれた。

いくらなんでも、あんな些細なこと、覚えてるわけないか。

「ううん。なんでもない」

わたしは首を横に振った。

「ナオ！」

いつからそこにいたのか、教室の入り口に、ユカリちゃんが立っていた。

「おー。ごめんごめん」

シィ君は自分の席から忘れ物らしいバインダーを取り出してスクバに入れた。

ユカリちゃんのほうへ視線を送ると、なぜか困ったような表情でこちらを見る彼女と目が合った。

「……ちぃちゃんも一緒に帰る？」

ユカリちゃんのその言葉に慌てて首を横に振った。

「ううん。もうちょっと残っていくから」

わたしがいたらふたりのジャマになってしまう。

「じゃ。お先」

シィ君は手をひらひらさせて教室を出ていった。

「うん。バイバイ」

去っていくふたりを見送ってから、またスケッチブックを開く。スケッチブックの中の、描きかけの教室を眺めた。

この教室で過ごすのも、あとわずか。

シィ君の顔を見ることができるのも……あと少しだ。

それから数日後のこと。

朝、登校して教室に入ると、ユカリちゃんの声が耳に入った。

シィ君は自分の席についていて、その前にユカリちゃんが立っている。

ユカリちゃんがシィ君に会いにうちのクラスにやってくるのは、珍しいことじゃない。

だけど、今日はいつもと様子がちがっていた。

ふたりはなにか揉めている……というか、一方的にユカリちゃんがシィ君に文句を言っているような感じだった。

「……勉強とわたし、どっちが大事なん？」

ユカリちゃんのそんな言葉が聞こえてきた。

シィ君は黙っている。

「も、いい……」

ユカリちゃんは、そのまま教室を飛び出していってしまった。

シィ君はしばらく考えこんで、それから静かに席を立ち、あとを追いかけていった。

近くにいたヤマジ君に声をかける。

「ヤマジ君、なにかあったん？」

「最近シィが勉強ばっかやってて、ユカリの相手してやれてないみたい。寂しいんじゃない？」

ユカリちゃんは年内に推薦で合格を決めたから、今は時間を持て余しているのかもしれない。

一方シィ君は、地元でも最難関の国立大を志望している。

今は追いこみ時期だから、自分のことで精一杯なのだろう。

揺れる心　＊シィ君＊

「ちょ……待てって」

オレは廊下でユウを呼び止めた。

始業を告げるチャイムが鳴り、まるで波が引いていくように廊下からは生徒達がいなくなっていった。

「授業始まるし。とりあえず戻ろう。あとでちゃんと話するから」

ユウの手を引こうとしたが、すぐに振りほどかれてしまった。

「……やっぱり」

「え？」

「ナオは、こんなときでも、わたしよりも授業が大切なんや」

「お前、なに言ってんねん」

「ときどき不安になる。ナオにはいつも優先順位があって、わたしよりも大事なもんがあるんかなって。もしもわたしが、たとえば事故とかに巻きこまれても、ナオはそれでも冷静に判断して、自分のやるべきことを優先するんちゃうかなって思ってしまう」

オレは眉をひそめた。

ユウの言葉や態度がよく理解できなかった。

「勝手に暴走すんなよ。さっきからなに言ってるん？」

「だって。最近、勉強勉強って、そればっかり。電話してもすぐに切るし。メッセージも返してくれへん。忙しいのはわかるけど。わたしより、大切なんかなって思うやん」

なんやねんそれ。そういうこと、天秤《てんびん》にかけられへんよ。

どっちが大事とかじゃないし。比べることでもない。

今は、オレにとって一生を左右するような大事な時期だ。

たしかに、ユウのことをおろそかにしてるのも事実。

けど、そういうの、どうしたらええねん。

「わたしだけを見ててほしい。いつもわたしのことだけを考えていてほしい……って
そう思うのは、わたしのワガママなん？」

ユウはさっきからずっとそらしていた目を、やっとオレに向けた。

「ナオ……わたしのこと好き？」

一瞬……ほんの一瞬、言葉に詰まった。

「やっぱり。じゃ、もういい。もう別れよっ」

「ちょ……待てって。まだなにも言ってへんやろ?」

「じゃ、どうなん?」

ユウは大きな目に涙を浮かべながらオレを追い詰める。

「ほんまに別れたいって思ってるんか?」

オレは彼女の目をのぞきこみ、できるだけ優しくそう言った。フルフルと首を横に振るユウ。そのとたんに涙がポロポロとこぼれ落ちた。

そして、オレの腕にしがみつく。

「イヤ。別れへん。でも、最近ずっと不安やった。ナオがわたしから離れていきそうな気がして……。お願い……ずっとそばにいて」

オレはそのままユウを引き寄せた。

「どこも行かへんよ。ずっとそばにおるから……」

そう言って、彼女の髪を撫でた。

なぁ、ユウ。お前は気づいてるんだな……。オレの心が揺れていること。

ごめんな……こんなオレで。

オレは今、目の前で泣いているユウを愛しいと感じている。その気持ちに偽りはない。

だったら、これでいい。

この手を離さない、オレは。

それでいいんだ。


……夢を見ていた。

ここはどこだろう。体がフワフワしてあったかくて……。こういう場所を天国って言うのかな。

オレはまっ白な空間にいて、目の前のまぶしい光に目を細めた。

その光のほうに誰かがいる。

ユウ……？

ユウは少しずつオレのほうへ近づいてくる。

まるでオレを誘うような甘い香りに包まれる。

そしてオレは手を伸ばし、キミを抱き締めるんだ。

交わす想い　＊ちぃちゃん＊

誰もいない教室に入った。
消化試合のようだった三学期も終わり、あとは卒業式を残すのみ。
わたしは第一志望の大学に合格し、担任の先生に報告にきていた。
誰もいない教室の、自分の机をそっと撫でた、そのとき。
——カサッ。
背後で物音がした。
誰かいるの……？
恐る恐る、教室の一番うしろの席のほうへ足を進めた。
スースーと聞こえるのは寝息？
誰かの足が見える。
どうやら、イスをいくつか並べてその上で眠っているようだ。
机の影に寝ているその人を、ひょいとのぞきこむ。
やっぱり……。

そこにいたのはシィ君だった。勉強してる最中に眠くなっちゃったのかな。

胸の上に乗ったままの参考書が、シィ君の寝息とシンクロして上下に動いている。

よっぽど疲れてるんだろうな。

シィ君の目指している大学は、たやすく入れるようなレベルじゃない。きっとわたしなんか想像もつかないぐらいの努力をしてるんだと思う。

〝男の子はなにでできてるの？〟

ふとそんなフレーズが頭をよぎった。

たしかマザーグースの一節だ。

ええと……カエルと、カタツムリと、子犬のしっぽでできてるんだっけ。

〝女の子はなにでできてるの？〟

お砂糖、スパイス、それから〝素敵なもの〟でできている。

初めてその詩を見たとき、すごく不思議な印象を受けた。

男の子って奇妙なものでできてるんだなって思って、おかしかった。

きっと男の子と女の子では、できている成分が全然ちがうんだよ。シィ君の寝顔を見ながらそう感じた。

ユカリちゃんの気持ち、ちょっとわかる気がする。

女の子の成分は、そのほとんどが〝恋〟でできてるんじゃないかな。

好きな人ができたら、そのことで頭の中がいっぱいになる。他にはなにもいらないぐらい。

だけど男の子はきっとちがう。

自分の将来や目標とするもの、趣味や……それからプライドだったり友情だったり。

恋はその大事なものの中のひとつにすぎない。

そんな感じなんじゃないかな。

だから、女の子はときどき不安になるんだ。

わたしのことだけを考えてほしいって……そんな風に欲ばりになってしまう。

きっと、こういう気持ちは男の子にはわからない。わたし達も男の子の気持ちはわからない。

だけど、わからないからどんどん惹かれて、知りたくなる。

そうしてみんな、恋をするんだ。

「……ん……」

シィ君の体が少し動いて、胸の上から参考書が落ちた。

しゃがみこんでそれを拾う。

シィ君はまだ目を覚まさない。この際だから、じっくり観察しちゃおう。

眠っている彼の顔をのぞきこむ。

一応眠る準備はしたのかな。メガネをちゃんと外していた。
久しぶりだな、メガネをかけていないシィ君の顔を見るのは。
問一、彼の好きなところを挙げよ。複数解答可。
ええと……。
少し垂れた目。クシャッて崩れる笑顔。キレイな指。
低くて優しい声。優しいとこ。子供みたいなとこ。
それからそれから……挙げ出したらキリがないや。
問二、では、彼の嫌いなところは？
んー。優柔不断なとこ！
鈍感なとこ。いじわるなとこ。人前だとカッコつけるとこ。
グリーンピースが嫌いなくせにチャーハンを食べたり、レーズンが嫌いなくせに
レーズンパンが好きとか言うとこ。
それから……それから……。
ウソ。全部好き。
ダメなところも全部好き。
シィ君が好き。
「……んんっ……」

そのとき、シィ君の体が突然動いた。

小さなイスの上で寝返りを打とうとしている。

あぶないっ。

落ちそうになるシィ君の体を支えようと、とりあえず手を伸ばした。だけど、非力なわたしが彼を抱きかかえるなんて到底無理で……。

「きゃぁあああああ！」

——ドシンッ。

わたしはイスから落ちたシィ君の下敷きになってしまった。

「え……」

わたしの上で目を覚ましたらしいシィ君の声がする。

「えええええええ！　な、なに？　この状況……」

この状況が把握できずにパニックになっているようだった。

「うわあああ！　ごめん！」

そう叫ぶと、慌ててわたしの体から飛びのいた。わたしものそのそと起きあがる。

「ごめん……大丈夫？」

「プッ……」

あまりにも申し訳なさそうにあやまるから、思わず吹き出してしまった。シィ君も笑い出し、ふたりで床にペタンと座ったまま、しばらく笑っていた。

シィ君はまだ寝ぼけているのか、それともメガネをかけていないせいなのか、焦点の定まっていないようなぼんやりとした目でわたしを見ていた。

その目はいつも以上に優しくて、ほんの少し微笑んでいるようだった。

思わずわたしも微笑み返してしまう。

そのとき、シィ君の体が動き出した。ゆっくりと彼の顔が近づいてくる。

シィ君の息が唇に触れる。

シィ……君……？

シィ君は顔を傾けて、ほんの少し唇を開いて。わたしの唇を優しく包んだ。

時間にすれば、ほんの二、三秒のこと。

唇を開放されたわたしは、瞬きすら忘れて、

「シィくん……？」

そう言うのがやっとだった。

シィ君はなにも言わず、今度は伸ばした腕をわたしの背中に回し、そのままわたしを引き寄せた。

そしてもう一度。さっきとはちがう、長いキス。

シィ君……。

心臓が張り裂けそうなぐらいドキドキしている。だけどイヤじゃない。

シィ君は少しずつ角度を変えながら、でも離すことなく、わたしの唇の形をたしかめるように優しくキスをしている。

いつの間にか、自然に目を閉じていた。

シィ君の腕が背中からだんだん上に上がり、わたしの髪に指を絡ませ撫であげる。

好きな人と唇を重ねる意味がわかった。

他のどの部分ともちがう、きっと特別な場所。

敏感な薄い皮膚《ひふ》に与えられた甘い刺激は、頭のてっぺんまで到達して、思考を鈍らせる。

体の力が抜けてしまったわたしは、彼に身をゆだねることしかできない。

彼の息と唇の温度を感じる。抱き締められた体も顔も火照り出す。

シィ君が好き……。大好き……。

わたしの気持ち、今、唇を通して彼に伝わってる？

ずっとこうしていたい。そう思っていたのに。なぜかそのとき、ふとユカリちゃんの顔が脳裏に浮かんだ。

その瞬間、目を開いた。

急に体中の神経が目を覚まし、気づくと両手でシィ君の体を押していた。シィ君もわたしの異変に気づいたようで、すぐに体を離してくれた。

ふたりの間に距離ができたとたん、体の熱が冷めていく気がした。

なんで……？

シィ君……。なんでキスなんかしたの……？

わたしの中で湧き出る疑問。

「シィ君……寝ぼけてる？」

そうとしか思えなかった。

シィ君は、わたしから顔をそらして答えた。

「うん……そうみたい」

その瞬間、心臓は誰かに握りつぶされ、頭には殴られたような衝撃が走った。

ひょっとして、ユカリちゃんとまちがえた？

ユカリちゃんの夢でも見てたの？

「シィ君なんて……嫌い」

両頬に温かいものを感じた。

泣いちゃダメ。頭はそう命令してるのに、涙腺はすっかり力をなくし、ポロポロと雫が頬を伝う。

わたしは立ちあがり、走って教室を出ていった。

優しさの意味 ＊シィ君＊

パタパタと走り去る彼女のうしろ姿を、まだスッキリしない頭で見送った。

ポツリとつぶやいた。

「嫌いか……」

彼女の口から漏れたその言葉は、オレに思いのほかダメージを与えたようだった。

「ヤバい……痛い……」

胸が痛くて、苦しくて、シャツをギュッと握り締めた。

夢を見ていたんだ。白い空間で、優しい光に包まれた人が近づいてくる夢。

最初はユウだと思っていた。

だけど近づくにつれて、やがてその輪郭《りんかく》をとらえることができた。

それは、ちぃちゃんだった。

夢の中のオレはなにも考えられなかった。

いつもオレを支配する余計な常識やモラルやキレイごと、すべてが取っ払われていた。そこにいるのは単なるひとりの〝男〟であるオレだった。

オレは近づいてくる彼女に手を伸ばし引き寄せ、本能のままに抱き締めた。

まばゆい光に包まれた彼女は神々しいまでにキレイで、それはまるで天使を犯しているような錯覚にすら陥った。

目が覚めると、信じられない光景がそこにあった。今、夢の中で抱いていた彼女が、すぐそばにいた。

夢と現実の境にいるような感覚。

気づいたら、彼女の唇に触れていた。

それは、想像していたよりもずっと柔らかくて甘くて、オレの心の深い部分をとろけさせるほど魅力的だった。

ずっとたしかめたかったんだ。彼女の存在を。

オレの中にあった彼女への想い、その不たしかな存在を、彼女に触れて、彼女を感じて、この抑えきれない欲望の意味を知りたかった。

フッ……。

なんだか、笑いがこみあげてくる。自分のバカさ加減に呆れた。

結局オレは自分のことしか考えていない。サトシのこと言えないよな。

焦って、自分の感情を無理に押しつけて。やっぱりキミは、するりと逃げていってしまったな。

オレはまだぼんやりした頭のまま立ちあがり、イスを片づけはじめた。

ふいに視線を感じて顔を上げる。

「うわあああ！　ヤマジ？」

すぐそばにヤマジが立っていた。ある意味、やっと目が覚めた気がした。

いったい、いつからそこにいたんだろう？　まさか、見てないよな？

キスしてたとこなんか。

「いつからおったん？」

動揺を悟られないように、イスを片づける手を休めず、ヤマジに質問した。

「今来たとこ。ちぃちゃんが泣きながら教室出てきたから。なにかあったのかなって思って」

――ガチャンッ。

思わず持っていたイスを倒してしまった。

動揺しまくりやん、オレ……。

相変わらずアドリブに弱いオレは、次の言葉も出せず、ただ黙々とイスを片づけていた。

なぜかヤマジもそれ以上なにも聞いてこない。

イスを片づけ終わり、近くの机に置いてあったメガネをかける。

「なぁ……」

　そのときになって、ようやくヤマジが口を開いた。

「シィは、どっちが好きなの？」

　ヤマジはまっすぐにオレを見すえて、そのキレイな瞳で問いかける。

「……どっちも」

「プッ……正直だね」

　ヤマジはクスクス笑ってる。

「でも……なんか、最近ヤバい」

　オレの中でちぃちゃんが占める割合がどんどん大きくなっていってるのを、オレ自身も感じていた。

　だけど、二度はダメだ。

　オレは去年、ちぃちゃんよりユウを選んだ。今度はユウを振ってちぃちゃんを選ぶなんて、虫が良すぎる。そんなことをしても、誰も幸せになんかなれない。

「あのさぁ……」

　ヤマジはゆっくりと言葉を続けた。

「そうやって、誰かのために自分の気持ちを無理に抑えたりするのって、ホントにその人のためになってんのかな？　そんなの、相手からしたらいい迷惑だよ」

ヤマジは誰に言っているのかわからないぐらい、オレではなくどこか遠くを見ながら話す。

「誰かのために我慢したり、結論を先送りにしたり。けど、それってさ、自分が罪を背負うことから逃げてるだけなんじゃない？　そういう優しさって、逆に誰かが傷つく期間を引きのばすことになってしまうんじゃないかな」

ヤマジの言葉には重みがあった。彼はこの春上京する。夢に向かって、本格的に東京で音楽活動をするためだ。

そのためにカナコとは離れてしまう。

なにも言わないけど、この決断は彼なりに葛藤があった上でのことだと思う。

オレ達は完璧なんかじゃない。誰かを傷つけて、なにかを犠牲にして生きていかなきゃならないこともある。

だけどオレにはまだその覚悟ができていないんだ。

卒業　＊ちぃちゃん＊

昨日、わたしは伸ばしていた髪をバッサリ切った。

長さは入学したころとちょうど同じぐらいの、あご下のショートボブ。

美容師さんは何度も「ホントに切っていいの？」って聞いてくれたけど、わたしの決心は変わらなかった。

髪を切ることでシィ君への想いを断ちきりたかった。

今日は卒業式。式の最中もそのあとも、結局シィ君とはひと言も交わすことなく、それどころか、目を合わすことすらできなかった。

ユカリちゃんとまちがえてキスされたこと。そんなキスに舞いあがっていた自分がはずかしい。

そして、なによりもユカリちゃんに対する罪悪感が大きくて。

ユカリちゃん……ごめんね。わたしあのとき、ずっとこのままでいたい……なんてそんなこと考えてたんだ。

「ぎゃー。わたし、これめっちゃヘン顔！」

目の前で、アカネちゃんが叫んでる。

わたし達は式を終えたあと、教室に残って一緒にアルバムを見ていた。

教室にはまだ数人の生徒が残っている。みんな写真を撮ったり、アルバムにメッセージを書いてもらってたり、思い思いに別れを惜しんでいるようだった。

だけど、シィ君の姿はそこにはなかった。

アカネちゃんと一緒にアルバムをのぞきこむ。ちょうどわたし達のクラスのページだった。

シィ君がまるでこちらを見ているかのように、わたしの大好きな笑顔で微笑んでいた。

とたんに涙があふれ出した。

「ちぃちゃん……大丈夫？」

アカネちゃんがそんなわたしの様子に気づいて声をかけてくれる。

バカだ……わたし。もう二度と会えないかもしれないのに。そんなことに、今やっと気づいた。

『友達のままでいい』って、ずっとそう思ってた。

だけど、学校という繋がりを失ってしまったら、わたし達の間にはなにもなくなる。

今まではここに来ればいつでも会えた。それが当たり前だと思っていた。だけど、これからはちがうんだ……。

わたしは〝彼女〟じゃないから。理由もなく電話をしたり、会いに行ったりできないんだ。

これが〝友達〟と〝彼女〟のちがい。そんなことに、今さら気づくなんて。

もう、最後だったのに。顔を見ることも、声を聞くこともできなかった。

シィ君……。

「アカネちゃん……わたし、シィ君探してくる」

スクバの中からスケッチブックとペンを取り出す。

「ちぃちゃん。がんばれ！」

その声援を背中に、走り出した。

四階の各教室をチェックしながら走り続けた。

どこにもいない……。

廊下を走り、階段を駆け下りる。思いつく限りの教室を片っ端からのぞいてみる。

三階にも、二階にもいなかった。

いったん立ち止まり、シィ君に電話をかけてみる。

コールはされるものの出てくれない。

スマホをポケットにしまい、また走り出した。

一階へと階段を下りている途中、わたしとは逆に階段を上ってくるサトシ君に出会った。

「ちぃちゃん……」

ふたりがちょうど並んだとき、どちらともなく足を止めた。

「髪切ったんや」

「あ……うん」

「めっちゃかわいいやん。似合ってんで」

サトシ君は相変わらず照れもせず、優しい言葉をかけてくれた。

「……ありがと」

「なにかあったん？ 急いでるみたいやけど」

わたしが息を切らしているので、そう思ったのかな。

「うん……えと、シィ君……探してて。サトシ君、見かけへんかった？」

「あー……」

サトシ君は一瞬視線を泳がせて、なにか言いかけてやめた。

「知ってるけど……。言わへん」

「え？」

なんで？

その言葉に戸惑ってしまう。

サトシ君はニコニコ笑って、

「自分で探してみ？」

そう言うと、わたしの頭をポンポンと軽く撫でてそのまま階段を上っていってしまった。

ヘンなサトシ君……。

わたしはまた走り出した。

一階について、また同じようにシィ君の立ち寄りそうな場所をチェックする。

どこにもいない……。

シィ君のロッカーにはまだ荷物があった。だから校内にはいるはず。

いったいどこにいるんだろう……。

スマホを取り出して、もう一度かけなおした。

耳の横で呼び出し音が鳴る。そして、それに応えるかのように、廊下の向こうから着信音が聞こえてきた。

誘われるように音のするほうへと足を進める。

そして廊下を曲がった瞬間、息を呑んだ。

そこは、北校舎と南校舎を繋ぐ渡り廊下。わたし達が初めて出会った場所。

ふたりがぶつかって、シィ君がスケッチブックを拾ってくれた、あの場所だった。

シィ君は中庭を眺めながら、ひとりでたたずんでいる。

初めて会ったときと同じように、ヘッドフォンを耳に当てて音楽を聴いているようだった。

そのせいで着信音に気づかなかったのかな。

ゆっくりと足を進めて、シィ君に近づいていく。

やがて、シィ君はわたしの気配を感じ取ったのか、こちらを向いた。

「ちぃちゃん……」

そう言いながら、ヘッドフォンを耳からはずした。

「良かった、会えて……。もう帰ったんかと思った」

「オレのこと、探してくれてたん？」

「うん。あの……記念になにかメッセージもらおうかなって思って」

そう言いながらスケッチブックとペンを彼に手渡そうとした。だけどその瞬間、手が滑って、スケッチブックを床に落としてしまった。

シィ君は、

「……ほんまに、鈍くさいなぁ」

なんて言いながら、それを拾う。

ゆっくりと体を起こすシィ君。その表情が変わった。目の焦点が合っていないような、不思議そうな顔をしている。

手にしたスケッチブックを眺め、それから中庭に目をやって、そして再びわたしを見た。

「オレ……」

シィ君はなにか大事なことを話すかのように、ゆっくりと口を開いた。

「入学してすぐのころ……ここで誰かとぶつかって、スケッチブック拾ってんけど」

シィ君……。

涙がこみあげるのを感じた。

「あれ……って……ちぃちゃんやったんか？」

その瞬間、涙がポロポロとこぼれ出す。

言いたいことがたくさんあるような気がするのに、言葉はなにも出てこなかった。

ただ、うんうんと首を縦に振ってうなずくしかできない。

「そうやったんか……。思い出して良かった」

シィ君は小さな声で噛み締めるように、そうつぶやいた。

もう、十分だよ。わたしの片想い。

シィ君があんな小さな出会いをちゃんと覚えていてくれた。それだけでうれしい。

あれがすべての始まりだった。

きっとあのときからわたしは彼に恋してた。

それは叶うことのない恋だったけど。

あの日この場所でシィ君に出会ったことには、ちゃんと意味があったんだ。

「ぐす……」

少し落ち着いてから、鼻をすすった。

シィ君はスケッチブックになにか書きこみながら、話す。

「ちぃちゃん……ありがとうな」

「え……」

「オレ、ちぃちゃんと過ごせてほんまに楽しかった」

「うん。わたしも……シィ君に出会えて良かった」

きっとこれが最後だってふたりともわかってる。

普段だったら照れくさくて言えないようなセリフが、素直に言えた。

「ちぃちゃんは気づいてないみたいやけど。ちぃちゃんがいるだけで、なんかその場の雰囲気が良くなるねんなぁ」

「え……？　そうかな……」

そんなこと言われたの初めて。

わたしなんかいてもいなくてもなにも変わらないんじゃないかって、いつもそう思ってた。

「ほんまやで……。みんなちぃちゃんに癒されてる」

くすぐったいけど……。お世辞だと思うけど……。

なんかうれしいな。

「そんなキミには、この言葉を捧《ささ》げます」

そう言ってシィ君はにっこり微笑んで、スケッチブックをわたしに見せた。

その瞬間、喉になにかがこみあげて、せっかく乾きかけた涙がまたあふれてきた。

シィ君……ありがと。

こんな素敵な言葉……わたしにはもったいないぐらいだよ。

スケッチブックには、こう書かれていた。

〝どうか
そのままのキミで
いてください
キミがいるだけで
オレはいつも

幸せな気分に
なれました〟

ずっと誰かに言ってもらいたかった。

『そのままでいても、ずっと不安だったの。わたしが存在する意味はあるのかなって。

笑顔でいていいんだよ』って。

だけど……ちゃんとあったんだね。

わたしはシィ君から受け取ったスケッチブックを、ギュッと抱き締めた。

そして彼に精一杯の笑顔を向けて、

「ありがと……」

聞こえるか聞こえないかぐらいの声でつぶやいた。

わたしの小さな片想い。

実ることはなかったけれど、あなたとここで過ごした三年間は、わたしの大事な宝物です。

シィ君を好きだったこの気持ちは、いつか大人になって、他の誰かを愛したとしても、きっと一生忘れない。

ありがとうシィ君。

そして、さようなら……。

それから数週間が過ぎて、春休みも終わりに近づいたころ。

その日は朝から雨が降っているあいにくの天気だったけど、わたしはアカネちゃんと買い物をしに、街に繰り出していた。

「ちぃちゃん……」

とあるショップで、声をかけられた。

「ユカリちゃんっ！」

久しぶりの再会がうれしくて、飛び跳ねるように彼女に近づいていった。

一方、ユカリちゃんはそんなわたしの様子に、なぜか戸惑っているような表情を見せた。

お互いの近況を報告し合ったあと、わたしはずっと気になっていたことを思いきって聞いてみることにした。

できるだけ自然に、あくまでも〝友達〟として気になっているんだという言い方で。

「ユカリちゃん。シィ君、大学……合格したん？」

ユカリちゃんは一瞬目を丸くして驚いたような表情をした。

「ちぃちゃん……ナオと連絡取ってないの？」

「え？ うん」

当たり前だ。わたしがシィ君と連絡を取る必要なんてないのだから。

ユカリちゃんはしばらく考えこんで、眉間にしわを寄せながら、ひとり言のように
ポツリとつぶやいた。

「あの……バカ……」

「え？」

「あ。ううん。なんでもないねん。ナオなら合格したよ」

その瞬間、ホッとして力が抜けたような気分だった。

良かった……。シィ君、合格したんだ。

ホントに良かったな……。

ふとユカリちゃんの視線に気づいて顔を上げると、彼女は優しい眼差しでわたしを
見つめていた。

「ユカリ！」

そのとき、ユカリちゃんの背後から彼女の友達らしい子が声をかけた。

「ちぃちゃん、ごめん。わたし行かな。また今度ゆっくり話そう」

そう言って手を振り、友達のもとへと歩き出した。

でもすぐに足を止めると、またわたしのほうへ振り返り、そしていつもの太陽みた

いな笑顔でこう言った。

「ちぃちゃんは、いつも人のことばっかり考えすぎ。たまにはワガママになってもいいねんで」

「ユカリちゃん……？」

どうして突然そんなことを言い出すのか、わけがわからなかった。

でも、ユカリちゃんはまた友達に呼ばれて、今度こそ振り返らずに行ってしまった。


結局、そのショップでは買いたい服が見つからず、わたし達は別の店へと移動した。

アカネちゃんが試着をしている最中にスマホが鳴った。

着信の名前を見て、思わずスマホを落としそうになる。

慌てて店の外に出て、電話に出た。

「もしもし……？」

一瞬の沈黙。それから、わたしの大好きな低い声が耳に入ってきた。

『ちぃちゃん……？』

卒業式からまだ数週間しか経っていないのに。

すごく懐かしいような気がする。

声を聞いただけで、涙が出そう。

「シィ君……」

『ちぃちゃん……今、外？』

「え……？　あ……うん」

『なんか、雨の音がするから』

わたしは店前の歩道で電話に出ていた。

入り口の布製のシェードに雨が降り注いで、さっきから、頭上でポツポツと雨音が響いていた。

「うん。アカネちゃんと買い物中やね」

『そっか……』

電話の向こうでシィ君は少し考えこんでいるようだった。

『じゃあ、それ終わってからでいいから、会える？』

「え……」

『オレ今、学校に来てんねん。教室で待ってるし』

「え？　そうなん？　あ……でも何時に終わるかわかんないし。遅くなるかも……」

『ええよ。ゆっくりでいい。急がんでいいから。オレ……ずっと待ってるから』

「うん。わかった」

そう言って、電話を切った。

シィ君、どうしたんだろう。なんで学校に？

先生に合格の報告をしにいったのかな。

そのあとの買い物にはどうにも集中できずにいた。

いくつかの店を回ったあと、わたし達は疲れた足を休めようと近くのカフェに入ることにした。

お茶を飲んでいても、心はすぐに別のところに飛んでしまう。そんなわたしの様子にアカネちゃんが気づいた。

「ちぃちゃん……どうかしたん？　さっきからぼんやりしてるけど……」

「え？　うん……」

わたしはシィ君からの電話のことをアカネちゃんに話した。

それを聞いたアカネちゃんは驚いて、それから早口でまくしたてた。

「ちぃちゃん！　こんなとこでのんびりしてたらあかんやん！　早く行かな！」

「だって……買い物」

「そんなんいつでもできるやろ！　ほらっ！　早く！」

そう言って、わたしの代わりに手荷物をまとめて、グイッと差し出した。

すぐにでも行けと言わんばかりに。

「アカネちゃん……ありがとう」

わたしは立ちあがり、店を出た。

雨はいつの間にかやんで、雲の間からオレンジ色の光が差しこんでいた。手をかざし、夕暮れが近づいている空を見上げ、それからわたしは走り出した。

あの人のもとへ。

キミを待つ　＊シィ君＊

オレはひとり、彼女を待っていた。一年間一緒に過ごした、この教室で。

窓の外を眺めると、ちょうど一階の渡り廊下が見えた。

卒業式のことを思い返す。

あの日、オレはあの渡り廊下でサトシと話していた。

オレはサトシに思っていることを正直に話した。サトシはそれを黙って聞いていた。

そして、

「お前の気持ちなんか、とっくにわかってたし」

笑いながらそう言った。

「で。ユカリはどうすんの？」

「ユウにはもう……昨日話した」

オレは卒業式の前日にユウを呼び出した。そしてユウにもオレの気持ちを包み隠さず話したんだ。

「そんなん……知ってた」

サトシと同じようなことをユウはポツリとつぶやいた。

「ナオのアホ……」

「ごめんな……オレ」

『ごめん』なんて、そんな言葉ですむわけじゃない。

だけど、それ以外の言葉が見つからなかった。

「もうー！　ほんまに！　アホ！」

ユウはオレをじっとにらんだ。

「ナオが優柔不断でいつまでも結論出さへんから……。わたしの新しい出会いのチャンスが遅れてしまったやん！　責任取ってよねー」

「え？　責任……？」

「うん。とりあえず、合コン仕切るように！」

ユウはそう言って、オレの罪を笑い飛ばしてくれた。


「そっか……」

サトシは中庭を眺めながらつぶやいていた。

「で？　ちぃちゃんにはいつ言うん？　今日か？」

「うーん。まだいいかな」

「なんでやねん？」

「ゆっくりでええねん。あの子には……。急いでつかまえようとしたら逃げられそうやから」

オレは笑いながらそう言った。

「たしかにな」

身に染みてるんだろう。サトシはしみじみとそう言った。

「けど、そんな余裕かましてたら、他に持ってかれるで？」

サトシは、少し意地悪そうな顔をして聞いてきた。

オレはそんなサトシに自信満々な笑みを浮かべて言った。

「大丈夫。あの子の周りにどんだけ男がおっても、負ける気せーへん。あの子はオレのことしか見てないって自信がある」

「ゆーてくれるわ」

サトシは呆れ顔でそう言い、渡り廊下を去っていった。

そう。なぜかオレには根拠のない自信があった。

彼女がオレだけを好きでいてくれる自信。

窓際の席の机の上に腰かける。いつの間にか雨は上がっていた。
きっと彼女はそろそろやってくる。急がなくていいって言ったのに、走ってくるんだ。
彼女がオレを探すとき、いつも走って、息を切らしてやってきた。
今日もきっとそうだ。
教室のドアを見つめた。今、階段を上っているころかな。
来客用のスリッパを履いて、パタパタと音をさせて。
ひょっとしたら、転びそうになってるかもな。
四階について、廊下を走り、こちらに向かってくる。
ほら……。

オレンジの日々　＊ちぃちゃん＊

小さく深呼吸をひとつ。

それから……ゆっくりと教室のドアを開けた。

窓際の席。

机の上に腰かけている誰かのシルエットが見えた。

窓から西日が差しこみ、そのせいで、わたしの位置からはその表情が確認できなかった。

胸の高鳴りを感じながら、ゆっくりと教室に足を踏み入れた。

一年間一緒に過ごした教室。またここで会えるなんて、まだ信じられない。

「やっぱり走ってきた。急がんでいいって言ったのに」

距離が近づくと、イタズラっぽい表情でそう言うシィ君の顔が確認できた。

「だって……」

言いかけて言葉に詰まった。なぜかシィ君も、それ以上なにもしゃべらない。

優しい眼差しでじっとこちらを見つめている。

その視線がはずかしくて、思わず目をそらしてしまった。

ふと教室の隅に目をやった。あの日の記憶がよみがえって、顔が火照り出す。

ここでキスしたんだよね。

わたしはシィ君のほうへ向きなおって言った。

「あやまってよ……」

「なに？」

シィ君は不思議そうな顔でわたしを見つめる。

また、彼から目をそらしてしまった。

「……あのこと……。まだあやまってもらってない」

小さな声でポツリとつぶやいた。

わたしの様子から、シィ君もその意味がわかったようだった。

「ああ……キスのこと？」

コクンとうなずいた。

シィ君は「んー……」と一瞬考えこむ。

「あやまらへんよ」

「なんで？」

今さら本気であやまってほしいわけじゃないけど、引くに引けなくなってしまった。

「だって、悪いと思ってないもん」

シィ君はそう言うと、座っていた机から降りて、わたしの目の前まで近づいてくる。

思わず一歩下がってしまう。するとまたシィ君が一歩近づく。

「キスしたかってん。ちぃちゃんに……」

吐息さえ感じられるほど近くにいる彼を意識してしまい、今度は逆に目をそらすことができない。だけど、それでも精一杯、抵抗してみた。

「……なんで……わたしにキスしたかったん？」

震える声でそう言った瞬間、引き寄せられたと思ったら、あっという間に彼の胸の中にすっぽり収まっていた。

「オレ……今、いっぱいいっぱいやねんけど……。これでわかってよ」

シィ君は腕に力をこめてわたしを強く抱き締めた。

シィ君の鼓動と体温を感じる。

このドキドキはわたしのものなのか、彼のものなのか、それすらわからないほど、ふたりの体が密着していた。

ホントはもう、なにも言われなくても感じていた。

今日ここに呼び出された理由。

ユカリちゃんのあの言葉。

今抱き締められているわけも……。

だけど、ちゃんと言葉で言ってよ。

「……わかんない」

胸の中から顔を上げ、彼を見つめた。自然と、涙腺が緩んで、目が潤んでしまう。

とたんにシィ君の顔が赤くなったような気がした。

すると、シィ君はわたしの頭をかかえこんで、そのまま彼の胸にまた顔を埋めさせた。

そして、あごをわたしの頭に乗せ、髪を撫でながらつぶやいた。

「あかん……もう……めっちゃ好き」

そう言うシィ君の表情は、胸の中にいるわたしには見えなかった。だけど、なんとなく想像できる。

きっと今、耳までまっ赤になってるはず。

わたしは彼の脇の下あたりに腕を回して、遠慮がちにシャツをキュッと握った。

そして、いつものフンワリと甘い香りのする彼の胸の中から、ほんの少し顔を横にずらした。

夕陽に照らされた教室が、オレンジ色に染まっていた。その光景は例えようもないぐらいキレイで、まぶしかった。

まるで、わたしたちがこの場所で過ごした日々のように。

それはきっと、一生色褪《あ》せることのない、大切な宝物。


いつかわたし達が大人になって。

交わした言葉も、かかえた想いも、流した涙も、全部思い出に変わって。それぞれの人生を歩んだとしても。

「あのころは良かったね」

なんて振り返って、何度でも思い出す。

それはちょっとくすぐったくて、胸が痛むような……甘くて酸っぱい、まるで……

オレンジのような日々。


—color 3　オレンジ色　End—

color 4 虹色

たくさん泣かせて、何度も傷つけてごめん。
もうあんな想いはさせないって誓うよ。
ずっと大事にする。
だからオレのそばで笑ってて。

呼びすて　＊シィ君＊

大学に入学してから数週間後。ゴールデンウィーク突入間際のその日、オレは高校時代の友人、ケンジと学内の食堂で昼飯を食っていた。

「えっ……。シィとちぃちゃんってまだ一回もデートしてへんの？」

テーブルで向かい合わせに座るケンジが目を見開いて驚く。

「いやいや、ありえへんやろ？　ちょっと待って。付き合ってから……ええと」と、指折り数える。

「三週間？　いやもしかして一ヵ月ぐらい経ってへん？」

「お前とはこうして何回も会ってるのにな」

オレは呆れたようにそう言うと、カレーライスをスプーンに山盛りすくって口に入れた。

ケンジはうちの大学の学生ではない。だけどお互いの大学がわりと近い場所にあるので、ケンジはときどきふらりとやってきて一緒に昼飯を食べたりしている。

「なんでなん？」

「なんでって……お互い忙しいし」

オレが選択した学科は課題が多く、日々勉強に追われている。まぁ、最近は手を抜くところもわかってきて、要領よくこなしてるんだけど。それでもなにかと忙しい。

「サークルも入ったし、バイトも始めたし。あと、教習所も通い出したし」

「教習所って、車？」

「うん。今のうちに免許取っておけば夏休みにはどっか行けるやん？」

「ちぃちゃんと？」

「そう」

「うわっ、なんかやらしい」

「なんでやねん。べつに泊まりで行くなんて誰も言ってないやろ？」

「オレも言ってないけどな、泊まりでなんて」

ニッと白い歯を見せて笑う。

「………」

返す言葉が見つからず、オレはジト目でケンジをにらんだ。

正直なところ、下心がないわけではない。車なら気軽に遠出ができるし、なんなら泊まりでどこかに行けたらいいなとか、漠然とではあるけれど、計画を立てていたりもする。そのためにバイトも励んでる。もちろん、ちぃちゃんの気持ちが最優先ではある。急がずに彼女のペースで、恋人らしいことができたらいいなとかさ。とにかくオレなりに色々考えてはいるんだ。

それにしても付き合って一ヵ月近く経つというのに、まともなデートができていないというのはさすがに問題があるかもしれない。

まったく会っていないわけではない。お互いに空いた時間があれば、お茶を飲んだりしゃべったりぐらいはしている。要するにわざわざ出かけるといった、いわゆるデートらしいデートはしたことがないということだ。

しかし原因はオレだけにあるわけじゃない。

「ちぃちゃんも忙しそうやしな」

オレがそう言うと、ケンジはうんうんとうなずく。

「ちぃちゃんもバイトがんばってるみたいやな。ケーキ屋やろ？」

それを聞いてオレは眉間にしわを寄せる。

「は？　なんでお前がそこまで知ってんねん？」

彼女のバイト先まで教えた覚えはないぞ。

「だって、オレ、しょっちゅう、ちぃちゃんと連絡取ってるもん」

「マジで？」

「あー！　妬いてる！」

「妬いてへんし。なんでお前に妬かなあかんねん」

見ず知らずの男ならともかくケンジ相手に嫉妬する気にもなれず、オレは呆れてそう言った。

「もしかしてゴールデンウィークも会う予定ないん？」

「ないよ。お互いバイト入れてるし。むしろ先にバイト入れたんは、ちぃちゃんやしな。なんか知らんけど、めっちゃがんばってるっぽい」

「へぇ～。そうなんや」

と、ケンジが言ったそのとき。

テーブルの上に置いていたスマホが震えて、見るとちぃちゃんからメッセージが届いていた。タイムリーだなと思いつつメッセージを開く。


【五月九日、空いてる？

よかったらうちに来てほしいんやけど】

文面を見つめ、しばし考えこむ。

「うちって……ちぃちゃんの家ってことやんな？」

ポツリとつぶやくと、ケンジが「なになに？」と身を乗り出してきた。

オレはメッセージの内容を伝えた。

「おおっ。初デートが、家デートか！　ちぃちゃん、わりと大胆やな」

ニヤけるケンジの頭をはたいた。

「なに勝手な妄想してんねん」

「痛っ。てか、妄想ってなに？　オレ、なんも言うてへんし」

でもさ、とケンジは言葉を続ける。

「家に来てとか言われたら、それなりのこと期待してしまうよな」

「それなりって？」

「カレカノのイチャイチャ的な？」

「ないない」

オレは首を横に振った。ちぃちゃんの性格からして、その手の、いわゆる恋人らしいこと——キスやその先のこと——をするにはまだ早い気がしていた。急ぐつもりはない。距離を詰めるのは、彼女のペースに合わせてゆっくりでいいんだ。

期待しない。期待しないぞ。

と言い聞かせること数日。そしてその日がやってきた。


「香椎君！　いらっしゃい」

笑顔で玄関で出迎えてくれたのは、ちぃちゃんのお母さん。

……ですよね。知ってたし。べつに期待してなかったし。

うん。当然、親、いるよね。

「シィ君！」

パタパタと足音を響かせてちぃちゃんもやってきた。

「どうぞ。上がって」

スリッパを揃えてオレの前に出してくれた。

目が合うと、照れたように目を伏せて前髪をさわる。

卒業式のころよりも伸びた髪をフワリと内巻にしている。メイクもなじんでいて、以前より大人びて見える。

はっきり言ってかわいい。うん、オレの彼女、かわいい。

「おジャマします」

ニヤけそうになる口もとに力を入れ、オレは出してもらったスリッパに足を入れた。

「シィ君、こっちきて」

言われるままに、ちぃちゃんのあとをついていく。階段を上がって、二階へ。当然、お母さんはついてきていない。

たどりついたのは、ちぃちゃんの部屋らしきドアの前。

ちぃちゃんは息を吸いこんで。それから勢いよくドアを開ける。

「どうぞ！ 入って入って」

初めて入った彼女の部屋は、白っぽい家具で統一されていて、いかにも女の子の部屋って感じだった。なんとなくくすぐったい想いをかかえつつも、オレの目はあるものに奪われていた。

部屋の中央に丸いローテーブルがあって、その上に料理が並んでいる。

サンドウィッチ、唐揚げ、ローストビーフ、サラダ、フライドポテト、それらが彩りよく盛られている。なんていうか、いかにもパーティ仕様って感じに。

「すげぇ、これちぃちゃんが作ったん？」

「うん。シィ君、座って」

言われるままに座る。だけど妙な胸騒ぎがする。なにかがおかしい。

料理の中央にあるのは白い箱。まさかと思いつつ、聞いてみる。

「ちぃちゃん、これって……」

ちぃちゃんは、箱の側面に手を添える。それ自体が蓋になっていたようで、持ちあげると中に入っていたものが姿を現した。

それはフルーツがたくさん乗ったデコレーションケーキ。さらに中央にはチョコレートでできたプレートがあって、『HAPPY BIRTHDAY シィ君』と書かれていた。

「シィ君！　お誕生日おめでとう！」

パチパチと手を叩くちぃちゃん。

一方、オレは「えっ……」と、戸惑っていた。

「ケンちゃんから今日がシィ君の誕生日やって聞いて、サプライズでお祝いしたいなって思って……。それでこっそり準備してたん」

「…………」

「はい。プレゼント」

満面の笑みを浮かべ、リボンのかかった大きな包みを差し出す。

「あー……そういうことか」

すべてが理解できた。ちぃちゃんがケンジとマメに連絡を取っていたのは、この日のためだったのか。

そしてバイトに励んでいたのは、おそらくプレゼントやこのパーティにかかる費用を用意するため。それともうひとつ。

「もしかしてケーキもちぃちゃんの手作り？」

「うん。バイト先のパティシエさんに教えてもらってん」

「なるほど。たしかにプロ並みにキレイにできてる」

うんうん、とオレはうなずいた。

「よかった」

褒めてもらえたのがうれしかったのか、えへへと、子供みたいな笑顔になる。

そんな顔されると、言うべきか否かすごく悩ましいところなのだが、黙っているわけにもいかない。オレは意を決して口を開いた。

「ちぃちゃん、ごめん」

「ん？」

「オレ、今日、誕生日ちゃうねん」

「え……ウソ……」

と、彼女は青ざめる。

「だって、ケンちゃんが、今日って……」

「んー……」

オレ自身、苦々しい思いをかかえつつ、真実を語る。

「今日は、サトシの誕生日。ちなみにオレの誕生日は一月十日」

「えっ……一月……」

ちぃちゃん、絶句。そりゃそうだよな。

「ああっ、もう、ケンジなにやってくれてんねん。あいつオレの誕生日とサトシの誕生日、まちがえて覚えてたんやな」

「そうやったんや……。えっ、えっ、これどうしよう……」

ちぃちゃんは、プレゼントの包みを見つめる。

「一月まで私が持っておこうか……って。えっ、それって八ヵ月も先？　えっ、これもう一回渡すん？」

もう思考がまとまらず軽いパニックを起こしているようだ。無理もない。

そこでオレは包みに手を伸ばし、こう提案した。

「ええと……。じゃあ、これはこれで、今もらってもいい？」

ちぃちゃんは「うん」とうなずく。

「もらってくれるならそのほうがいい。誕生日のときにはまた改めてなにか用意するし」

じゃ、と、受け取って包みを開ける。

中から出てきたのはボストンバッグ。

「あ……これ……」

海外のフットサル専門のスポーツブランドのロゴが入っていた。

「シィ君、フットサルのサークル入ったって言ってたから。でも私、スポーツブランドとか疎《うと》くて……。それもケンちゃんに相談に乗ってもらって決めてん」

「そっか」

プレゼント選びに、料理にケーキ。オレのためにがんばってくれたんだなと思った。

「ありがとう。めっちゃうれしい」

オレが笑顔を向けると、安心したように彼女も笑った。

「でも、オレばっかりもらうのって、なんか悪いな。オレからもなにかあげたい」

「えっ、いいよいいよ。こんなん、わたしがやりたくてやっただけやし」

申し訳なさそうに、慌てて手を振る彼女。

そう言われても、オレだってなにかあげたい。彼女のことを喜ばせたい。

「なんかほしいもんある？　なんでも言って？」

「そんな、悪いし……」

うつむいて遠慮していた彼女だったが、なにか思いついたのか、ふいに顔を上げた。

「なんでもいいの？」

「うん」

「それなら……」

もじもじしながら、言う。

「名前……呼んでみてほしい」

「名前？」

「うん。一度呼ばれてみたかってん。呼びすてで……」

彼女が言わんとしていることがわかり、オレは「ああ、そういうこと」と小声でつぶやく。それぐらいならいくらでもしてやる。

オレは口を開く。

「ち……」

だが二文字目が出てこない。

「あれ？　いざとなると、なんか照れるな」

ヤバい。意外に難しいぞ。これまでの呼び方を変えるというのはものすごくむずがゆいものなんだな。

「う、うん。わたしも、なんかはずかしくなってきた。あの、無理しなくていいよ？」

「いや、大丈夫」

オレはずいと彼女のほうに体を寄せ、その瞳をじっと見つめた。

「千春」

その瞬間、ちぃちゃんはピクンと肩を震わせた。瞳が少し潤んでいる。

その様子がすごくかわいくて、

「キスしていい？」

気づいたらオレはそんなことを言っていた。

付き合う前に、オレは高校の教室で彼女にキスをしたことがあった。あの日、強引なことをして泣かせてしまった反省もあり、実は付き合ってからはまだキスをしていなかった。とにかく彼女の気持ちを大事にしたいってそう思ってたんだ。でも、もう大丈夫だよな？

「……いい？」

そう言いながら、彼女に顔を近づける。

無言でうなずいた彼女は、そっと目を閉じた。

少し顔を傾け、彼女の唇に自分のそれを重ねる。

柔らかい。甘い。

なんとも言えない幸せな気分で満たされる。

ヤバい。すごく愛おしい。一生とか永遠とかさ。そんな言葉、安易に口にすべきじゃないかもしれないけど。この子のことをいつまでもずっと大事にしたい。今、オレの心にあるのは、そんな感情。

もうこのままずっとキスしていたい。とすら思うけど、そうなったら際限なく求めてしまいそうだし、理性を保つ自信もない。

名残惜しくはあったけど、オレは彼女から顔を離す。

それからギュッと抱き締めて胸の中にある彼女の頭をポンポンと軽く撫でた。

「料理……く……食おっか」

今、気づいた。オレ、動揺してるみたい。

できるだけ明るくそう言ってから彼女の体を離す。

「う、うん。あ、でも作りすぎたかも。無理に食べなくていいし」

そう言う彼女の顔はまっ赤になっていた。

どこかぎこちなく、それでいて幸せな空気が漂う中、

「いや食う。全部食う」

オレは唐揚げを口に入れた。

「うん、うまい」

日にちをまちがえたバースデーパーティ。間抜けな話だけど、そのおかげでふたりの距離が縮まった気がする。ケンジにも感謝しなきゃな。

ちぃちゃん……いや、千春の作った料理を次々とたいらげながら、オレはそんなことを考えていた。

虹色の未来 ＊ちぃちゃん＊

勘ちがいバースデーパーティから数日後。今日はシィ君とのデートの日。

私が勝手にまちがっただけなのに、シィ君は自分だけが色々してもらったことを申し訳なく思っているらしく、今日はシィ君のおごりであちこち回ることになった。

行き先は水族館。それからウィンドウショッピングをしたり、食事をしたりしようってことになっている。

待ち合わせの駅で彼を待つ。

さっきまで雨が降っていた。うつむいて、まだ湿っている地面を見つめながら、お気に入りの水玉模様の傘でコツンとアスファルトをつついたその時。

「千春」

そんな声がして、顔を上げるとシィ君がいた。

二度目の呼びすて。

あまりにも自然に呼ばれたものだから、驚いてすぐには返事ができない。

「どうしたん？　もしかして結構待たせてしまった？」

わたしは慌てて首を横に振る。

「ううん、大丈夫。わたしもさっき来たとこ」

「そっか。じゃ、行くか」

ごく自然にわたしの手を取るシィ君。

手をつなぐのはこれまでも何度かあったんだけど、毎回わたしがドキドキしていること、シィ君は知ってるのかな？

今日のシィ君の服装はダボッとした白いシャツにダークグレーのクロップドパンツ。

長袖のシャツを肘のあたりまで腕まくりしていて、ガッチリとした筋肉質な腕が出ている。

わたしのよりずっと大きな手に包まれているのがすごく好き。

キュッて握り返したら、シィ君は足を止めて。

それからふいに顔を寄せてきた。

「えっ、えっ」

今、唇が触れた？

それはほんの一瞬の出来事だったけれど。

たしかに今、シィ君はわたしにキスをした。

あたふたと視線を動かす。

だって、ここ、外だし。人いるし。

動揺しているのはわたしだけなのかな？

シィ君は何事もなかったかのように話し出す。

「あ。そーや。ちぃちゃんもサークル入ったんやったっけ？」

「うん。絵画サークル。絵を描くのは趣味で続けたいなって思って……」

そこまで言って、ふいに思いつく。

「画材屋さんにも寄っていい？　絵の具、買い足したいねん」

「何色？」

「えーと……青と赤と黄色と……」

指を折りながら説明しているわたしの視界にある物が映る。

「あっ！　虹！」

雨上がりの空に、大きな虹がかかっていた。

「うわぁ、ほんまや」

シィ君もうれしそうに空を見上げる。

「夏休みになったら、遠出したいな」

ふいに言われたその言葉に、わたしは「うん」と、うなずく。

わたしは欲張りなのかもしれない。行きたい場所も、話したいことも、したいことも、キリがないぐらいたくさんある気がする。

これからふたりで過ごす未来はどんなだろう？　あの虹みたいに、カラフルでワクワクする日々だといいな。

「ふたりで行こうな」

ニッとほほ笑むと、シィ君はつないでいた手を掲げ、自分の口元に近づける。

そして今度は唇じゃなくて、わたしの指にキスをした。

その瞬間、カァっと顔が火照る。

「うわぁ、すげぇ。めっちゃ顔、赤くなってる」

「もう！　シィ君のせいやから！　ふいうちはずるい！」

わたしは空いている方の手でパタパタと顔を扇いだ。

夏はまだ先だというのに。

その日、わたしは身も心も溶けちゃいそうになっていた。


―color 4　虹色　End―

あとがき

十年……十年なのです。何がって、私がこの物語を書いたのは、二〇〇七年の四月。ちょうど十年前のことだったのです。

大人になるにつれ、月日があっという間に過ぎていきます。その上、記憶力は低下して、つい最近の出来事すら忘れてしまうのです。なのに、不思議と高校生の頃のことはよく覚えています。

春は通学路の桜吹雪を浴びながら登校していました。

夏は寄り道して、かき氷を食べるんです。学校に近いそのお店は、とにかく種類が豊富で、私はピーチとレモンを半分ずつかけてもらうのがお気に入りでした。

秋は文化祭！　毎年夜遅くまで学校に残って作業をするのですが、帰り道、夜風に乗って金木犀の香りがしていたのを覚えています。

冬は……なんだったかな。ああ、そう！　バレンタインに友達の家で一緒にチョコを作りました。同じクラスにアイドルみたいに可愛い顔をした男の子がいたんですよ。その子のこと、本気で好きとかそういうわけじゃなかったんだけど、なんていうかファンみたいな感覚で、友達とキャーキャー騒いでいました。だからいつものノリでチョコを渡したんですが、思いのほか緊張しちゃって、まともに顔も見ない状態で無理やり押し付けて逃げました（笑）。その彼とはその後、進展もなく（当たり前だ……）、まぁ現実ってこんなもんだよね、少女漫画みたいにはいかないよね、と思ったのもまた良い思い出。

そんなわけで、今も昔もヘタレな私には、特別にドラマチックな思い出があるわけではないのですが、些細な日常の出来事は小説を書く上で、とても役に立っています。もしかしたらそんな当時の記憶をどこかに残しておきたかったのかも。『スケッチブック』はそうして生まれた物語だったような気がします。

今回、野いちご文庫からの書籍化という機会をいただきまして、改めて編集し直しました。まるで昔書いたラブレターでも読むようなむずがゆさはありましたが、それでもちぃちゃんやシィ君にまた会うことができて良かったなと思います。

この物語が誰かの記憶の端っこにでも残るといいな……と願って。

二〇一七年　四月　桜川ハル

この物語はフィクションです。実在の人物、団体等とは一切関係ありません。
一部、飲酒・喫煙に関する表記がありますが、
未成年の飲酒・喫煙等は法律で禁止されています。

桜川ハル先生への
ファンレター宛先

〒104-0031　東京都中央区京橋1-3-1　八重洲口大栄ビル7F
スターツ出版（株）書籍編集部気付　桜川ハル先生

スケッチブック

2017年 4月25日　初版第1刷発行
2018年11月9日　　第3刷発行

著　者　桜川ハル　©Haru Sakuragawa2017

発行人　松島滋
イラスト　はるこ
デザイン　齋藤知恵子
DTP　久保田祐子
編集　相川有希子
　　　岡崎恵美子
発行所　スターツ出版株式会社
〒104-0031
東京都中央区京橋1-3-1 八重洲口大栄ビル7F
TEL 販売部03-6202-0386（ご注文等に関するお問い合わせ）
https://starts-pub.jp/

印刷所　共同印刷株式会社
Printed in Japan

ISBN　978-4-8137-0243-6